換個姿勢讀唐詩，

變個角度看唐史

詩詞沒有告訴你的那些事，

一本來自唐朝的現場報導

唐詩現場

Appreciation of Tang poetry

每首唐詩背後都隱藏著一段驚心動魄的故事，每段故事都牽連一段波瀾壯闊的

宛如穿越，如臨現場

——自序

中國，是詩的國度。唐詩，是詩的巔峰。

那些或浪漫雄奇、或慷慨激昂、或厚重沉鬱、或清新脫俗的唐詩，首先是膾炙人口、千古傳唱的文學作品，其次又是親臨其境、現場記錄的珍貴史料。這是從唐朝就開始形成的共識。

「詩史」之說，源於唐朝。唐人孟棨在其著名的詩論著作《本事詩》中說：「杜逢祿山之難，流離隴蜀，畢陳於詩，推見至隱，殆無遺事，故當時號為『詩史』。」延及民國，開創「詩史互證」史學方法的國學大師陳寅恪先生的論述，則更為詳盡：「中國詩雖短，卻包括時間、人事、地理三點。中國詩既有此三特點，故與歷史發生關係。把所有分散的詩集合在一起，對於時代人物之關係，地域之所在，按照一個觀點去研究，連貫起來可以有以下的作用：說明一個時代之關係；糾正一件事之發生及經過；可以補充和糾正歷史記載之不足。」

當然，本書不是學術著作，本人也無此能力開展新一輪的「詩史互證」學術實踐。但是，我在寫作本書的過程中，的確是秉承這一原則，去解讀這些唐詩，並因此才有了《唐詩現場》的。

千年前的唐朝詩人們，僅僅用短短的二、三十字，就把「時間、人事、地理」交代得清清楚楚，並由此帶著我們走進一個又一個歷史記憶，宛如穿越，如臨現場。

在〈淮陽感懷〉現場，隋末梟雄李密正慘兮兮地亡命天涯；在〈不第後賦菊〉現場，唐末梟雄黃巢正惡狠狠地詛咒命運。

在〈夏夜作〉現場，一代名相武元衡未曾預料，幾小時後自己就會有殺身之禍；在〈哭盧仝〉現場，苦吟詩人賈島不會想到，「甘露之變」那天的長安城中，鮮血逆流成河。

在長安菩提寺現場，「詩佛」王維正打算把安史叛軍的牢底坐穿；在洛陽履道坊白府現場，「詩王」白居易正慨嘆自己一生與宰相寶座無緣。

在〈終南望餘雪〉現場，參加科舉考試的祖詠，正在耍酷；在〈元和十年自朗州承詔至京戲贈看花諸君子〉現場，剛由貶地返京的劉禹錫，正在任性。

在〈櫻桃子詩〉現場，愛子殷殷的史思明，正給大兒子史朝義送去新摘的櫻桃；在

〈黃台瓜辭〉現場，奪權心切的武則天，正想著如何像摘瓜一樣除掉礙手礙腳的兒子們。

在〈贈魏徵詩〉現場，唐太宗李世民正用內行的舌頭，品嘗諍臣魏徵釀造的葡萄美酒；在〈贈張雲容舞〉現場，唐玄宗李隆基、楊貴妃正以行家的眼光，欣賞宮女張雲容獻上的「霓裳羽衣舞」。

二十六個現場，二十六位詩人。除了兩位沒有留下姓名的詩人之外，現場的二十四位詩人，大致可以分為兩類。

第一類是詩界赫赫有名的大詩人，如白居易、王維、劉禹錫、張九齡、李商隱、賈島、宋之問、杜牧、沈佺期等。

第二類是政治上如雷貫耳、詩界卻鮮有人知的詩人，如女皇帝武則天、唐朝第一個大權宦高力士、四大美人之一楊貴妃、一介武夫史思明、反隋梟雄李密、反唐梟雄黃巢等。

最讓我驚豔的，就是這第二類詩人。

今天的我們很難想像，以心狠手辣著稱的武則天，也有哭得梨花帶雨，「開箱驗取石榴裙」的時候；以貌美如花著稱的楊貴妃，不僅僅是一個「花瓶」，還是一位傑出的音樂大師和舞蹈大師。

我們也很難想像，曾經位高權重，深得唐玄宗李隆基信任的高力士，在臨終時刻，還懷著對李隆基的忠誠，感嘆自己「氣味終不改」；「安史之亂」中殺人如麻、心狠手辣的史思明，也曾愛子心切，派人奔馳六百里，只爲了給兒子送上「櫻桃一籃子」，雖然他轉年就被這個兒子殺了。

這些詩，這些人，這些事，共同編織成了這本《唐詩現場》。

需要指出的是，本書大部分文章，最初都是通過網路進行發布的。當時正值二〇一五年末，我剛剛花了近兩年時間，完成了一部處處需要注釋的學術書稿，繁瑣頭痛之餘，打算嘗試一種不需要注釋和說明的輕鬆寫作方式，這才有了本書輕鬆、活潑，甚至有點隨意的網路文字風格。當然，我的出發點，還是爲了讓讀者有愉快的閱讀體驗。

感謝美女編輯奕由老師，第一個點讚並鼓勵我將這些散章結集成書；感謝策劃編輯呂征老師，爲我提供了「唐詩現場」這樣一個恰如其分的書名，讓本書散亂的各篇，有了一個名副其實的統帥；感謝美女編輯蔣科蘭老師，爲本書的編輯加工付出的辛勤勞動；感謝本書的設計、發行團隊，爲本書的出版發行付出的努力。

沒有他們，本書不可能有如此完美的呈現。

是爲序。

章雪峰

二〇一七年二月九日

目次

第一現場◇

第二現場◇

第三現場◇

◎第一現場

玄武門之變、牛李黨爭、甘露之變、黃巢之亂……一場又一場的刀光劍影，流盡了帝國的鮮血，也終於耗盡了帝國的氣運。

造反者李密：隋末大變局中一個梟雄的剪影

大約隋大業十一年（六一五）初秋的一天，一位身在淮陽郡、三十出頭、名叫劉智遠的私塾先生，寫下了一首五言詩〈淮陽感懷〉：

金風蕩初節，玉露凋晚林。
此夕窮塗士，鬱陶傷寸心。
野平葭葦合，村荒藜藿深。
眺聽良多感，徙倚獨沾襟。
沾襟何所為，悵然懷古意。
秦俗猶未平，漢道將何冀。
樊噲市井徒，蕭何刀筆吏。
一朝時運會，千古傳名謚。

寄言世上雄，虛生真可愧。

詩雖然長了點，但內容相當正能量。來看各句的意思：

金風蕩初節，玉露凋晚林：初秋時節，在金風玉露的映襯之下，樹林呈現一片凋零肅殺之象。

此夕窮塗士，鬱陶傷寸心：在這樣的一個晚上，窮途末路的我，很是鬱悶傷心。

野平葭葦合，村荒藜藿深：看看自己所在的這個窮地方，空曠田野上只有蒹葭蘆葦，荒涼的村落雜草叢生，藜藿縱橫。

眺聽良多感，徙倚獨沾襟：鬱悶的我感慨良多，不禁淚下。

沾襟何所為，悵然懷古意：爲什麼我的眼中飽含淚水？因爲我想起了歷史上的那些往事。

秦俗猶未平，漢道將何冀：如今像秦末一樣的亂世還未被蕩平，漢朝那樣的太平年代何時才能到來？

樊噲市井徒，蕭何刀筆吏：身處亂世的樊噲，不過是一個市井之徒，蕭何也不過是一個刀筆之吏。

一朝時運會，千古傳名諡：可是時勢造英雄，出身低微的他們居然就能順時應勢，並得以青史留名。

寄言世上雄，虛生真可愧：所以我寄語如今世上的那些豪傑英雄們，千萬不要虛度此生。

整體來看，詩的意思是，詩人不希望虛度此生，立志幹一番事業，爭取青史留名。滿滿的正能量，人人都會認爲是有志青年。可是，該私塾先生「詩成而泣下數行」。這就奇怪了，你寫詩就寫詩，都這麼正能量了，哭什麼？不光是今天的我們覺得奇怪，當時亦「時人有怪之者」。於是，「時人」起了疑心，「以告太守趙佗，下縣捕之」。結果呢，該私塾先生跑了。這就更奇怪了。你跑什麼？

不跑？不跑他就麻煩了。因爲該私塾先生的眞名，並不叫劉智遠，而是叫李密，當時隋朝官府的「A級」通緝犯李密。寫這首詩時的李密，正處於亡命天涯的途中，也正處於他一生中最黑暗、最艱難的三年之中。而他此時寫下的這首〈淮陽感懷〉，也成爲他唯一留下的一首詩。

「官二代」李密是如何走上造反之路的

李密本是官二代，之所以落到「A級」通緝犯的地步，實在是因爲他自己交友不慎，朋友圈裡混進了損友。

其實一開始，李密朋友圈的檔次並不低。因爲李密的出身，可以用顯赫形容。在當時，他跟誰「拚爹」，也不落下風。李密的親爹李寬，是隋朝上杜國、蒲山郡公；爺爺李曜，北周杜國、邢國公；曾祖父李弼就更猛了，西魏司徒、「八杜國」之一。

「八杜國」指的是西魏時期受封的八位杜國大將軍，分別是宇文泰、元欣、李虎、李弼、趙貴、于謹、獨孤信、侯莫陳崇。此後，「八杜國」成爲崛起於南北朝時期、縱橫中國近二百年的關隴軍事貴族集團的別稱。這是一個史上非常牛的集團。因爲這個集團創造了中國史上的四個王朝：西魏、北周、隋、唐。

「八杜國」中的宇文泰，是西魏的實際掌權者，亦是北周政權的奠基者；李虎，唐朝第一位皇帝李淵的祖父；獨孤信，北周第二位皇帝宇文毓的岳父、隋朝第一位皇帝楊堅的岳父、唐朝第一位皇帝李淵的外祖父。順便說一句，獨孤信是史上最成功的岳父，沒有之一。鬧了半天才明白，原來南北朝時期的北朝，就是這「八杜國」集團的內部人士，輪流坐莊，扮家家酒玩。

同時，「八杜國」集團中的李弼還有李密這樣一個曾孫，隋朝最猛的造反派、「A級」通緝犯。

出生在這樣的貴族家庭，李密一開始還是充滿正能量的，「趣解雄遠，多策略，散家貲養客禮賢不愛藉」。李密二十多歲的時候，以門蔭入仕，擔任了千牛備身這樣的六品官。「千牛備身」，就是手執千牛刀侍奉皇帝左右的禁衛武官。千牛刀則來自於著名寓言「庖丁解牛」中的這一句話——「今臣之刀十九年矣，所解數千牛矣，而刀刃若新發於硎[1]」。於是，大約從西魏時起，人們開始把鋒利的刀稱爲「千牛刀」。千牛備身作爲皇帝身邊的人，本來是一個很有前途的活計。可惜李密當時的老闆隋煬帝楊廣覺得「此兒顧盼不常」，不喜歡他。結果，李密剛剛到手的工作，又丟了。丟了工作的李密，開始苦練內功。別誤會，他不是在打通任督二脈，而是從西元六〇五年到六一三年，整整讀了八年書，「專以讀書爲事，時人希見其面」。就在他讀書期間，朋友圈裡混進了一個損友——楊玄感。

李密和楊玄感成爲朋友，源於他和楊玄感父親、越國公、尚書令楊素的偶遇。偶遇後，楊素「奇之」，將他推薦給同齡的兒子楊玄感，說「吾觀李密識度，非若等輩」。從此，損友楊玄感進入了李密的朋友圈，並直接改變了李密三十歲以後的人生。之所以說楊玄感是損友，是因爲他有膽量造反，卻聽不進李密的正確建議，以致痛失好局，功敗垂成，結果害一幫子人掉了腦袋，也害得李密亡命天涯。

大業九年（六一三）春，隋煬帝楊廣再次出兵征伐高麗，委派時任禮部尚書的楊玄感

1 硎：音形，磨刀石。

在黎陽（今河南浚縣）督運大軍糧草。覺得機會難得的楊玄感，決定糾集李密等一幫志同道合的朋友，起兵造反。李密八年的書沒有白讀啊。此時的他，向楊玄感建言，獻上、中、下三策。

上策：攻克幽州，控扼遠征軍的咽喉要道。理由：隋軍遠征高麗，距離幽州尚有千里，南隔大海，北有強胡，政令、糧草都只能通過榆林塞（今陝西榆林）一條道路與內地溝通。此時，如果攻占幽州，即可憑藉臨渝關（今河北撫寧），控扼遠征軍的咽喉要道，截斷大軍糧道。不出一月，遠征軍就會斷糧，加上高麗軍隊的反攻，大軍不亂即降。消滅了遠征軍之後，再回過頭來，天下可傳檄而定。

上策的最狠毒之處，就是掐斷了隋煬帝遠征大軍唯一的糧草和政令通道。原來，隋煬帝遠征高麗，糧草給養不是遼東供應，而是靠關內運送過去。如果楊玄感率軍直撲幽州一帶，切斷隋煬帝政令入關和糧草出關的唯一通道，那麼隋煬帝將會陷入全盤被動。政令不能入關，隋煬帝就不能號召和指揮中原的軍事力量一起平叛，只能依靠手中的遠征軍轉身西向攻擊；糧草不能出關，隋煬帝手下的遠征軍將很快出現餓肚子的狀態。大軍餓著肚子，又屯兵幽州堅城之下，背後還有高麗軍隊的反攻。如此危局，隋煬帝手下軍隊人數越多，將死得越難看。而打敗了隋煬帝之後，再乘勝直搗隋朝統治中心長安，那時隋朝群龍無首，一舉可勝。

高，實在是高。

中策：攻克長安。理由：我軍直撲關中，攻克長安，然後據潼關和崤山天險而守之，伺機東出潼關平定中原。這樣一來，即使隋煬帝率遠征大軍返回，也已失去根本之地，我軍則進可攻退可守，居於萬全之地。

李密的中策，其實就是四年之後李淵的成功之路。當時，隋煬帝爲了遠征高麗，幾乎把國家所有的軍隊和勇將都抽調到了前線，因而，都城長安所在的關中地區相當空虛。受命留守長安的代王楊侑和刑部尚書衛文升，少的年僅九歲，老的時已七十二，做事基本靠這個七十二歲的老人。衛文升雖有忠心與謀略，但年紀不饒人，已沒有能力有所作爲。在楊玄感起兵後，衛文升曾從關中率軍七萬赴援東都，但與楊玄感大軍屢戰屢敗，死傷大半，可見衛文升及其部隊的軟弱無能。

四年後的大業十三年（六一七），李淵從太原起兵，進攻長安。其實，此時的長安，經楊玄感之亂後，已經大大加強了防守力量，由大將屈突通鎮守。但李淵還是僅僅用了不到半年的時間，就從太原一直打進了長安，這充分說明關中地區的防守始終較爲薄弱，容易攻取。

關中，地處涇河、渭河、洛河三水交匯而成的河谷平原，東有崤山、潼關天險，北繞黃河和廣闊的沙漠，南屏秦嶺、武關，西爲大散關，歷來稱爲「四塞之國」和「天府之國」，易守難攻，是當時天下的根本之地，也是秦始皇、漢高祖等著名帝王成就一代帝業的福地。占領了關中，不僅占據了隋朝首都，也等於掌握了天下根本，進可攻退可守。

高，實在是高。

下策：攻克洛陽。理由：就近迅速攻克東都洛陽，並以此號令天下。但是，如果洛陽得訊後堅守不降，導致我軍久攻不克，等到天下救兵四面而至，那後果就不堪設想了。

遺憾的是，楊玄感採納的，是李密的下策。而且，進展得很不順利。其實，李密的下策，如果進展順利，也不失爲權宜之策。因爲，當時隋煬帝東征高麗，把洛陽作爲戰略大本營，不僅將百官家屬作爲人質安置在這裡，還在此囤積了大量的糧草兵器等戰略物資。如果進展順利，就近襲取東都洛陽，楊玄感既能徹底解決部隊的物資供應問題，還能控制百官家屬藉以動搖隋軍的軍心。問題是，他沒有得手。沒有得手的原因是，洛陽已經有了防備。楊玄感信任的原河內郡主簿唐禕，在被楊玄感任命爲懷州刺史後，逃歸東都洛陽，向東都留守、越王楊侗告了密。有了防備，洛陽就不好打了。結果，楊玄感屯兵洛陽堅城之下，苦戰一個多月，毫無收穫。這時，隋煬帝已派大將宇文述、屈突通、來護兒快速率援軍抵達洛陽周邊，楊玄感腹背受敵，只好另謀出路。

這個時候，楊玄感仍有進軍關中的機會。他的大將李子雄建議，東都援軍日益增多，我軍屢敗，堅城之下不可久留，不如直入關中攻占長安，開永豐倉賑濟百姓，關中地區指日可定，然後再東向爭天下，王霸之業就可成功。這其實還是李密此前提出過的中策。

事已至此，楊玄感只能接受這個中策，集中主力直指潼關，隋將宇文述等則率軍隨後追擊。可恨的是，楊玄感進軍至弘農郡（今河南靈寶），居然輕信當地百姓的話，一廂情願地認爲弘農宮屯有大量糧草，決定停下來攻打弘農宮。對於楊玄感這一幾近自殺的行爲，李密極力反對：「我們如今哄著部隊進軍關中，兵貴神速，何況追兵馬上就要到來，怎麼可以停留！如果前不能占據潼關，後不能攻占弘農宮以爲據點，追兵一到，我們必然大敗，那時何能自保？」可是，損友楊玄感的笨勁兒上來了，就是不聽。結果苦攻三天，弘農宮穩如泰山。進退失據的楊玄感只好放棄，準備繼續揮軍西進。晚了！隋將宇文述、來護兒、屈突通、衛文升從四面圍了上來，楊玄感勢窮自殺，李密只好亡命天涯，然後流著眼淚，去吟誦「滿滿正能量」的〈淮陽感懷〉了。

亂世未顯英雄本色

在楊素與李密的那場偶遇中，楊素曾問李密讀何書，李密回答說《項羽傳》。從李密後來的人生歷程來看，他眞不該讀《項羽傳》的。從楊玄感起兵到失敗的過程中，可以看出，李密的每一次策劃和建議，都是正確的。這也體現出李密這輩子的最大特點：輪到他當參謀，給主帥出主意的時候，他特別高明；輪到他當主帥，做戰略決策的時候，他特別低能，特別像項羽，總是在手握滿把好牌的情況下，葬送好局。

大業十二年（六一六）十月，李密結束了「A級」通緝犯生涯，加入翟讓的瓦崗軍，開啓了他一生中最輝煌的階段。李密加入瓦崗軍後的「第一桶金」，是在當時隋朝名將張須陀身上取得的。張須陀是曾隨楊素平定過漢王楊諒的叛亂，後又多次率軍平定各地叛亂的隋朝平亂小能手。這樣一位百戰名將，使翟讓有點兒害怕，因爲翟讓在他手下多次吃過敗仗。此時還在當參謀的李密，出了一個高明的主意：「須陀健而無謀，且驟勝易驕，吾爲公破之。」他的戰術是，讓翟讓率軍正面佯敗誘敵，自己與徐世勣、王伯當等將領率軍埋伏於大海寺以北的森林裡，給張須陀來一個前後夾擊的小「驚喜」。結果，張須陀及兩萬精銳部隊全軍覆沒，隋朝「河南郡縣爲之喪氣」。此戰讓翟讓認識到了李密的才能，開始讓他獨當一面。翟讓「令密建牙，別統所部，號蒲山公營」，從此李密掘得了第一桶金，有了嫡系部隊。瓦崗軍攻占洛口倉之後，又是在李密的高明指揮下，採取以逸待勞、佯敗伏擊戰術，再次取得了擊敗隋將劉長恭的重大勝利。此戰也使李密個人，成了其中最大的勝利者。因爲此後不久，翟讓就主動將瓦崗軍主帥的位子，讓給了李密。

李密成爲瓦崗軍主帥後，以洛口倉城作爲新的根據地建立政權，自號魏公。手下文有魏徵、許敬宗、柴孝和、祖君彥、房彥藻、鄭挺、鄭德韜等著名謀士，武有單雄信、王伯當、徐世勣、秦叔寶、程咬金、羅士信等知名大將。河南、河北、山東各地義軍紛紛前來投靠，部隊人數猛增到數十萬，成爲全國義軍中的主力，威震中原，聲名遠播。滿手的好牌啊，形勢一片大好。下一步向何處打，就當時的情況來看，李密也有上、中、下三策可供選擇。

上策：攻克揚州。李密率瓦崗軍調頭向南，直撲江都（今江蘇揚州），消滅隋煬帝和在他身邊的隋軍主力。其實這也是李密當年提供給楊玄感的上策。其中的變化在於：一是李密現在的軍事實力強於楊玄感當年；二是隋煬帝當年在遼東，如今在揚州。

中策：攻克長安。李密迅速以主力襲占長安，之後再徐圖天下。這實際上也是李密當年爲楊玄感提供的中策。

下策：攻克洛陽。

可惜的是，這時的李密，已是主帥，而且已經是像項羽一樣的低能主帥，他堅決地選擇了下策，一根筋地死磕洛陽。

這實在讓人百思不得其解：李密在楊玄感起兵時如此策劃，在翟讓面前也是如此建議，高明的策略論述起來一套一套的，等到他自己作爲三軍主帥，需要做出戰略決策時，卻重蹈當年楊玄感的覆轍，堅決拒絕了手下謀士柴孝和等人的正確建議，而把攻克東都洛陽作爲首選的戰略目標。結果，從大業十三年四月至武德元年（六一八）九月，李密猛攻洛陽達一年半之久，在先後火拚了王世充和宇文化及兩個軍事集團的精銳部隊之後，李密和瓦崗軍也油盡燈枯，流乾了最後一滴血，全軍覆滅。

李密不知道的是，他在這一年半裡任性浪費的，不僅僅是他手下瓦崗軍的軍事實力，其實也是他自己一生的機會。在李密與王世充死磕的一年半中，全國的政治大勢，悄悄地發生了翻天覆地的變化。一年半裡，全國各地的起義軍風起雲湧，各地軍閥也趁機割據一方，逐步形成了臨濟的輔公祏、江淮的李子通、歷楊的杜伏威、渤海的高開道、朔方的梁師都、馬邑的劉武周、隴西的薛舉、河西的李軌等幾大軍事集團。

更要命的是，在大業十三年（六一七）五月，即李密拒絕柴孝和直撲長安的建議而開始全面進攻洛陽的次月，太原留守李淵舉兵反隋，按照李密提供給楊玄感的中策，率軍南下，從龍門渡過黃河，於十一月成功攻克長安。然後，李淵立代王楊侑爲傀儡皇帝，並在肅清關隴敵對勢力的同時，很快派其長子李建成、次子李世民率軍出關，爭奪東都洛陽。

成功的路只有一條，你李密不走，我李淵走。

成者王侯敗者寇

武德元年十月，已經走投無路的李密，只好率部屬兩萬餘人至長安，歸降李淵。歸降之際，李密還是很有理想的，他本來以爲會有一個匹配的職位在等著他。李淵封他爲「光祿卿」、「上柱國」，賜爵「邢國公」。李密對「上柱國」和「邢國公」應該還是滿意的。因爲這都是他的父祖們曾經得到過的封賜。「上柱國」是正二品的勳官。這是一個來源於楚國的職官名稱，到了唐朝，已不再是實際官職，而成了最高一級的勳官，也就是有品級而無實際職責的榮譽稱號。「邢國公」則是從一品的爵位。要知道，後來像李靖、秦叔寶那樣百戰功高的凌煙閣二十四功臣，其爵位也不過是國公。李密此時對大唐尚無寸功，李淵就封他爲國公，很夠意思了。

最不能讓李密滿意的，是他的實際職務——從三品的「光祿卿」。這個職務的崗位職責是「掌酒醴膳饈之政」，說白了，李淵就是讓他管個食堂罷了。相信李密當時一聽到這個任命，內心肯定是崩潰的。李淵讓一個曾經坐擁百萬之師、馳騁疆場、威震天下的梟雄，去管理食堂和操心油鹽醬醋？說輕一點兒，這是用人失當；說重一點兒，李淵這是有意侮辱李密。雙方的嫌隙，就此埋下。接著，在僅僅兩個月之後，李密就被唐將盛彥師斬殺。發生這一突變的原因，《舊唐書》及《新唐書》的記載大同小異：

未幾，聞故所部將多不附世充者，高祖詔密以本兵就黎陽招撫故部曲，經略東都，伯當以左武衛將軍為密副。馳馹[1]東至稠桑驛，有詔復召密，密大懼，謀叛……乃簡驍勇數

1 馹：音日，古代驛站所用的驛車或馬匹。

十人，衣婦人服，戴羃䍦[2]，藏刀裙下，詐為家婢妾者，入桃林傳舍，須臾變服出，據其城。掠畜產，趣南山而東，馳告張善相以兵應己。

李密受到李淵的派遣，率部去招撫老部下歸降大唐。結果剛剛離開長安，李淵又突然宣召李密。李淵這個舉動，使得本來就與李淵有嫌隙、擔心他對付自己的李密，「大懼，謀叛」，並且聯絡舊部一起反叛，「馳告張善相以兵應己」，最後事敗被殺。

但是，此處有冤情。記載在《魏鄭公文集》、《文苑英華》、《全唐文》等文獻中的〈李密墓誌銘〉，和河南浚縣城關羅莊西出土的〈李密墓銘〉，都可以爲李密洗清冤情。這兩個文獻均顯示，李密當時的確「大懼」了，但他並未「謀叛」。按照王國維的「二重證據法」，〈李密墓誌銘〉是紙上之材料，〈李密墓銘〉是地下之新材料。就李密「謀叛」這個事情而言，兩個材料的說法是一致的。〈李密墓誌銘〉說的是，李密降唐之後，「以名重自疑，功高是懼，將遠遊以避難」；〈李密墓銘〉說的是，當時李密收到李淵重新召他回長安的命令之後，「想淮陰之僞游，懼彭王之詐返。內懷震恐，棄軍宵遁」。以上文字表明，李密當時不是想「謀叛」，而是想「遠遊」，想「遁」。李密當時的眞實想

2 前後全用紫羅為幅，下垂，雜以他色為帶垂於背，為女子遠行乘馬之用。

法是，太嚇人了，我不玩了還不行嗎？

必須指出，不玩了想跑和主動謀叛，兩者有著本質區別。李密的結局雖然已經註定，但正史對此處的記載，有冤情，不可不爲之一辯。回想當年，李密在寫下〈淮陽感懷〉時，曾有一句「寄言世上雄」。說是寄言，實是自勉。當時的他，是以「世上雄」自居的。事實上，他一貫自視頗高。在李密剛剛認識損友楊玄感時，就對其吹過牛：「決兩陣之勝，噫嗚咄嗟，足以讋[3]敵，我不如公。攬天下英雄馭之，使遠近歸屬，公不如我。」李密的意思是說，楊玄感是能夠在兩軍陣前決勝的將軍之才，他自己呢，可以使遠近的英雄都來投奔，並馭使天下英雄爲自己效力，是個帥才。

人呢，最怕的就是不能正確地認識自己，李密就是一個典型。從李密一生的軍事生涯來看，他長於戰術，短於戰略，善於小謀，拙於大計。讓他當一個軍事統帥的高級參謀綽綽有餘，讓他親自去當一個軍事統帥，實在是難爲他了。至於當時他自吹自擂的「攬天下英雄馭之，使遠近歸屬」，起碼，對他有知遇之恩的翟讓，肯定不同意。

翟讓作爲瓦崗軍的前任老大，是主動把自己老大的位子讓給李密的。翟讓對李密而言，不僅僅是個他要延攬的英雄，還是他的大恩人。對於這樣一位大恩人，李密居然就在

3 讋，音哲，恐懼、喪膽。

其並無明顯反跡的情況下，悍然將其誅殺，不僅寒了大部分瓦崗軍將士的心，還由此種下了自己事業的最大敗因。一個恩人翟讓都容不下，還談什麼「攬天下英雄馭之，使遠近歸屬」？純屬不能正確認識自己的胡吹。

事實證明，李密與楊玄感，既不是將才，也不是帥才，都是蠢材。

玄武門前血猶未乾：記一場影響唐朝命運的政變

貞觀七年（六三三）正月癸巳日，長安太極宮玄武門。唐太宗李世民正在請客，「宴三品已上及州牧、蠻夷酋長於玄武門，奏七德、九功之舞」。李世民專門寫有一首〈春日玄武門宴群臣〉，描述這個大場面：

韶光開令序，淑氣動芳年。
駐輦華林側，高宴柏梁前。
紫庭文珮滿，丹墀袞紱連。
九夷篋瑤席，五狄列瓊筵。
娛賓歌湛露，廣樂奏鈞天。
清尊浮綠醑，雅曲韻朱弦。
粵余君萬國，還慚撫八埏。

庶幾保貞固，虛己厲求賢。

到底是皇帝的詩，看完感覺就兩個字：大氣。

〈春日玄武門宴群臣〉，意思就是這年春天，李世民在宮中玄武門，請群臣吃個飯。玄武門，是李世民所住的太極宮的北門。

中國古代都城城門的命名，多以「四靈」神獸名之。《三輔黃圖》載：「蒼龍、白虎、朱雀、玄武，天之四靈，以正四方，王者制宮闕殿閣取法焉。」「四靈」中朱雀主南方，玄武主北方，所以長安城的皇城南門叫朱雀門，宮城北門叫玄武門。

〈春日玄武門宴群臣〉全詩的意思，也不難理解：

韶光開令序，淑氣動芳年：今天是個好日子。

駐輦華林側，高宴柏梁前：我在華林之側駐輦，在柏梁台前大宴群臣。

紫庭文珮滿，丹墀袞紱連：應邀來現場參加宴會的，有身穿官服、佩戴玉珮的朝中高官。

九夷簉瑤席，五狄列瓊筵：應邀來現場參加宴會的，還有「九夷」「五狄」等少數民族的首領。

正如李世民在這裡所炫耀的，今天宴會的參與者，共有三類人：第一類是「九夷」

「五狄」等少數民族的首領；第二類是地方州牧；第三類則是朝中三品以上的高官。

第三類人，本來就是住在長安的京官，大家平時低頭不見抬頭見，請他們吃個飯也好請，招呼一聲就來了；問題是第一類人、第二類人可不是常住長安的，少數民族首領和地方州牧都是負有地方行政長官責任的，怎麼說來就來了？其實，他們去年十月就來了。換句話說，他們等這頓飯很久了。怎麼回事呢？原來這些參加宴會的少數民族首領和地方州牧，都是朝集使。

朝集使是地方州郡每年派往京城彙報地方工作、接受中央考核的使者。由於當時規定「凡天下朝集使，皆令都督、刺史及上佐更爲之」，所以這些使者一般都是地方州牧。這些朝集使每年「皆以十月上計京師，十一月禮見，會尚書省應考績事。元日陳貢集，集於考堂，唱其考第，進賢以興善，簡不肖以黜惡」。朝集使遠來不易，在地方工作也挺艱苦的，到了京城由皇帝出面請吃個飯，太應該了。

娛賓歌湛露，廣樂奏鈞天：歌手高唱「湛露」之詩，樂隊高奏「鈞天」之樂。

清尊浮綠醑，雅曲韻朱弦：綠色美酒盛滿酒杯，朱紅琴弦奏響雅曲。

粵余君萬國，還慚撫八埏：在這樣的宴會上，我想到自己作爲萬國之君，責任重大，還要進一步撫慰八方民眾。

庶幾保貞固，虛己厲求賢：我只有進一步謙虛謹慎，進一步任用賢才，才能維持國家安定團結的繁榮局面。

吃著火鍋唱著歌，喝著美酒吟著詩，李世民還不忘自己作爲大國之君的責任，還提醒自己要謙虛謹慎、任用賢人。

時任太子右庶子、兼崇賢館學士的杜正倫也參加了宴會，並針對李世民的〈春日玄武門宴群臣〉，作了一首〈玄武門侍宴〉的和詩，也是鴻篇巨制，也是宏大敘事。

可就在同一個地方，曾經發生的事件，與此時宴會的熱鬧和諧反差巨大，實在是不能不讓人感慨萬端，所以還是得在此提一提。其實，這一天，李世民是作爲殺人兇手，在殺人現場大宴賓客的。

別看今天的玄武門，高朋滿座，燈紅酒綠。七年前，也是在這個玄武門，一齣悲劇曾經上演：李世民率領手下，殺兄屠弟，骨肉相殘。

殺兄屠弟的「玄武門之變」

唐太宗李世民寫〈春日玄武門宴群臣〉的七年前，也就是武德九年（六二六）六月，秦王李世民集團和太子李建成集團的皇位之爭，已經白熱化。而且，整體態勢已逐漸開始對李世民不利。

不利之一，李建成已對李世民起了殺心。如果李世民不發動「玄武門之變」殺死李建成的話，我們也許就能找到以下這一則史料：「會突厥御射設將數萬騎屯河南，入塞，圍烏城，建成薦元吉代世民督諸軍北征，上從之。武德九年六月，丁巳，太白經天。詔元吉將兵出幽州以禦突厥，上餞之於玄武門。太子洗馬魏徵上奏：『秦王以不得典兵，數怨望，謀反！』建成、元吉亦力證其反狀，世民不能自白。帝意乃決，命壯士拉殺之，秦府屬將皆下獄。世民爲人聰明英武，有大志，而能屈節下士。善騎射，每接戰，常身先。曾平薛仁杲、定劉武周、滅竇建德、擒王世充，功高第一，以此見妒。至是，無辜被殺，天下冤之。」

這是一則李建成誣陷成功、促使李淵下令處死李世民的史料，也是一則從未見於二十四史的史料，屬於「全新發現」。其實，這是我的全新杜撰。但是，我只杜撰了史料，卻並未杜撰結果。對於今天的我們而言，武德九年六月李唐皇室的皇位之爭，結果只會有兩個，不是李世民殺李建成，就是李建成殺李世民。

在假設中，李建成殺了李世民，不過是唐朝又多了一個冤死的皇子；在歷史上，李世民殺了李建成，不過是唐朝又多了一個政變成功的案例。所謂的成敗，如是而已。

不利之二，老爹李淵貌似中立，其實是站在太子李建成一邊的。今天我們可以看到的史料顯示，李淵曾在晉陽起兵、攻克長安等至少六個關鍵時刻，「私許」李世民，說要立他爲太子。問題是，這是沒有第三人在場的情況下的「私許」？還是在李淵死後死無對證的情況下，李世民的自說自話？凡是見到這種史料，大家看看就好了。公認的是，李淵在自己任內，從未在公開場合與任何人討論過廢立太子的事情。他的態度一直很明確，李建成作爲嫡長子，應該當下一任皇帝；李世民功勞很大，也應給予相當的地位予以尊崇，但不必當皇帝。換句話說，作爲老爹，李淵希望兒子們各守本分，不要互相爭鬥，更不要互相殺戮。而且，李淵對於立有大功的李世民，並非全然滿意。事實上，武德五年（六二二）十一月，他曾對左僕射裴寂說：「此兒久典兵在外，爲書生所教，非復昔日子也。」《資治通鑑》記錄說，李淵對李世民孜孜以求皇帝之位，相當反感。武德七年七月，在李建成、李世民、李元吉兄弟三人都在場的情況下，李淵公開訓斥李世民說：「天子自有天命，非智力可求；汝求之一何急耶？」因此，李淵默許了李建成、李元吉逐步侵奪李世民軍權的行動。李淵的這個態度，在「玄武門之變」前是貫穿始終的，這也使得李世民陷入了被動和危險的境地。

不利之三，李世民集團的軍隊人數毫無優勢。當時的長安城內，共有三支武裝力量。第一支是禁軍三萬人。主要是「元從禁軍」，「初，高祖以義兵起太原，已定天下，悉罷遣歸，其願留宿衛者三萬人。高祖以渭北白渠旁民棄腴田分給之，號『元從禁軍』」。在編制上，這三萬「元從禁軍」又分爲南衙和北衙，「南衙，諸衛兵是也；北衙者，禁軍也」，也就是南衙護城、北衙護宮。所以，北衙禁軍更爲關鍵。第二支是李建成集團的東宮兵和李元吉的齊王府兵，約四千人。按照編制，李建成的東宮，包括太子左右率府，親府、勳府、翊府三府，太子左右司御率府，太子左右清道率府，太子左右監門率府，太子左右內率府等機構在內，他應該掌握有近一千人的直接兵力。李建成感到力量不夠，「私召四方驍勇，並募長安惡少年二千餘人，畜爲宮甲，分屯左、右長林門，號爲長林兵」；他還交結外藩，讓燕王羅藝送來幽州突騎三百，「置諸宮東諸坊，欲補東宮長上」。這樣一來，李建成手上的直接兵力就超過三千人了。李元吉的齊王府兵，也有包括親事府、帳內府的親兵近一千人。第三支是李世民的秦王府兵。作爲親王，他和齊王李元吉所擁有的親事府、帳內府親兵力量大致相當，也就一千人左右的兵力。

這樣一來，即使李淵的「元從禁軍」保持中立，李世民集團也是一千打四千，一個打四個。兩軍如果正面開打，李世民個人再猛，也不是李建成的對手。

在這樣不利的態勢下，六月初二，李世民收到了自己收買的東宮內奸、時任東宮太子率更丞王晊的密報：李建成集團真的打算在朝廷爲李元吉大軍出征餞行之際，殺死李世民，同時坑殺尉遲敬德、秦叔寶等武將。並且，已商量好，事後向李淵「奏云暴卒」，「主上宜無不信」。事情明擺著，先下手爲強，後下手遭殃。李世民必須下決心了。當天，李世民就做了一個艱難的決定。他連夜召集長孫無忌、房玄齡、杜如晦等核心部下入府商議，制定了一個政變計畫，隨即分頭開始準備。

雖然今天的我們沒有參與六月初二晚的秦王府密議，但我們仍然可以從政變結果，來推知李世民的政變計畫。計畫的第一個目標，是監視並限制父親李淵的人身自由，在時機成熟後，逼迫父親李淵交出全部權力；計畫的第二個目標，才是殺死李建成。

第一個目標，才是政變的核心。爲什麼？不是應該先殺了李建成嗎？怎麼先跟李淵較勁兒呢？

所謂政變，是指統治集團的少數人經過秘密策劃和準備，通過暴力或非暴力等非正常途徑，實現最高權力轉移的行爲。可見，政變的核心目標，就在於權力轉移。

「玄武門之變」前，最高權力在誰手裡？李淵。「玄武門之變」後，最高權力在誰手裡？李世民。

而把李淵作爲政變的第一號目標人物，可不是因爲李淵不喜歡李世民，而是因爲他擁有最高權力。

唐朝史上，還有一次失敗的「玄武門之變」，正好可以作爲反面例子。

景龍元年（七〇七）七月，李世民的重孫、李顯的太子李重俊，因憤恨不是自己生母的韋皇后和武三思等人的猜忌和傾軋，悍然發動了唐史上的第二次「玄武門之變」。

李重俊對唐中宗李顯沒意見，所以他壓根就沒有想過要控制李顯。政變開始後，他順利地調動「羽林千騎兵三百餘人」，把住在皇宮外面的武三思、武崇訓殺了，然後「自肅章門斬關而入」，到處搜捕武三思的情婦上官婉兒和韋皇后，但「上乃與韋后、安樂公主、上官婕妤登玄武門樓以避兵鋒」，雙方形成了對峙局面。然後唐中宗出面一句話就解決了問題。他對政變士兵喊話說：「汝輩皆朕宿衛之士，何爲從多祚反？苟能斬反者，勿患不富貴！」然後政變士兵臨陣倒戈，太子出逃身死。

只有控制最高權力人，才是對政變這一特殊工作起碼的尊重。試想，如果李世民不從政變一開始就控制住李淵，等到關鍵時刻，行動自由的李淵也出面喊上那麼一嗓子，李世民就只有下地獄了。

所以，李淵才是李世民政變的第一個目標。政變也是圍繞著這個首要目標來準備的。

六月初三，作爲政變準備的一個必要步驟，李世民求見李淵。見面時，李世民向李淵誣告李建成、李元吉淫亂後宮。這一誣告讓李淵感到愕然，決定明天「開會」查明此事，對李世民說「明當鞫[1]問，汝宜早參」。這正是李世民求見的目的，他需要製造一個所有目標人物進入太極宮「開會」的機會。

六月初四，決定命運的一天來臨。這一天清晨，由尉遲敬德率少量精兵，在不驚動第一號目標人物李淵的情況下，對李淵的人身自由進行了監視和限制；同時，「世民帥長孫

1 鞫：音局，審判、訊問。

無忌等入，伏兵於玄武門」，等著第一號目標人物李建成、第二號目標人物李元吉的到來。其實，在殺身之禍到來之前，李建成、李元吉本是有機會逃脫的。因爲「張婕妤竊知世民表意，馳語建成」，他們已經知道李世民在搞小動作。當然，他們並不知道李世民已經下定決心要在今天要他們的腦袋。在當天早晨二人的商議中，李元吉主張「宜勒宮府兵，托疾不朝，以觀形勢」。李元吉是對的。如果按照他的意見行事，這一天他們就不會人頭落地了。但是，李建成認爲「兵備已嚴，當與弟入參，自問消息」，「乃俱入，趣[2]玄武門」。這一下，徹底壞了，兩人就此走上了不歸路。

李建成認爲「兵備已嚴」，是想到了兩點：一是己方兵多；二是玄武門是自己人在守衛。萬一有事，自己的兵可以通過玄武門進入宮中，救援自己。李建成沒有想到的，也是兩點：一是秦王府的「勇士八百人悉入宮控弦被甲矣」；二是玄武門的守將已被收買。這樣一來，有事之時，玄武門將被關閉，宮中禁軍將保持中立，從而隔斷宮內宮外的聯繫。這樣一來，秦王府的兵，將在宮中形成局部兵力優勢，從而要了他的命。

事情的經過，也正是如此：當李建成、李元吉入宮來到臨湖殿時，「覺變，即跋馬東歸宮府」，但他們已跑不了了，伏兵出來了。搏鬥中，「世民射建成，殺之」，「元吉步

2 同趨。

欲趣武德殿，敬德追射，殺之」。

當宮中有變的消息傳到宮外時，李建成的親信將領馮翊、馮立、薛萬徹、謝叔方「帥東宮、齊府精兵二千馳趣玄武門」。可是，玄武門按照李世民的政變計畫，關閉了，「張公謹多力，獨閉關以拒之，不得入」。就在「守門兵與萬徹等力戰良久」之時，「尉遲敬德持建成、元吉首示之，宮府兵遂潰」。

政變的第二號目標人物、第三號目標人物，就此解決。下面該是解決政變第一號目標人物的時候了。可人家李世民畢竟是「孝順」兒子啊，此事不便親自出面。於是，「世民使尉遲敬德入宿衛，敬德擐甲持矛，直至上所」。司馬光《資治通鑑》這一句話中，「使」之一字，用得極妙。正是在李世民的指使之下，尉遲敬德「擐甲持矛，直至上所」。按照唐制，尉遲敬德在並未擔任宮中宿衛將領的情況下，突然「擐甲持矛」出現在李淵面前，是個什麼性質？造反的性質！所以，李淵的反應是，「上大驚，問曰：『今日亂者誰邪？卿來此何爲？』」尉遲敬德回答說：「秦王以太子、齊王作亂，舉兵誅之，恐驚動陛下，遣臣宿衛。」尉遲敬德一介粗人，此時的回答如此藝術，估計是李世民事先教過的。事情的眞相，不是「恐驚動陛下，遣臣宿衛」，而是恐怕你亂說亂動，不肯交權，遣我來軟禁你。李淵到底也是一位人物，既拿得起，也放得下。到了這個時候，他明白，該放下了。他在迅速判明當時的形勢以後，採取了承認政變、認帳配合的態度。「敬德請降手敕，令諸軍並受秦王處分，上從之」，不久，李淵下詔，「自今軍國庶事，無大小悉委太子處決，然後聞奏」，徹底退出政治舞臺，當上了唐朝的第一位太上皇。

至此，李世民在「玄武門之變」中，殺兄屠弟，逼父交權，成爲大贏家。

權力博弈間的「父子深情」

「玄武門之變」後，李世民與李淵這對父子的首次見面，氣氛註定是尷尬的。史書中如此描述這一幕：上乃召世民，撫之曰：「近日以來，幾有投杼之惑。」世民跪而吮上乳，號慟久之。

李淵說的這句話，大有講究。李世民雖然沒有說話，但他幹的這一件事，也大有講究。李淵這句話中的講究在於「投杼之惑」。所謂「投杼之惑」，是指曾參的母親前後三次聽說自己的兒子殺了人，前兩次根本不信；在聽到了第三次之後，曾母相信了，丟下織布的梭子，逃走了。

李淵在這個時候引用「投杼之惑」，至少有以下兩層意思：一是曾參沒有殺人而被人誤傳。那麼以前我李淵聽別人說你的話，也是一種誤傳，但我李淵幾乎相信了。這是對兩人以前的過節做一隱晦的解釋；二是曾母逃走，是怕受到曾參的牽連。你現在殺了李建成和李元吉，我卻不怕受牽連，因爲我沒有逃走。「投杼之惑」這四個字，的確在這種難以言狀的政變時刻，起到了非常微妙的作用。

尷尬之中的李世民，無言以對，只能跪倒在李淵面前，放聲痛哭，並做了一個現在看來非常奇怪的舉動「吮上乳」。換句話說，李世民當時跪在地上，吮吸了李淵的乳房！

有學者認爲，這個「跪而吮上乳」，不是實指，而是指李世民趴在李淵的胸前，大哭了一場。但此說似乎不確切。比較靠譜的分析是，李世民當時確實吮吸了李淵的乳房。他的這一舉動，來自唐朝當時還殘存的「乳翁」習俗。

所謂「乳翁」習俗，主要表現爲兩種情況：一是妻子分娩時，丈夫在旁作產婦狀；一是妻子生產後即外出工作，而丈夫代替妻子坐月子，象徵性地臥床，象徵性地給嬰兒哺乳。既「產」又「乳」，由此表明父親在子女生產和哺育中的主導作用。「乳翁」習俗形成於母系社會向父系社會過渡的時期，主要爲父權制的確立服務。而且這個習俗不僅在中國出現過，還在世界上其他地方廣泛存在過，比如東亞、南印度、法國庇里牛斯山、歐洲伊比利亞半島北部山區、南美東北部以及北美高原區，這一習俗至今仍然殘存於一些不發達民族之中。不過，隨著氏族遺風的日漸減弱和父權家長制的日益強化，這種「乳翁」風俗，唐朝以後在中原地區就逐漸消失了。這也是我們今天感到奇怪的原因。

因此，李世民在這時的「跪而吮上乳」之舉，正是這種「乳翁」習俗的遺跡。更爲重要的是，通過這個舉動，勾起了雙方對當初李世民身爲小兒、李淵按照「乳翁」習俗親乳之的美好回憶，進而部分消除了兩人心中的芥蒂和憂傷。

我們不知道的是，李世民此時「跪而吮上乳」，吮的是李淵的第一個乳頭，還是第二個乳頭，還是第三個乳頭？我這樣說是有史籍來源的。正史《新唐書》，明明白白寫著李淵「體有三乳」。所以，他那三個乳頭，可是青史留名的。

作爲開國皇帝，李淵的三個乳頭其實並未登峰造極，最猛的還得數周文王的四個乳頭。《史記》等多種史料裡說，「文王龍顏虎肩，身長十尺，胸有四乳」。

開國皇帝們的三個乳頭、四個乳頭之所以被津津樂道，是因爲古人對「多乳」、「巨乳」的崇拜。古人認爲，這是吉兆，是即將餵養天下人的象徵，當然也是家族勃興的標誌。十六國時期的代國君主拓跋什翼犍，就擁有一對「巨乳」，「身長八尺，隆準龍顏，立髮委地，臥則乳垂至席」。胸大到了這個地步，得到了他哥哥拓跋翳槐的看重和喜歡，留下遺詔，命他接替自己的皇位。

「跪而吮上乳」這一幕之後，父親李淵退居幕後，兒子李世民走向前臺，完成了最高權力的交接。但是，這對父子的心結，卻再也沒有打開。一方面，兒子李世民對晚年的李淵不大孝順，這是史實。貞觀六年（六三二），監察御史馬周上疏，說了三條：一是李淵的住處大安宮不好，「大安宮乃在宮城之西，制度比於宸居，尚爲卑小，於四方觀聽，有所不足。宜增修高大，以稱中外之望」；二是李世民不陪李淵吃飯，「太上皇春秋已高，陛下宜朝夕視膳」；三是李世民不管李淵，自己跑去九成宮避暑，「今九成宮去京師三百餘里，太上皇或時思念陛下，陛下何以赴之？又，車駕此行，欲以避暑；太上皇尚留暑中，而陛下獨居涼處，溫凊之禮，竊所未安」。

李世民可是從諫如流的好皇帝，知錯就改。冬季的一天，「帝侍上皇宴於大安宮，帝與皇后更獻飲膳及服御之物，夜久乃罷。帝親爲上皇捧輿至殿門，上皇不許，命太子代之」。和李淵同住一個太極宮的李世民，帶著老婆孩子，拎點兒東西去看老爹李淵，一起吃個飯，還被記入正史，可見平時這些事兒，李世民沒怎麼做過。當然，人家是皇帝，忙著呢。

另一方面，父親李淵爲李世民的成就而感到欣慰，這也是史實。

第一次感到欣慰是在貞觀四年。李淵聽說擒獲突厥頡利可汗，很高興地說：「漢高祖困白登，不能報；今我子能滅突厥，吾託付得人，復何憂哉！」爲此，特地招來李世民和「貴臣十餘人及諸王、妃、主」喝酒慶祝。酒酣之際，李淵甚至起身「自彈琵琶」，李世民也隨之起舞，「逮夜而罷」。

第二次感到欣慰是在貞觀七年。李淵在酒宴上「命突厥頡利可汗起舞，又命南蠻酋長馮智戴詠詩」，既而笑曰：「胡、越一家，自古未有也！」李世民給李淵敬酒，謙虛地說：「今四夷入臣，皆陛下教誨，非臣智力所及。昔漢高祖亦從太上皇置酒此宮，妄自矜大，臣所不取也。」李淵「大悅」。又是一次父子同樂的歡宴。

貞觀九年（六三六）五月，李淵在大安宮孤獨地生活了九年之後，於七十一歲駕崩。

集權政治的「政變綜合症」

「玄武門之變」對李世民本人及其子孫的影響，是巨大而且深遠的。司馬光就曾經指出李世民樹立的這個壞榜樣，對其子孫的負面影響：「夫創業垂統之君，子孫之所儀刑也，彼中、明、肅、代之傳繼，得非有所指擬以爲口實乎！」簡單地說，在李世民「玄武門之變」的「率先垂範」、「以身作則」之下，唐朝成了史上宮廷政變最多的一個朝代，沒有之一。司馬光所說的唐中宗、唐明皇、唐肅宗、唐代宗，均是通過政變上臺的皇帝。至於那些失敗的政變，就更多了。

「玄武門之變」對李世民個人的影響，就更大了。首先，他從此睡不好覺了。因爲他在宮中做噩夢，睡不著覺，需要尉遲敬德、秦瓊在門口站崗才能睡著，由此催生了這二位的門神形象。他晚上睡不好覺，白天還不厭其煩地拉著魏徵等大臣們，不停地討論秦二世而亡、隋二世而亡的原因。我相信，在這些討論中，他有一句話，一直不好意思說出口：「胡亥殺了兄長扶蘇，楊廣殺了兄長楊勇，秦隋的二世而亡，該不是因爲這樣而遭到的報應吧？」

說起來，李世民和胡亥、楊廣，還眞有點像。他們都不是長子，都曾殺兄屠弟，通過政變上臺，都是本朝的第二代皇帝。所以，李世民是發自內心地擔憂自己也會重蹈覆轍，唐朝也會二世而亡。其實李世民大可不必擔心，從他當上皇帝後的作爲來看，他跟那二位完全不是一個類型的。

殺兄屠弟後如何當皇帝，史上共有三種類型。

胡亥屬於快樂至死的「不作爲」型。胡亥上臺當皇帝後，曾經跟趙高談到了自己的人生理想：「夫人生居世間也，譬猶騁六驥過決隙也。吾既已臨天下矣，欲悉耳目之所好，窮心志之所樂，以安宗廟而樂萬姓，長有天下，終吾年壽，其道可乎？」在這樣的人生理想的指導下，胡亥根本就沒有打算好好當皇帝，他想的就是「不作爲」，就是要快樂至死。這樣，他留在史書上的事蹟就非常「快樂」。長期不上班，「乃不坐朝廷見大臣，居禁中」；泡美女，「二世方燕樂，婦女居前」；看戲，「二世在甘泉，方作觳抵優俳之觀」；整天打獵，還無故殺人，「日遊弋獵，有行人入上林中，二世自射殺之」。像他這樣作死，秦朝不亡才是奇跡。

楊廣的情況則和胡亥正好相反，他是眞心想當好皇帝的。可惜的是，他太想當好皇帝了，成了用力過度的「亂作爲」型。在楊廣僅僅十四年的皇帝生涯裡，他至少幹了三件動輒調動百萬人的大事：

一是營建東都洛陽。這一大工程，每月役使民工約兩百萬人，從大業元年（六〇五）三月到大業二年正月，僅僅十個月就建成！

二是修建京杭大運河。大業元年，楊廣在營建東都的同時，徵發幾百萬人，挖通濟渠，連接黃河、淮河，同年又用十萬民工疏通古邗溝，連接淮河、長江；三年後，徵用河北民工百萬餘人，挖永濟渠，通涿郡（今北京）；又過兩年，疏通江南河，直抵餘杭（今杭州）。至此，前後共用五百餘萬民工，費時六年，大運河全線貫通。

三是三打高麗。尤其是第一次出征，「總一百一十三萬三千八百，號二百萬，其饋運者倍之。癸未，第一軍發，終四十日，引師乃盡，旌旗亙千里。近古出師之盛，未之有也」。

他南巡江州，「舳艫相接，二百餘里」；他北巡榆林，「發河北十餘郡丁男鑿太行山，達於並州，以通馳道」。把把都是大手筆，次次都是徵用幾百萬人。

據《通典．食貨典》記載，大業二年，全國的戶口總和達到了八百九十萬七千五百三十六戶，共四千六百一十萬九千九百五十六人，這是「隋之極盛」時期的數字。可以大致模擬計算一下：楊廣當皇帝時的總人口爲四千六百一十萬九千九百五十六人，而按照中國國家統計局最新發布的資料，截至二〇一五年末，中國十六歲以上至六十歲以下（不含六十歲）的勞動年齡人口爲九億一千零九十六萬人，占總人口的比重爲百分之六六點三。參照這一比例，楊廣當時擁有的勞動年齡人口爲三千零五十七萬人。由於打仗、修河、建城不是女性能夠承擔的勞役，加之當時一般情況下女性是不計算勞動力的，我們再假設當時的勞動年齡人口男女比例爲一：一，所以楊廣手中實際上只有一千五百二十八萬五千個男性可供使用。手上就這麼點人可用，他就敢同時打大仗、興大役、建大城，是不是有點用力過度？

李世民就認眞吸取了楊廣用力過度的教訓，自己開創出了一條千古明君之路，屬於心懷恐懼的「合理作爲」型。

事實上，記錄楊廣上述事蹟的《隋書》，就是由李世民手下的魏徵等貞觀史臣所撰寫的。對於楊廣的用力過度，他們是這樣評價的：

驕怒之兵屢動，土木之功不息，頻出朔方，三駕遼左，旌旗萬里，徵稅百端，猾吏侵漁，人不堪命。乃急令暴條以擾之，嚴刑峻法以臨之，甲兵威武以董之，自是海內騷然，無聊生矣。

這其實也是李世民對楊廣的總結。所以，李世民一直心存「二世而亡」的恐懼，爲了「庶幾保貞固」，吸取楊廣用力過度的教訓，他採取了「隋以富強動之而危，我以寡弱靜之而安」的指導方針。這個指導方針說穿了就是，楊廣當皇帝，縱欲而折騰，以「動」爲主；李世民當皇帝，控制欲望而不折騰，以「靜」爲主。正是在這樣的指導方針下，李世民「虛己厲求賢」，偃武修文，戒奢從簡，輕徭薄賦，恢復經濟，追求政治清明，才最終開創了「貞觀之治」。

楊炎的鬼門關，兩稅法的陽關道

建中二年（七八一）十月，一位被貶往崖州（今海南海口）、時年五十五歲的官員，從長安出發，沿著驛路，一路向南。這天，他到達容州（今廣西北流）以南三十餘里的地方。只見兩山夾峙，狀若闕門，驛路從僅僅寬約三十步的兩山之間穿過，險峻之極。官員一打聽，原來此地居然是「通三江、貫五嶺、越域外」的咽喉要地，名叫「鬼門關」。還有個民諺說：「鬼門關，十人去，九不還。」鬼門關？那可是傳說中人間和陰間交界的地方啊。官員再聯繫到自己的人生際遇，很是感慨，作了一首〈流崖州至鬼門關作〉：

一去一萬里，
千知千不還。
崖州何處在，
生度鬼門關。

一去一萬里：我這次被貶往崖州，大約要走一萬里。詩人在這裡並沒有吹牛，《舊唐書．地理志》說崖州「至京師七千四百六十里」，眞的差不多有一萬里。

千知千不還：我知道，這一次可能就回不來了。

崖州何處在：崖州還不知道在哪裡。

生度鬼門關：我竟然活著經過了一道鬼門關。

詩中這位官員慨嘆，人人死後都要經過的鬼門關，他竟然能夠活著度過，的確是難得的奇遇。

其實，他大可不必如此感慨。因爲，他經過廣西鬼門關的時間，距離他經過陰間鬼門關的時間，已經相當之近了。經過了廣西鬼門關之後，他並沒能到達流放的目的地崖州，而是在「去崖州百里」的地方，被從後趕上的皇帝詔命賜死，終年五十五歲。

他叫楊炎，那個爲中國歷史貢獻了「兩稅法」的楊炎。這一首〈流崖州至鬼門關作〉，是他留在史上的絕筆詩。

仕途坎坷的名門之後

楊炎的曾祖父，叫楊大寶。楊大寶在武德初年，就已經是唐朝的龍門令了。「曾祖大寶，武德初爲龍門令，劉武周陷晉、絳，攻之不降，城破被害，褒贈全節侯。」死在劉武周手上的楊大寶，就此成了大唐的烈士。

楊炎的爺爺楊哲、爸爸楊播，均未出仕，但都以孝行知名，得到朝廷「旌其門閭」、樹立牌坊的獎勵。受到爺爺和爸爸的影響，長大後的楊炎也以孝行聞名於世，「廬於墓前，號泣不絕聲，有紫芝白雀之祥」。搞得靈芝和白雀都來捧場了，朝廷沒有辦法，只好又給他們家樹了第三個牌坊，史稱「孝著三代，門樹六闕，古未有也」。

楊炎不僅孝順，而且長得極帥，「美鬚眉」。明明可以靠臉吃飯的他，偏偏還很有才。一是擅長詩文，「文藻雄麗」，「文敵揚馬」，那可是與揚雄、司馬遷相匹敵的文筆；二是擅長畫畫，「畫松石山水，出於人之表」，畫藝那也是相當不賴。這樣德才兼備的帥哥，豈能長居人下？自然是到處有人搶了。和當年大多數人不一樣，楊炎沒有經過科舉考試，就直接被河西節度使呂崇賁辟爲掌書記。

楊炎出仕的起點，相當不錯。以今天的眼光來看，起步就是司局級幹部，直接跨越科級和縣處級。因爲掌書記是節度使的主要幕僚，「掌朝覲、聘問、慰薦、祭祀、祈祝之文與號令升絀之事」。一般情況下，掌書記的遷轉，要麼在地方幕府系統內遷轉爲節度判官、節度副使，甚至節度使；要麼進入中央，擔任監察御史、殿中侍御史、拾遺、補闕或各部郎中這樣的清望之官。

果然在不久以後，又帥又有才的楊炎上調中央，去了吏部任司勳員外郎，轉任禮部郎中、知制誥，又遷中書舍人，進入了仕途升遷的快車道。大曆九年（七七四），楊炎當上了副部級高官——吏部侍郎。

楊炎此時之所以官兒升得很快，是因爲他得到了權相元載的賞識。楊炎與元載的關係之好，可以這樣來描述：

楊炎在史上，只留下了兩首詩，除了前面那首〈流崖州至鬼門關作〉外，還有一首就是〈贈元載歌妓〉。從這後一首的詩題就可以看出，元載與楊炎，那可是「一起嫖過娼」的鐵哥們。

然而好景不長，到大曆十二年三月，元載觸怒了皇帝，出事了，唐代宗李豫「遣左金吾大將軍吳湊收載及王縉，系政事堂，分捕親吏、諸子下獄」。這時受到牽連倒楣的「親吏」，就有楊炎。那位史無前例地在家中收藏近八萬斤胡椒的宰相元載，眞的把唐代宗惹毛了。唐代宗不僅派了「吏部尙書劉晏、御史大夫李涵、散騎常侍蕭昕、兵部侍郎袁傪、禮部侍郎常袞、諫議大夫杜亞」的強大陣容來審他，而且「遣中使臨詰陰事」，「責辨端目皆出禁中」。對元載的處理也極重，不僅殺他本人，殺他的妻與子，還罪及死人——「遣中官於萬年縣界黃台鄉毀載祖及父母墳墓，斫棺棄柩，及私廟木主」。

很明顯，是唐代宗一手整死了元載。而且這種整法，是恨之入骨的整法。對於楊炎這樣的元載黨羽，唐代宗本來也是打算下狠手一殺了之的。如果眞是這樣，楊炎在大曆十二年就掛了，那麼他在史上就只能留下一首〈贈元載歌妓〉詩了，至於建中二年（七八一）那首〈流崖州至鬼門關作〉，就徹底沒戲了。

當時，幸虧主審的吏部尚書劉晏仗義執言，「法有首從」，「不容俱死」，楊炎這才被貶爲道州司馬。道州（今湖南道州）在唐朝是中州，道州司馬爲正六品以上的級別。

按照唐律，一般的流貶官員，本來還有三、五天的時間收拾行裝、告別家人的，「貶降官並令於朝堂謝，仍容三五日裝束」。可是在皇帝窮治元黨的大環境下，楊炎「自朝受責，馳驛出城，不得歸第」。一路上「日馳十驛」，即日行三百里，還得在沿途驛站畫押簽到，不得在途中應酬流連。到達道州以後，由於他是中央貶謫下來的官員，所以人身自由受到嚴格限制，「如擅離州縣，具名聞奏」。這樣的日子，實在是生不如死。

這是楊炎人生中第一次被貶謫，他第一次遭受如此嚴苛的待遇。此前，他順風順水，走的一直是上坡路，這反差也太大了。

楊炎當然不可能知道，劉晏在皇帝那裡，保住了他的腦袋。恰恰相反，他由於不敢恨皇帝，所以在心裡把這筆賬記在了本案的主審官劉晏身上，惦記上了劉晏的腦袋。這樣的誤會，在兩個人之間存在了一輩子。更是在以後的日子裡，同時鑄就了劉晏與楊炎兩個人的人生悲劇。

此時的楊炎，雖然身分已是偏遠州縣的貶官，但他仍然希望自己有朝一日能夠鹹魚翻身，拿劉晏的腦袋，爲自己、爲元載報仇雪恨。楊炎接下來的際遇，眞是驗證了一句話，不想翻身的鹹魚，都不是好鹹魚。

兩年之後的大曆十四年五月，唐代宗走了，唐德宗來了。很好，很好。這兩件事都是值得慶祝的，對於楊炎來講。唐德宗李適對楊炎的印象，早就相當好了，「德宗在東宮，雅知其名，又嘗得炎所爲李楷洛碑，寘[1]於壁，日諷玩之」。有才的「楊鹹魚」得到了唐德宗的破格提拔，直接從正六品提拔爲正三品的門下侍郎，關鍵是任命詔書中還給他加了一個耀眼的尾碼——「同平章事」。這意味著，「楊鹹魚」的翻身實在漂亮，他坐著直升機，直接由道州司馬變成了當朝宰相。

所以，夢想還是要有的，萬一實現了呢？

剛剛當上宰相的楊炎，被唐德宗和朝野上下寄予厚望，「炎有風儀，博以文學，早負時稱，天下翕然，望爲賢相」。然而，兩年零十一個月之後，包括皇帝在內的所有人，都失望了。

楊炎的缺點，在他當上宰相之後，都徹底地暴露出來了。用一直對他印象挺好的唐德宗的話來概括：「楊炎以童子視朕，每論事，朕可其奏則悅，與之往復問難，即怒而辭

---

1 同置。

位；觀其意以朕爲不足與言故也。」楊炎用這樣的態度，跟皇帝講話，在官場上肯定是混不長了。但他能夠混到讓皇帝將他流配萬里，並且起了殺機的地步，也是蠻拚的。

就這樣，楊炎來到了鬼門關前，作出了這首滿篇都是絕望的〈流崖州至鬼門關作〉。作詩時，他爲什麼這麼絕望？說起貶謫，他也不是第一次啊。

第一個原因恐怕還在於他知道自己這次眞的是直接地、深深地得罪了皇帝。我相信，即使是從陝西的長安遠行到了廣西的鬼門關前，貶謫詔命中皇帝對他的指責，仍然如雷聲一般在他耳邊迴響：「而乃不思竭誠，敢爲奸蠹，進邪醜正，既僞且堅，黨援因依，動涉情故。隳法敗度，罔上行私，苟利其身，不顧於國。加以內無訓誡，外有交通，縱恣詐欺，以成贓賄。詢其事蹟，本末乖謬，蔑恩棄德，負我何深！」總共一百八十字的詔書，就有七十六個字、接近一半的篇幅，是直接羅列他的罪狀的。可見，唐德宗仇恨楊炎的程度。

第二個原因恐怕在於這次被貶得太遠了。崖州，大約相當於今天海口的位置。崖州在當時是下州，崖州司馬是從六品上的級別。楊炎這次被貶的官職——崖州司馬同正，前四個字好理解，就是「同正」二字，令人費解。其實，「同正」應該是三個字——「同正員」。簡單一點兒說，就是在崖州，崖州司馬其實另有一人在履責，楊炎的「崖州司馬同正」，是唐朝的「員外官」。

「員外官」，是指在正員編制之外供職的官員，也就是編外官員。楊炎這樣的編外官員，即使到任也會被限制人身自由，不用履行崗位職責，只是享受與編制之內同級別官員相同的祿、俸、賜等經濟待遇。

至於楊炎的任職地點，現在的人會說，流放到海口，多好的地方啊，有海鮮有水果，發配我去吧，我願意去。我不知道唐朝時海口市的大海裡有沒有海鮮，也無法確知當時海口市周邊的水果數目。但當時海南島的生存環境如何，還是有記錄的。

當時的嶺南人包括海南人，吃的可不是海鮮和水果。《朝野僉載》記錄說，當時的嶺南獠民將剛剛出生的老鼠「飼之以蜜」，然後生吃，吃時那些小老鼠還唧唧作聲，稱爲「蜜唧」。

宋朝的蘇軾，也和楊炎一樣被流放到海南島。幾百年的時間，經濟水準總該有所發展了吧？可蘇軾的描述仍然是「五無」：「食無肉，病無藥，居無室，出無友，冬無炭。」唐朝的元稹雖然沒有被流放到海南島，但他先後被貶到湖北、四川這樣的內陸地區。他的描述是「三無」：「邑無吏，居無室，百姓茹草木，刺史以下計粒而食。」這些流放地由於人煙稀少，所以蛇蟲出沒，動物兇猛。韓愈有詩說到「一蛇兩頭見未曾。怪鳥鳴喚令人憎，蠱蟲群飛夜撲燈」，想像一下，雙頭蛇、怪鳥、蠱蟲，還是很嚇人的。

最麻煩的還是瘴氣。所謂「瘴氣」，指南方山林中的濕熱空氣蒸鬱後，產生能致人疾病的毒氣，也就是熱帶或亞熱帶原始森林裡動植物腐爛後生成的毒氣。唐朝劉恂《嶺表錄異》說：「嶺表山川，盤鬱結聚，不易疏泄，故多嵐霧作瘴，人感之，多病腹脹成蠱。」這樣的地方，別說是流放了，就是當首長，也有人不願意去。

貞觀二年（六二八），唐太宗李世民決定派才三十多歲的年輕幹部盧祖尚，去今天越南中北部的交州，當交州都督。盧祖尚先答應了，後來一想不行，決定不惜抗旨也不去，他的理由是「嶺南瘴癘，皆日飲酒，臣不便酒，去無還理」。如此出爾反爾，惹怒了李世民，這還是千古明君呢，氣得一刀把他砍了。

史料表明，盧祖尚並不是唯一一個害怕前往嶺南、海南的官員。比楊炎稍晚、擔任唐順宗宰相的韋執誼，從進入官場那一天起，就有個怪毛病——「常忌諱不欲人言嶺南州縣名」，而且不看任何一個嶺南州縣的地圖。這個怪毛病，他保持了大半生。不料人算不如天算，等到他拜相之後，出了意外。

原來，韋執誼當時到自己的宰相辦公室一坐，就發現北面牆壁上有幅地圖，當時也沒怎麼在意。等坐了七、八天才發現，居然是最不願意看到的崖州地圖！這下可就把韋宰相噁心到了，覺得不妙之至。結果，最後他眞的就被貶往崖州，並且死在了那裡。

可見，當時嶺南、崖州、交州這些地方生存環境多麼惡劣，讓唐朝官員打心裡害怕。《瓊州府志》指出：「當唐宋時，以新、春、儋、崖諸州爲仕宦畏途。」這種情況下，怎麼能叫楊炎不絕望呢？怎麼能不讓他把人間鬼門關直接當成了陰間鬼門關呢？

兩稅法的誕生

而在不到三年的短短宰相任期內，楊炎則爲中國歷史貢獻了「兩稅法」，延續近千年、直到明朝中期「一條鞭法」出現才被廢止的「兩稅法」。

所謂「兩稅法」，是指主要徵收地稅和戶稅的新稅法。由於分夏、秋兩季徵收，由此得名。「兩稅法」是唐朝中後期用以取代唐朝前期「租庸調」的賦稅制度。

那麼，什麼叫「租庸調」？什麼叫「兩稅法」？爲什麼要用「兩稅法」取代「租庸調」？

還是舉個例子來說，比較簡單明瞭。

在唐朝山南道江陵郡的松滋縣，農民老王一家共有三口人，三十五歲的老王、三十歲的老婆、三歲的兒子。在「租庸調」下，年齡在十八至六十歲之間的成年男性老王，是政府的徵稅對象。他的老婆是女性，三歲兒子未成年，他們不屬於政府的徵稅對象。於是，政府分給老王一百畝田。其中二十畝爲永業田，在老王死後由兒子繼承，不必還給政府；八十畝爲口分田，老王死後要還給政府。與此同時，老王同村的也是三口之家的四十歲的鄰居張三，同樣作爲丁男，因爲種種原因，則只被政府授田五十畝。老王、張三既然接受政府的授田，就必須承擔向政府納稅的義務。但無論是老王的一百畝還是張三的五十畝，都必須向政府交納等額的「租庸調」。

租：老王、張三每人每年，要向政府交納稻米三石。這是因為松滋縣為傳統產稻地區。若是北方，則應納粟二石。

庸：老王、張三每人每年，要為政府免費勞動二十天；如果當年政府不需要他們的免費勞動，則老王、張三要按每天交納絹三尺或布三尺七寸五分的標準，將乘以二十天之後的絹布總數交給政府，用來代替應該付出的免費勞動時間；如果當年政府需要他們的免費勞動，並且時間超過了二十天，則延長至二十五天免其「調」，延長至三十天「租」「調」全免。

調：老王、張三每人每年，要向政府交納絹二丈、棉三兩或布二丈五尺、麻三斤。

政府給你田，你就好好種，然後拿出一部分產出交給政府，作為政府的稅收。但張三會覺得不公平，老王一百畝田交那麼多「租庸調」，我只有五十畝田，也交一樣多的「租庸調」，憑什麼？時間一長，或者由於張三的不公平感越來越強烈，或者由於張三田地收成不好導致家裡越來越窮，張三開始想辦法逃稅。

用什麼辦法逃稅呢？張三想出的辦法是逃跑，全家離開江陵郡松滋縣，跑到夷陵郡長陽縣去。這樣，自己的五十畝地固然是沒人種了，可在當時的交通通訊條件下，松滋縣政府也就找不到張三交「租庸調」了。夷陵郡長陽縣又沒有張三的授田記錄，所以長陽縣政府也就不會找張三收「租庸調」了。這樣一來，「租庸調」當然是逃掉了，可田地也沒有了。一家三口怎麼活？

放心，由於土地兼併越來越嚴重，擁有大量田地的富戶、大戶越來越多，而他們的這些田地總還是需要農民耕種的，所以逃離了家鄉的張三，多的是活法。如以下五種：

一是唐朝九品以上的官吏，不僅享受免稅待遇，而且占有大量的田地。這些官吏的田地，需要農民耕種；二是唐朝的僧侶寺院也享受免稅待遇，也占有大量田產。這些寺院的田地，也需要農民耕種；三是找一家田地較多的地主，佃他的田地耕種。這樣，只需要地主交一份「租庸調」，而張三則繼續免稅；四是開墾荒地，自己耕種口糧，至少短期內不用交「租庸調」了；五是鋌而走險，乾脆走上反抗政府這條路，那就更不用交稅了。

還是在國力強盛的武則天時期，陳子昂就曾上奏這些逃亡農民的生活狀態：「今諸州逃走戶有三萬餘，在蓬、渠、果、合、遂等州山林之中，不屬州縣。土豪大族，阿隱相容，征斂驅使……其中游手惰業亡命之徒，結爲光火大賊，任依林險，巢穴其中，以甲兵捕之，則鳥散山谷，如州縣怠慢，則劫殺公行。」

至此，無論張三在上述五種活法中選擇哪一種，政府都損失了張三這一稅源。

而張三這一逃跑，可坑苦了隔壁老王。松滋縣政府的稅收工作，江陵郡是有考核指標的。今年的徵稅對象跑了一個，怎麼辦？當然不能如實上報了。地方官員要保住自己的官帽子，唯一的辦法是，把張三的「租庸調」平均攤到老王、李四等同村鄰居的頭上。這樣一來，老王、李四受不了了，也只能走上張三的逃跑之路。至此，政府又將損失老王、李四等越來越多的稅源，可以徵收的「租庸調」也年年減少。事實上，像張三、老王、李四這樣的農民逃亡問題，本就是唐朝中後期最爲嚴重的社會問題。

簡單對比一下資料就知道了。

在農民逃亡現象還不太普遍的唐玄宗天寶年間，天下約有九百萬戶交納「租庸調」，總稅額折錢約兩千萬貫，平均每戶負擔的稅額約在兩貫左右，負擔較輕。可是，到了楊炎所在的唐代宗大歷年間，由於農民大量逃亡，政府所控制的納稅戶已降至一百二十萬戶，而政府每年的費用高達三千萬貫，平均每戶負擔的稅額需二十五貫以上，是天寶年間的十二點五倍！換句話說，逃亡的人占便宜，站在原地不逃的老實人，只能傻傻地吃大虧。可是稅源不斷減少，唐朝政府也沒法兒活啊，「官廚無兼時之積」，「太倉空虛，雀鼠猶餓」，官員們的工資都付不出了。窮得沒有辦法的唐朝政府，只好採取措施，嚴厲打擊農民逃亡。政府規定，對於不自首的逃亡農民要治罪，「逃亡之民，應自首者，以符到百日爲限，限滿不出，依法科罪，遷之邊州」；對於自首的逃亡農民，「殷富者令還，貧弱者令住」；凡是願意還鄉的，「逃人括還，無問戶等高下，給復二年」。可是逃亡出來的農民，哪有殷富者？最後絕大多數只好「聽於所在隸名，即編為戶」，逃亡農民在新地方定居之後，他們就成為當地的客戶。「客戶」是客居他鄉的意思，可不是我們今天「企業客戶」的意思。對於客戶，政府就不再徵收「租庸調」了。不僅免稅五年，而且到了徵收的時候，也只是每丁徵收一千五百文的戶稅。在戶稅的同時，還按畝徵收「粟二升」的地稅。

要說政府還真是有辦法，總能找著人和理由收錢。「租庸調」收不上來了，戶稅、地稅卻收上來了，彌補了政府的巨大赤字，使得政府可以繼續運行。

到了建中元年（七八〇）二月十一日，唐德宗終於接受宰相楊炎的方案，廢除收不上來的「租庸調」，將收得上來的戶稅、地稅進一步合法化，實行「兩稅法」。

在「兩稅法」下，已經逃亡到夷陵郡長陽縣的張三，還能逃稅嗎？不能了。長陽縣政府收稅的來了，見到張三就說：「那個誰，現在朝廷實行『兩稅法』了，無論你是松滋的還是長陽的，都得交稅。來，先交一千五百文，這是戶稅！還有，你這地是誰的？如果是你開荒的地，那交地稅，每畝二升！不是你的？那把地主叫來。他以前是免稅的？現在沒有免稅的了。無論是誰，都得交地稅！都折成錢上交！」

不僅張三，老王也一樣，所有外逃他鄉的農民都一樣。更重要的是，以前在「租庸調」下可以享有免稅免役特權的皇親國戚、九品以上的官僚以及孝子烈婦，在「兩稅法」

下都必須交稅。可見，「兩稅法」至少是實事求是的，它承認了農民負擔過重不得不逃亡的現實，還解除了以前免稅人群的特權，把以前政府流失的稅源又重新找了回來，然後採取新的辦法重新收稅。

「兩稅法」實施以後，唐朝政府的稅收每年達到了三千萬貫，增加了至少一倍。於是，不僅唐朝政府，此後的歷朝政府都覺得「兩稅法」是個好招兒，一直沿用了近千年。以上老王、張三的例子，雖然還沒有囊括兩種稅制轉變的全部細節，但大致也就那個意思了。

「兩稅法」，是楊炎爲唐朝做出的最牛政績，也是他爲中國歷史貢獻的最牛智慧。

楊炎的末路

楊炎在擔任宰相期間，還做出了另外一個「最牛政績」，整死了劉晏。其實，這是他一生中最大的敗筆、最黑的污點、最醜的劣跡，更是他一生悲慘結局的主因。

劉晏，那可是唐朝著名的經濟改革家和理財家，也是後來受到歷史肯定，並得以名列《三字經》的人物。

劉晏與楊炎，矛盾由來已久。早在吏部共事的時候，「楊炎爲吏部侍郎，晏爲尚書，各恃權使氣，兩不相得」。這是兩個人交惡的開始。

不是我偏袒從小就有「神童」之稱的劉晏，兩人之間從一開始，就是楊炎不對。人家是主管，你是副手，做副手就必須遵守副手的規矩。在主管履職行爲並無明顯不當的情況下，你一個副手憑什麼「恃權使氣」？在楊炎的好友兼恩人元載被唐代宗嚴肅查處時，兩個人的矛盾進一步激化了。當時被貶爲道州司馬的楊炎，把這筆賬記在了劉晏頭上。「楊炎獨任大政，專以復恩仇爲事」，「及炎入相，追怒前事，且以晏與元載隙陷，時人言載之得罪，晏有力焉。炎將爲載復仇」。楊炎復仇的辦法，說白了就是誣陷：一是誣陷劉晏參與皇室內部另立太子的家務事，引起唐德宗的反感，罷了劉晏的官；二是誣陷劉晏謀反，從而置他於死地。

當時同樣是宰相的崔祐甫，作爲冷眼旁觀的協力者，還勸唐德宗「此事曖昧，陛下以廓然大赦，不當究尋虛語」。可惜唐德宗不聽。

建中元年（七八〇）七月，劉晏被唐德宗以「謀反」的罪名賜死於忠州，家屬被流放嶺南。劉晏死後，楊炎還派人去抄他的家，只有雜書兩車、米麥數斛，可見其清廉。楊炎整死了「天下稱冤」的劉晏，讓群臣「爲之側目」。他把人整死了，又開始推卸責任，「恐天下以殺劉晏之罪歸己，推過於上耳」。唐德宗是老大啊，豈是代人受過的人？從此「有意誅炎矣，待事而發」。

先貶官，再流放，最後殺掉。這是楊炎整死劉晏的三部曲。此時春風得意的楊炎，絕不會想到，整人者的下場，一般都是被人整。僅僅在他整死劉晏一年零三個月之後，就有人以其人之道還治其人之身，同樣用這三部曲，整死了他。這個人叫盧杞，唐朝著名的奸相、整人小能手。

就這樣，楊炎來到了他筆下的鬼門關。

藩鎮之禍：靖安里殺人事件背後的政治博弈

元和十年（八一五）六月初二深夜，長安城，靖安里。天上有新月如鉤，地上有煙鎖重樓。長安的夏夜，格外靜謐，格外美麗。正在靖安里府邸中的帝國宰相武元衡，一邊欣賞夏夜美景，一邊卻在心事重重地想著國家大事。當前國家最大的事，就是藩鎮之亂。由「安史之亂」後手握重兵的降將而形成的藩鎮，一直是大唐帝國難以治癒的癌症。這些藩鎮「相望於內地，大者連州十餘，小者猶兼三四」，仗著手中的刀把子，猶如獨立王國，擅署官員，侵呑賦稅，不服詔令，和朝廷的關係也時好時壞，「喜則連橫以叛上，怒則以力相并」。其中最讓朝廷頭疼的，就是魏博、成德、盧龍「河朔三鎮」，以及一直想效法前者的淄青、淮西兩鎮。元和九年閏八月，淮西節度使吳少陽卒，其子吳元濟不僅匿喪不報，而且自總軍柄，企圖造成父死子繼的世襲事實。朝廷當然不能允許，於是戰事又起。然而前線一直打得不順利，這也正是武元衡最憂心的地方。

更可氣的是，可能是怕唇亡齒寒，本應全力協助朝廷征討淮西吳元濟的成德節度使王承宗，居然還派他的牙將尹少卿來爲吳元濟遊說。這個尹少卿到了中書省，口出狂言，言辭不遜，被武元衡「叱出之」。王承宗知道這件事後，從成德直接上書皇帝，肆意詆毀武元衡。看來，武元衡和王承宗之間的這個梁子，從此結下了。

算了，不想了。如此夏夜，豈可無詩？武元衡略一沉吟，隨即有了一首〈夏夜作〉：

夜久喧暫息，
池台惟月明。
無因駐清景，
日出事還生。

夜久喧暫息：在寂靜的深夜，白天的喧囂暫時沒有了。
池台惟月明：唯有天上那一輪明月，照耀著池台。
無因駐清景：我實在沒有辦法留住眼前的美景。
日出事還生：等到明天日出時，那些煩心事又要來了。

那麼，天亮後，還有什麼煩心事在等著武元衡呢？此時的武元衡當然不知道，明天等著他本人的，將是一起轟動整個長安城的恐怖殺人事件。

就在他吟出〈夏夜作〉的時刻，謀殺他的刺客已經避過負責宵禁巡邏的金吾衛士兵，進入了距離他不遠的預定埋伏位置。而他本人，將在幾個時辰之後，身首異處，橫屍街頭，將自己的生命獻給大唐帝國。這個夏夜，是他人生中的最後一個夜晚；這首〈夏夜作〉，是他人生中的最後一首詩。

震驚帝國的恐怖殺人事件

六月初三清晨，天剛濛濛亮，又到了武元衡上朝的時間。唉，「日出事還生」。武元衡一邊嘆息，一邊走出府門，跨上坐騎，在幾個打著燈籠的家僕的陪同下，向靖安里的東門走去。每次上朝，都是這樣的固定路線。出了靖安里的東門之後，他將左拐向北，經過永樂坊、長興坊、崇義坊、務本坊、崇仁坊、永興坊、永昌坊、光宅坊，最後經建福門進入大明宮。

「莫道君行早，更有早行人。」長安城參加早朝的官員中，武元衡顯然不是動身最早的那一個。事實上，散居在皇城以南各里坊的官員們，也紛紛騎馬走出坊門，向北走去。

御史中丞裴度也一樣。不過，他住在通化坊，比之武元衡，府邸離大明宮更近一些。他出通化坊東門以後，也是左拐向北，沿朱雀大街經善和坊後，右拐經興道坊、務本坊，再左拐經崇仁坊、永興坊、永昌坊、光宅坊，最後經建福門進入大明宮。

這是帝國首都長安城裡，又一個平常而又繁忙的早晨。

然而，這樣一個平常的早晨，隨著剛剛走出靖安里東門的武元衡聽到的那一聲「滅燭」口令，而變得相當不平常了。「滅燭」聲後，武元衡家僕手中的燈籠，就被遠處射來的箭射滅了。在武元衡前面導騎的家僕驚恐之下，大聲喝問，結果被箭射中肩部，掉下馬來。街邊的大樹叢中，突然有人跳出來，掄著大棒向武元衡衝來，打中了武元衡的左股。

平時陪同武元衡上朝的家奴們，何曾見過這種陣仗？大驚之下，四散而逃，再也顧不上自己的主人了。於是，刺客們就將尚在馬上的武元衡挾持到靖安里東北外牆之下，殘忍地砍下了他的頭顱。

武元衡身為文人，本就沒有多少反抗能力，而且當年他已有五十八歲，更是年老體衰。猝然受襲，隨從又保護不力，遂使堂堂帝國宰相，竟然就在自己的家門口，身首異處，橫屍街頭。

武元衡遇刺的同時，裴度在距離他至少有四、五坊距離的通化坊，也遭到了同樣的狙殺！在突襲之中，裴度三次中劍。第一次砍爛了他的靴，第二次砍爛了他背上的衣服，第三次才砍中了他的頭。萬幸的是，當時裴度戴著帽檐很長的揚州氈帽。被砍斷了的帽檐，抵消了來劍的大部分勁道，使他的頭只受了點輕傷，但這一劍也把他砍下馬來了。此時掉下馬的裴度，本已死定了。但他比武元衡幸運的是，他有一個忠心耿耿的僕人王義。正是這個王義，在裴度其餘隨從哄逃之際，在刺客準備再度砍殺裴度之時，死死地一把抱住了刺客。刺客脫身不得，返身砍斷了王義的手臂。這時，裴度已墮入街邊用於排水的深溝，察看不易。時間緊迫的刺客無暇細看，料想中了三劍的裴度已經死了，逃逸而去。幸運的裴度，就此保住了一條命。

同一天的同一時刻，在靖安坊、通化坊兩個不同的地方，宰相遇難，御史中丞受傷，震驚了整個長安城。很顯然，這是一場精心策劃的謀殺行動。

殺手們肯定是在昨夜就到達了埋伏位置。而且，有人埋伏在樹叢之中，有人埋伏在街道之上。行動開始後，至少動用了弓箭、劍、棒三種兵器，有人負責滅燭，有人負責對付隨從，有人負責殺死武元衡。殺死目標人物之後，又從容逃逸。組織嚴密，分工合理，協作密切。這活兒，幹得漂亮。

要知道，在唐朝的長安城，要做到攜帶上述兵器提前到達埋伏地點，非常不易。有人說，月黑風高，正好殺人放火啊。這有何難？那如果月黑風高之際，街道上實行宵禁，處處有人巡邏，空曠的大街上飛過一隻蒼蠅都要認下公母，還好殺人放火嗎？

唐朝的城市，是嚴格實行宵禁的。首都長安城，就執行得更加嚴格，從每天日落時開始，以八百鼓聲爲信號，關閉所有城市、坊門，正式開始實行宵禁。宵禁開始後，城門、坊門不許打開，街道上不許有行人走動。居民只能在自己居住的坊內活動，不能走出坊門，違者打二十下屁股。

街道上，由金吾衛的士兵負責夜間巡邏。如遇「犯夜」的行人，金吾衛先是厲聲質問，行人若不及時回答，士兵則先彈響弓弦警告，再旁射一箭示威，第三次則可以直接射向行人。要知道，金吾衛是有權射殺「犯夜」行人的。同時，長安城的公共場所，是絕對禁止攜帶兵器的。元和元年（八〇六）三月，還剛剛下敕重申過，「京城內，無故有人於街衢帶戎仗及聚射，委吏執送府縣科決」。還有「坊市諸車坊客院，不許置弓箭長刀。如先有者，並勒納官」。

在這樣的情況下，白天就攜帶兵器去靖安坊、通化坊的坊門埋伏，顯然不現實；夜晚宵禁之後再去的話，則不僅需要高超的翻牆技術，還需要巧妙地避開巡邏。可見難度，也可見刺客用心之深。爲了殺掉武元衡、裴度，他們也是蠻拚的。

令人費解的是，我們在歷史影視劇裡見得最多的是，一個小小的縣官出行，都是前呼後擁、「肅靜回避」的。武元衡可是比縣官高了七、八級的宰相，爲何會那麼好殺？

事實上，唐朝的宰相們在長安城的日常出行，相當低調，身邊也就打燈籠的、導騎的三、五個人，而且這些人的身分就是自己家的僕人。這些僕人並非專業士兵或保鏢，手中又沒有武器，所以在刺客面前不堪一擊，不是一哄而散，就是倉促被殺，哪兒還談得上保護宰相？

唐朝宰相第一次擁有公派衛隊，就是在武元衡被刺殺之後。「京城大駭，於是詔宰相出入，加金吾騎士張弦露刃以衛之，所過坊門呵索甚嚴。」亡羊補牢，猶未爲晚。這次派給宰相們的衛隊，由專業的金吾衛士兵擔任，而且配有武器，一般的刺客當然是不在話下了。

當時的兩撥刺客，一個也沒有抓著。武元衡、裴度的隨從也好，聞訊而來的金吾衛士兵也好，都被這前所未有的慘案驚呆了，「鋪卒連呼十餘里，皆云賊殺宰相，聲達朝堂，百官恟恟[2]，未知死者誰也」。馬上，大唐皇帝唐憲宗也知道了這個讓他「惋慟者久之，爲之再不食」的噩耗。

兇手是誰？爲什麼要殺武元衡、裴度？這是朝野上下都想知道的問題。

刺殺計畫背後的陰謀

凶案發生後，在今天知名度頗高、時任東宮左春坊正五品上左贊善大夫的大詩人白居易，在這天的上午，第一個站了出來。在百官之中第一個上疏，要求責成有司，迅速採取行動，抓住兇手，洗雪宰相當街被殺的國恥。

2 形容人心動盪不安。

挺好的建議，卻捅了馬蜂窩。當權者認爲白居易作爲東宮官員，不應該先於朝廷諫官言事，有了這個由頭，再加上平時妒忌白居易的人在一旁落井下石，朝廷就把白居易貶到了九江，這才有了著名詩句「江州司馬青衫濕」。

雖然白居易被貶，但他說的事還是對的。唐憲宗要求金吾衛、京兆府、通化坊所在的長安縣、靖安坊所在的萬年縣，抽調精幹人員，組成了代號爲「『六〇三』大案」的專案組，在長安城裡迅速展開搜捕兇手的行動。

兇手居然沒有在第一時間逃出長安，不僅如此，而且還不是一般的囂張。針對「『六〇三』大案」專案組的搜捕行動，兇手馬上就通過不明眞相的群眾，放出消息說「無搜賊，賊窮必亂」，還在大街上丟出傳單，上寫「毋急捕我，我先殺汝」。

這也太囂張了！兇手如此囂張，也提供了線索。朝廷馬上明白了本朝開國以來第一個敢殺宰相的人是何方神聖。肯定是藩鎮派來的！排在第一位的嫌疑犯，就是淮西藩鎮的吳元濟。因爲他正在與朝廷交戰，最恨的就是武元衡和裴度這二位主戰派。而排在第二位的嫌疑犯，則是成德藩鎮的王承宗。誰讓他剛剛派人到中書省找武元衡吵架。

嫌疑犯是確定了，可「『六〇三』大案」專案組感覺有點惹不起他們，不敢全力搜捕兇手了——「故吏卒不窮捕」。朝廷內部的主和派們也跳出來，散佈謬論，既然武元衡已死，不如乾脆罷了裴度的官，「以安二鎭之心」。

這是什麼邏輯？淮西、成德兩個藩鎮仇恨我們朝廷中的主戰派，我們就讓他們殺一個，罷一個。堂堂朝廷，伸著脖子任由藩鎮宰割，如此示弱之後，朝廷就「以德服人」了？藩鎮就老實了，從此不再反叛了？

還好唐憲宗是個明白人。他大怒：「若罷度官，是奸謀得成，朝廷無復綱紀。吾用度一人，足破二賊。」是的，此時如果眞要罷了裴度的官，那就是向這兩個藩鎮投降。最可怕的，還不在於這兩個藩鎮的不老實，而在於天下所有藩鎮看到朝廷示弱後的連鎖反應。那樣一來，唐憲宗的詔書，大概閱讀範圍就只限長安、洛陽兩個城市，閱讀量大概也就只有幾十幾百了。

可見，能夠一手締造唐朝史上「元和中興」的唐憲宗，還是有兩把刷子的。他一邊派出金吾衛保護請假在家養傷的裴度，一邊於六月初八下詔，「京城諸道能捕賊者，賞錢萬貫，仍與五品官。敢有蓋藏，全家誅戮，乃積錢三萬貫於東西市」。

皇帝下了決心之後，在長安開始了大搜捕。大搜捕的範圍擴大了，文武百官、「公卿節將」的府邸，都得搜查；查得也很仔細，「復壁重轑者皆搜之」，也就是官員家裡有夾牆或套室的，全部都不放過；甚至連「偉狀異服、燕趙言者，皆驗訊乃遣」。誰讓這些人長得又壯，還說著一口燕趙土話。搜了兩天，有線索了。吊詭的是，不僅有了線索，而且線索一個個地冒了出來，讓「『六〇三』大案」專案組有點兒措手不及。等到所有線索都彙集到一起的時候，專案組不禁倒吸了一口冷氣。原來，刺殺武元衡、裴度並不是他們唯一的目標。除此之外，這幫史上最早的「恐怖分子」，還在下一盤很大的棋。

幕後總指揮：淄青節度使李師道、成德節度使王承宗。

看看，吳元濟這「皇帝」還沒急，旁邊的「太監」倒急了。據《新唐書．李師道傳》記載：「又有說師道曰：『上雖志討蔡，謀皆出宰相，而武元衡得君，願爲袁盎事，後宰相必懼，請罷兵，是不用師，蔡圍解矣。』乃使人殺元衡，傷裴度。」原來，這起恐怖殺人事件的源頭，就是這個在史上連姓名都沒有留下的給李師道出壞點子的狗頭軍師。《舊唐書．王承宗傳》也指出，王承宗「自是與李師道奸計百端，以沮用兵」。

現場行動總指揮：中嶽寺僧圓淨。

這個圓淨，又是何方神聖？說起來，他還是六十年前那場「安史之亂」的漏網餘孽，是史思明的部將，在叛軍中號稱「偉悍過人」。叛亂失敗後，他流落嵩洛間，在中嶽寺出家爲僧。雖然已是出家人，但他對大唐帝國的刻骨仇恨卻一刻也沒有放下，一直在尋找機會，準備顛覆唐朝中央政府。

圓淨與李師道、王承宗同流合污，更增加了他的危險性。「初，師道多買田於伊闕、陸渾之間，凡十所處，欲以舍山棚而衣食之。有訾嘉珍、門察者，潛部分之，以屬圓淨，以師道錢千萬僞理嵩山之佛光寺，期以嘉珍竊發時舉火於山中，集二縣山棚人作亂。」

李師道、王承宗有經費有武器，而圓淨有強烈的意願和強大的行動力，兩者一結合，就有了開展恐怖活動的良好條件。

現場行動小組：淄青一組，組長訾嘉珍、門察，組員人數不詳；淄青二組，組長王士元，組員約十六人；成德三組，組長張晏，組員約十八人。

行動總目標：製造恐怖事件，形成恐怖氛圍，嚇得朝廷停止針對淮西吳元濟的軍事行動。

行動具體目標之一：焚燒軍糧，四處放火，大搞破壞活動。

此項目標由淄青行動小組於四月初十完成。《舊唐書·憲宗紀》記錄，「辛亥，盜焚河陰轉運院，凡燒錢帛二十萬貫匹、米二萬四千八百石、倉室五十五間」。

直到這年十一月，他們焚燒了洛陽附近的柏崖倉，焚燒了襄州佛寺軍儲，焚燒了唐朝開國皇帝李淵獻陵的寢宮、永巷，折斷了唐肅宗李亨建陵的四七根門戟，大搞破壞活動，製造恐怖氣氛。

還好，總體來講，這些恐怖行動給朝廷造成的損失並不太大，並沒有對淮西的軍事行動形成實質性影響。但「計毒莫過斷糧」，恐怖分子多次針對軍儲的放火行動，實在是處心積慮。

行動具體目標之二：刺殺主戰派武元衡、裴度。

此項目標由成德、淄青兩方的恐怖行動小組，於六月初三，共同完成。只是行動的效果稍稍打了點折扣，裴度未死，只是受了輕傷。後面的事實證明，沒有殺死裴度，實在是巨大的失誤。正是在裴度的堅定主張下，朝廷才在最後滅了淮西吳元濟和淄青李師道，逼降了王承宗。

而裴度在刺殺中只受了一點輕傷，其中一個原因就是他當時戴著揚州氈帽。《太平廣記》說：「度賴帽子頂厚，經刀處，微傷如線數寸，旬餘如平常。」裴度如此幸運，「既脫禍，朝貴乃尚之」，這推動了此帽子在唐朝上層社會的流行。

裴度因帽子遮擋而受輕傷這不假，但帽子能夠在那個關鍵時刻遮擋刀鋒，主要原因不在於帽子厚，而是在於這種帽子不僅有一個長帽檐，而且其帽頂是用藤條、金屬細絲等透氣散熱的材料製成。

要知道當時是六月初三，那可是天氣炎熱的夏天。在夏天，剛剛年滿五十歲的裴度，怎麼就這麼怕冷，要戴厚厚的氈帽呢？就是這頂從此引領長安城戴帽新時尚的大帽檐揚州氈帽，壞了「恐怖分子」的大事。

行動具體目標之三：血洗洛陽！

就在武元衡被殺一個月之後，李師道利用其在洛陽設有「邸院」，即「淄青駐東都辦事處」的便利，輸送了大批「恐怖分子」到洛陽，「兵諜雜以往來，吏不敢辨」。加上此前就由圓淨大和尚指揮的伊闕、陸渾兩縣的「山棚」，「欲伏甲屠洛陽」。

洛陽是帝國的陪都，是具有如此重要的政治地位的城市，如果被「恐怖分子」血洗，很可能直接導致朝廷停止針對淮西吳元濟的軍事行動。還好，這個行動計畫因爲圓淨部下有人告密而胎死腹中了。於是時年八十歲、既不好好在寺廟念經又不好好在家裡抱孫子的「恐怖分子」首腦圓淨，被東都留守呂元膺抓獲了，餘黨也被一網打盡。

圓淨倒也是條漢子，「初執之，使折其脛，鍾之不折。圓淨罵曰：『腳猶不解折，乃稱健兒乎！』自置其足教折之。臨刑嘆曰：『誤我事，不得使洛城流血！』」

此時和圓淨一起被抓獲的，還有淄青一組的組長訾嘉珍、門察。在呂元膺的審訊之下，「始知殺武元衡者乃師道也」。「元膺密以聞，以檻車送二人詣京師」，被處死。

在此之前的六月初十，即武元衡被殺七天之後，成德三組的張晏等十八人，已由成德節度使王承宗在長安禁軍任職的叔父王士平出首，在「成德進奏院」（成德駐京辦）被抓獲，二十八日被全部處死。

淄青二組的王士元等十六人，則在四年之後滅了淄青節度使李師道才落網，「田弘正送殺武元衡賊王士元等十六人，詔使內京兆府、御史台遍鞫之；皆款服……悉殺之」。

雖然「恐怖分子」下的這盤大棋最終被朝廷粉碎，但是當時唐朝的袞袞諸公，根本沒有弄清楚，在淄青一組、淄青二組、成德三組中，到底是哪個小組的「恐怖分子」直接殺死了武元衡、傷了裴度。反正是抓一個殺一個，抓兩個殺一雙。武元衡和裴度的仇，算是報了。但「『六〇三』大案」專案組這案件辦得有點粗糙啊。

「聶隱娘」在唐朝一直是普遍的存在

二〇一五年的電影《刺客聶隱娘》，以及對其有記錄的《太平廣記》，爲今天的我們呈現了活靈活現的聶隱娘。雖然內容均有些離奇，但卻在一定程度上反映了唐朝這個「刺客王朝」的歷史眞面目。

事實上，「聶隱娘」在唐朝一直是普遍的存在。有唐一代，像武元衡被殺這樣的恐怖殺人事件，史不絕書，幾乎在每個皇帝執政時，都有刺客的影子。百姓殺官員，官員殺官員，都會派出刺客；有時甚至連皇帝不好公開殺掉權臣時，也會求助於刺客。

來看看唐朝刺客大事記。

唐朝第一個遇刺的，是著名的武將尉遲敬德，派出刺客的則是當時與秦王李世民爭奪儲位的齊王李元吉。「元吉等深忌敬德，令壯士往刺之。敬德知其計，乃重門洞開，安臥不動，賊頻至其庭，終不敢入」，刺殺失敗。

唐朝第二個和第三個遇刺的，則是齊王李元吉和他的哥哥李建成，這次派出刺客的，變成了秦王李世民。著名的「玄武門之變」，其實就是一場陰險的刺殺行動。史書上沒有這樣定性，只是因爲成王敗寇罷了。在這次恐怖襲擊中，李世民召集「在外勇士八百餘人，今悉入宮，控弦被甲」。你當這八百多人是些什麼人？能夠參與這樣的政變和流血行動，肯定不是普通百姓，而是刺客一流的人物。

唐朝第四個遇刺的，是李世民的兒子魏王李泰，派出刺客的是想學李世民又沒有學像的太子李承乾。「又嘗召壯士左衛副率封師進及刺客張師政、紇干承基，深禮賜之，令殺魏王泰，不克而止」，刺殺失敗。

唐朝第五個遇刺的，是唐高宗時的官員正諫大夫明崇儼，派出刺客的，不知其人，武則天懷疑是明崇儼的政敵、當時的皇太子李賢幹的，「及崇儼死，賊不得，天后疑太子所爲」。這次刺殺事件，成爲李賢被廢爲庶人的一大誘因。

唐朝第六個遇刺的，是唐代宗時的大宦官李輔國，派出刺客的，就是唐代宗。李輔國自恃對新上臺的唐代宗有擁立之功，驕橫不已，對唐代宗說了一句找死的話：「大家但內裡坐，外事聽老奴處置。」然後，「十月十八日夜，盜入輔國第，殺輔國，攜首臂而去」。你要說這事兒不是唐代宗派刺客幹的，我是不信的。堂堂皇帝，混到殺個大臣還要偷偷派刺客去，也算混得很差勁了。

唐朝第七個和第八個遇刺的，就是武元衡和裴度了。

唐朝第九個遇刺的，是唐文宗時的宰相李石，派出刺客的，是當時大權在握的宦官仇士良。「李石入朝，中塗有盜射之，微傷，左右奔散，石馬驚，馳歸第。又有盜邀擊於坊門，斷其馬尾，僅而得免。」李石比武元衡命大啊。兩次遇襲，居然逃得一死。

其實，還有更多的「聶隱娘」，活躍在唐朝的刺殺事業之中，就不一一列舉了。那麼問題來了，爲什麼唐朝刺客如此之多呢？這恐怕與唐人胡化胡風、尚武任俠、好勇鬥狠有關。

比如李白，是個大詩人，可是他寫的詩，就帶著刺客味道，「十步殺一人，千里不留行」，「縱死俠骨香，不慚世上英」。難怪金庸先生據此寫出了著名武俠小說《俠客行》。

元稹也是文化人，他居然也寫到，「俠客不怕死，怕在事不成」。那位寫出了名句「羌笛何須怨楊柳，春風不度玉門關」的王之渙，「少有俠氣，所從遊皆五陵少年，擊劍悲歌，從禽縱酒」。這二位，像不像大俠郭靖、喬峰？

還有一位進士崔涯，一介文人，居然「即自稱俠」，作詩說：「太行嶺上三尺雪，崔涯袖中三尺鐵。一朝若遇有心人，出門便與妻兒別。」詩是不怎麼樣，可這份豪情是眞牛，只是他家妻兒可憐。

帝國夕陽：「牛李黨爭」的眾生相

會昌五年（八四五）的一天傍晚，當時在長安擔任正九品下秘書省「正字」一職的李商隱，突然莫名地感覺心情不爽，於是駕車登上了長安城內升平坊的最高點——樂游原。在這裡，他揮毫寫下了著名詩篇〈樂游原〉：

向晚意不適，
驅車登古原。
夕陽無限好，
只是近黃昏。

向晚意不適：我在傍晚時心情不爽。
驅車登古原：駕著車登上古原。

在這裡，李商隱爲什麼要把「樂游原」稱爲「古原」呢？因爲「樂游原」確實很古，從先秦時就有了。

先秦時期，這裡是杜國。到了秦朝，在這裡設置杜縣，這裡成爲供皇室貴族游獵的皇家園林，稱爲「宜春苑」。漢朝，改叫「宜春下苑」，後被併入著名的「上林苑」。《漢書‧宣帝紀》記載，「神爵三年，起樂游苑」，同時在此處建了一座樂遊廟。至此，「樂遊」二字，有了。

再說「原」。關中人習慣把渭河南岸到終南山以北，開闊平原上隆起於地面的高地，叫作「原」或「原」。今天我們最耳熟能詳的，就是白鹿原。距離白鹿原不遠，就是樂游原。

隋朝建設長安城時，樂游原的西北部被城牆圍入城池之內。在長安城內，樂游原其實總共占據了四坊之地，即升平坊、宣平坊、新昌坊、升道坊，最高點在升平坊。樂游原向東，就是長安城的延興門，向南就是著名的曲江池，向北則是繁華的長安東市。

當時的樂游原，古木森森，芳草萋萋，有山有水，是長安城著名的公共遊覽勝地，其地位約相當於今天城市中的「中山公園」。所以，李商隱才在心情不爽時，驅車登臨此地，散心解悶兒。

夕陽無限好：天邊的夕陽無限美好。

只是近黃昏：可惜已經接近黃昏。

最後這兩句，是千古名句。全詩讀下來，平白如話，也沒有使用深奧的典故。但在其淺顯的表面意思之下，潛藏的含義卻很深。

登古原，望夕陽

〈樂游原〉全詩共四句，第一句交代時間，第二句交代地點。眞正潛藏含義的，是千古傳誦的第三、四句——夕陽無限好，只是近黃昏。

李商隱當時，肯定是看到了天邊的夕陽，才突然有此佳句的。而在後人讀來，李商隱所感慨的，似乎又不僅僅是當時他眼前的那個天邊夕陽。

那麼，李商隱當時所感慨的，到底有幾個夕陽？

有人說，「夕陽」一句，是在感慨自己已是夕陽之年。但這並不靠譜。因爲李商隱大約生於唐元和八年（八一三），此時的他，才剛剛三十出頭。雖然當時人們的平均壽命並不長，但一個三十多歲的壯年男人，是無論如何不會有韶華易逝的夕陽之嘆的。所以，李商隱當時感慨的，另有對象，而且起碼有三個。

李商隱感慨的第一個夕陽，是當時的皇帝——唐武宗。

唐武宗在史上，以「滅佛」著名。其實，他在當皇帝的短短六、七年中，還有很多值得稱道的政績。他對內打擊藩鎮，對外擊敗回鶻，一手開創了晚唐短暫的中興局面，史稱「會昌中興」。但到了會昌五年（八四五），李商隱寫詩這時，唐武宗已是天邊的夕陽。他最大的問題，是在滅佛之後又信奉道教，「躬受道家之籙」，「服藥以求長年」。可是，「長年」沒有求到，身體卻每況愈下，此時他已經重病在床。事實上，他將在一年之後撒手西去。

清人朱鶴齡、程夢星也認爲，李商隱感慨的是唐武宗。他們在《李義山詩集箋注》中指出，「過樂游原而作是詩，蓋爲武宗憂也。武宗英敏特達，略似漢宣，其任德裕爲相，克澤潞，取太原，在唐季世可謂有爲，故曰『夕陽無限好』也。而內寵王才人，外築望仙台，封道士劉玄靜爲學士，用其術以致身病不復自惜。識者知其不永，故義山憂之，以爲『近黃昏』也」。

此時此刻，作爲京官，儘管只是最低級別的京官，面對即將去世的皇帝，李商隱是有理由感到擔憂的。

李商隱感慨的第二個夕陽，就是當時唐武宗倚重的宰相——李德裕。

李德裕在碌碌無爲的晚唐諸相中，堪稱「宰相中的戰鬥機」。他一生中，外拒異族，內安朝廷，發展經濟，造福百姓。處廟堂之高則忠直敢言，德政流布；居江湖之遠則清正廉潔，心繫百姓。

歷朝歷代，都對李德裕評價頗高。此時正在作詩的李商隱，譽他爲「萬古之良相，一代之高士」。宋人葉夢得在《避暑錄話》中，稱他爲「唐中世第一等人物」。清人毛鳳枝在《關中金石存逸考》中，讚他「才不在諸葛下」。近代梁啓超甚至將他與管仲、商鞅、諸葛亮、王安石、張居正並列，稱他爲「中國六大政治家」之一。

然而，李德裕的這一切政績，都是建立在唐武宗和他之間君臣知遇的基礎之上的。唐武宗一死，必然人亡政息，在一朝天子一朝臣的古今通則下，李德裕能否得到新皇帝的賞識，能否保住宰相的位子，甚至能否保住性命，都還是一個未知數。此時此刻，作爲政見傾向於李德裕的官員，李商隱也是有理由感到擔憂的。

李商隱感慨的第三個夕陽，就是大唐帝國的國運。

〈樂游原〉在實質上，也是李商隱爲大唐帝國唱的一曲輓歌。李商隱當然不至於在會昌五年（八四五）就能預見到五十多年後帝國的覆亡，但以他對朝廷政局的敏感和對國計民生的關心，他肯定感覺這個帝國已經到了「如今外面的架子雖沒很倒，內囊卻也盡上來了」[3]的地步。特別是，在他寫出這首詩的時候，能夠主宰大唐帝國命運的皇帝和宰相，一個即將死去，一個存在變數，豈能不讓他感到擔憂？

3出自於《紅樓夢》，意指已經危機四伏、日趨沒落。

如火如荼的「牛李黨爭」

按說，帝國已經到了這步田地，朝中袞袞諸公應該精誠團結才算有點兒希望。但是，帝國的幾十上百號高官們，可不這樣想。他們一直在鬥、在爭，而且一爭就是四十年。這就是唐史上著名的「牛李黨爭」。

「牛黨」，是指以牛僧孺、李宗閔等為黨魁的四十餘名高官；「李黨」，是指以李德裕為黨魁的二十餘名高官。

「牛李黨爭」，說白了，就是今天牛黨人物上臺執政，明天李黨人物就得全部被貶官、罷官、流放；後天李黨人物上臺執政，大後天牛黨人物也得全部被貶官、罷官、流放。

雙方所爭的，固然主要是國事，但卻基本上沒有一個想到國是；有的只是「以你是為我非，以你非為我是」，有的只是對方的「不是」；所爭者官位，所報者私怨，為了反對而反對，為了否定而否定；「你方唱罷我登場」，管他大唐帝國什麼時候散場。

這場長達四十年的「牛李黨爭」，發源於唐憲宗元和三年（八〇八）的科場案，激化於唐穆宗長慶元年（八二一）的科場案，膠著於唐敬宗、唐文宗、唐武宗三朝，最後於唐宣宗時期牛黨完勝李黨。

大體上，「牛李黨爭」可以分爲五個階段。第一階段，是牛黨和李黨的各自形成階段，從唐憲宗元和三年到唐穆宗長慶元年。

唐憲宗元和三年，當時還是低級官吏和進士的牛黨核心人物——牛僧孺、皇甫湜、李宗閔，參加了當年「賢良方正、直言極諫」考試。這些年輕人在考卷中直陳當前政治得失，激怒了當時的宰相李吉甫，也就是後來李黨黨魁李德裕的父親。

「牛李黨爭」的第一槍，倒是李黨打的。李吉甫把這些關心國事的熱血青年，貶斥到地方任職，長期不得重用。雖然當時的李德裕「以父秉國鈞，避嫌不仕台省，累辟諸府從事」，並未參與此事。但雙方的梁子，就此結下了。

十幾年後，唐穆宗長慶元年的科場案，讓「牛李黨爭」硝煙再起。這一年的貢舉，由禮部侍郎錢徽（中立派）主持，右補闕楊汝士（牛黨）擔任考官，錄取了給事中鄭覃（李黨）的弟弟鄭朗、重臣裴度（中立派）的兒子裴譔、中書舍人李宗閔（牛黨副黨魁）的女婿蘇巢、楊汝士的弟弟楊殷士。這遭到了西川節度使段文昌（中立派）和翰林學士李紳（李黨）的舉報。唐穆宗在徵求當時已任翰林學士李德裕（李黨黨魁）的意見之後，全面推翻了第一次的錄取結果，派人重新考試。最後，鄭朗、蘇巢、楊殷士均落第，主考官錢徽被貶爲江州刺史，李宗閔被貶爲劍州刺史，楊汝士被貶爲開江令。

這是「牛李黨爭」中，兩黨的黨魁級人物第一次公開對壘，從此李德裕和李宗閔兩人

「比相嫌惡，因是列爲朋黨，挾邪取權，兩相傾軋。自是紛紜排陷，垂四十年」。

第二階段，是牛黨專權階段，從唐穆宗長慶二年到唐文宗大和七年（八三三）；

第三階段，是兩黨勢均力敵階段，從唐文宗大和七年到開成五年（八四〇）九月；

第四階段，是李黨專權階段，從唐武宗會昌元年（八四一）到會昌六年四月；

第五階段，是牛黨完勝、黨爭結束階段，從唐宣宗大中元年（八四七）到大中三年十二月。

「牛李黨爭」之所以在大中三年十二月結束，是因爲爲帝國立過大功的李黨黨魁李德裕，被新上臺的唐宣宗流放到了崖州，客死他鄉。「李」沒有了，「牛」還爭什麼？「牛李黨爭」最後居然是牛黨完勝的結果。對於大唐帝國而言，這實在不是好事。

因爲關於兩黨的執政處世，史有公論。王士禎的說法基本符合史實，牛黨「皆小人也」，李黨「皆君子也」。

牛黨黨魁牛僧孺，雖然爲官清廉，但爲政不思進取、碌碌無爲。副黨魁李宗閔，史上則全是負面評價，「崇私黨，薰熾中外」，「舍彼鴻猷，狎茲鼠輩，養虞卿而射利，抗德裕以報仇」。至於牛黨其他骨幹，不僅政績乏善可陳，而且史籍明確指出「二李三楊，偷權報怨，任國存亡」。這裡「二李三楊」，就是指李宗閔、李玨、楊嗣復、楊虞卿、楊汝士。也就是說，牛黨成員人品好的不多，政績好的則一個沒有。

相對來講，李黨所取得的政績，就要比牛黨高出一個數量級以上。至於說到人品，不得不說一說李黨黨魁李德裕的大氣。

李德裕的大氣，首先在於自我限權。會昌三年正月，李德裕奏請科舉錄取榜單「任有司放榜，更不得先呈臣等，仍向後便爲定例，如有固違，御史糾舉奏者」。以往的科舉考試，榜單一出，先呈宰相，宰相審看之時，私心想留取的人就可趁機而入了。而按照李德裕的搞法，榜單不再經過宰相而直接頒佈，包括李德裕本人在內的宰相們就失去了上下其手的機會。此舉不得不說是一種大氣的自我限權的行爲。

李德裕最大氣的，還在於對牛黨政敵的援救與援引。

在李德裕執政的會昌元年，牛黨骨幹楊嗣復、李玨因曾謀立別君，站錯了隊而即將被唐武宗處死。這是楊嗣復、李玨自作孽，得罪了皇帝，可不是李德裕打擊報復的結果。站在黨爭的立場，李德裕只需要置身事外，坐觀牛黨實力削弱即可。但李德裕不計自身利害，連上三疏援救，並在唐武宗面前泣諫說：「臣等願陛下免二人於死，勿使既死而眾以爲冤。」最終救了二人的性命。柳仲郢也是牛黨中人，但在李德裕執政的會昌年間，三遷至吏部郎中。而且，李德裕「知其無私，益重之，奏爲京兆尹」，成爲方面大員。牛黨後期的骨幹要員白敏中，是李德裕最後的掘墓人，恰恰也是他本人援引和任用的。會昌二年，李德裕向唐武宗推薦白敏中，「因言從弟敏中辭藝類居易，即日知制誥，召入翰林充學士，遷中書舍人。累至兵部侍郎、學士承旨。會昌末，同平章事，兼刑部尙書、集賢史館大學士」。正是由於李德裕的一言之薦，白敏中由此前的中級官員一躍成爲中樞要員，官至宰相。可惜的是，李德裕的大氣並未換來白敏中的大氣。白敏中在羽翼豐滿之後，借機興起大獄，肆意誣陷李德裕，直到他被貶崖州，死在海南。史書如是評價忘恩負義的白敏中：「及李德裕再貶嶺南，敏中居四輔之首，雷同毀譽，無一言伸理，物論罪之。」

雖然大氣的君子們，並不一定能治理好國家。但小氣的小人們，卻一定治理不好國家。

「牛李黨爭」的最終結果是牛黨完勝，這固然是唐宣宗選擇的結果，其實也是大唐帝國成爲天邊夕陽、走入下坡路的標誌之一。

政治漩渦中的詩人們

一場參與官員達到幾十上百人、時間長達四十年的黨爭，就像水面上的巨大漩渦，無論你是輕盈的落葉，還是沉重的艨艟巨艦，都無法置身事外，都會身不由己地捲入進去。所不同者，捲入程度的深淺而已。

這就是今天我們熟悉的唐朝詩人們，如白居易、劉禹錫、李商隱、元稹、溫庭筠等人，在面對「牛李黨爭」時的眞實感受。

白居易，捲入最深，卻又全身而退，水準不是一般的高。他捲入這麼深，實在是身不由己。「牛李黨爭」中，唐憲宗元和三年和唐穆宗長慶元年那兩場著名的科場案，白居易都是受命復考的考官。這已經不是捲入的問題了，簡直就是身處漩渦中心了。同時，白居易還是牛黨骨幹「三楊」的親戚，白居易的妻子是楊穎士的妹妹。所以，在感情上，白居易肯定是偏向牛黨的。但在政見上，白居易卻是偏向李黨的，一生都和李黨中人保持著良好的朋友關係。

雖然白居易非常注意地保持著兩黨之間的中立立場，很少就兩黨的政策直接表態，但仍然在會昌四年所作的一首詩中，洩露了天機：「塞北虜郊隨手破，山東賊壘掉鞭收。烏孫公主歸秦地，白馬將軍入潞州。」白居易這是在讚賞李德裕外禦回鶻的功績。在大是大非的問題面前，白居易畢竟還是正直而且理智的。

「一邊是友情，一邊是愛情，左右都不是，爲難了自己……最親的朋友和女孩，我的心一直在搖擺……」張學友和鄭中基合唱的那首老歌〈左右爲難〉，正可描述當年白居易面對「牛李黨爭」時的心情。在這種情況下，白居易「愈不自安，懼以黨人見斥，乃求致身遠地，冀以遠害」。你們在長安鬥你們的，我主動請求外任，避到外地去，怕了你們，這總行了吧？

劉禹錫是在「牛李黨爭」中保持中立的另一個詩人。他之所以得以中立，實在是因爲他的年齡及輩分比牛黨、李黨中人都要高，他參與的是另一場黨爭——「永貞革新」，沒空參加「牛李黨爭」。劉禹錫是「永貞革新」的失敗者，此後他就被貶出京，「二十三年棄置身」，度過了二十三年的流放生涯。他被貶流放之時，「牛李黨爭」還沒開始；等他被召還京，「牛李黨爭」雖未結束，但他卻只能圍觀而插不上手了。而在多年流放生活之後，劉禹錫也被磨去了年輕時的鋒芒，對兩黨都採取了謹慎委婉、明哲保身的態度。

元稹是深深捲入「牛李黨爭」的詩人。元稹是李黨黨魁李德裕的朋友，又與牛黨副黨魁李宗閔有積怨，因此只好別無選擇地成爲李黨中人。元稹的仕途頂峰出現在唐穆宗時期。他受到重用，甚至還在長慶二年當了三個月左右的宰相。但他最終還是鬥不過牛黨中人，幾經沉浮。特別是得罪了掌權的小人李宗閔，於大和四年受排擠，出爲武昌軍節度使，次年即暴病而亡，年僅五十三歲。

杜牧也是深深捲入「牛李黨爭」的詩人。杜牧年輕時，是牛黨黨魁牛僧孺的部下，還受過後者的大恩。大和七年，杜牧到時任淮南節度使牛僧孺的麾下，任淮南節度推官、監察御史裡行，轉掌書記。淮南節度使駐節揚州，杜牧當時剛剛三十歲，身處如此繁華的煙花之地，豈能不幹一把風流事兒？他那「二十四橋明月夜，玉人何處教吹簫」的名句，就是在那前後留下的。兩年之後，杜牧被召回朝廷擔任監察御史，牛僧孺在爲他餞行的宴會上勸勉：你未來肯定前途無量，只要注意身體，少幹點兒風流事就好了。對於這種奉勸，心裡有鬼的杜牧在一開始當然是矢口否認的。但當牛僧孺取出一遝報帖後，他不僅認了賬，而且泣拜致謝。原來，杜牧每次外出，牛僧孺爲了保證他的安全，都派人暗中跟隨保護，並且用帖子記下杜牧的去所及時間，向自己報告。時間一長，報帖竟積滿了一箱。牛僧孺這一招，徹底征服了杜牧。從此以後，杜牧終生不忘此恩，「終身感焉，故僧孺之薨，牧爲之志，而極言其美，報所知也」。本來，杜牧在政見上是傾向李黨的，這從他的諸多詩作中可以輕易看出。但杜牧一生，一直感念牛僧孺的恩情。他爲了報答其恩情，在對牛僧孺的評價中，竟然自始至終加以頌揚和偏袒，有時甚至不惜歪曲事實，虛構杜撰。杜牧的這個態度，李黨自然看在眼裡，記在心裡，不會給他什麼好臉色看。所以在李黨執政期間，杜牧就比較倒楣，由京官被外放爲黃州刺史、池州刺史。

溫庭筠和李商隱，是「牛李黨爭」的犧牲品。這兩位詩人都仕途坎坷。雖然經歷各自不同，但均是在捲入黨爭漩渦之後，游離於兩黨之間，一生掙扎不得解脫。

他們在政見上都傾向於李黨，但在李黨掌權時，未能受到充分重視並得以援引。等到牛黨掌權時，因爲牛黨更看重彼此關係的忠誠度和緊密度，這二位又曾有「背叛」前科，因此二人無法得到重用，只好一生蹉跎。

黨爭之害人，由此可見一斑。

回頭來看，幾十號人一爭就是四十年，到底爭什麼？國家肯定是受害者，「黨爭誤國」是史家共識；被裹挾參與黨爭的人肯定也是受害者，詩人們的遭遇就是證明。

那麼，黨爭的始作俑者，就是受益者嗎？除了都當過三、五年的宰相，過了一把執政的癮以外，三個人基本上擁有差不多的仕途經歷、差不多的人生結局。

牛黨黨魁牛僧孺，被貶爲循州長史，召還不久即於大中元年病逝，活了六十九歲；牛黨副黨魁李宗閔，被貶爲郴州司馬，會昌六年（八四六）死於貶所，活了五十七歲；李黨黨魁李德裕，於大中三年，在崖州司戶貶所病逝，享年六十三歲。不過，牛僧孺和李宗閔的收穫，倒是比李德裕多了那麼一點點，那就是他們還收穫了史上著名小人的罵名。

還是身處「牛李黨爭」漩渦中心、深知黨爭之害的白居易概括得好：「相爭兩蝸角，所得一牛毛。」可惜的是，白居易概括的這個道理，歷史上沒有幾個人記得住。倒是歷朝歷代熱中黨爭的人，不斷湧現。那些爲了一己之私，或者僅僅因爲彼此政見不一，就不惜使出誣告陷害等下作無恥手段，直到把對方置之死地的例子，史不絕書，代代皆有。可見，國人黨爭的傳統，根深蒂固，從未斷絕。

宦官專權巔峰之始：血洗長安的甘露之變

太和九年（八三五）十一月二十一日上午，被我們尊爲「茶仙」、留下著名〈七碗茶詩〉的詩人盧仝，正坐在宰相王涯的官邸裡，陪著王涯的族弟王沐一起，等待著主人散朝歸來。

過了午飯時分，沒有等回來王涯，卻等來了一大群神策軍士兵。這群士兵包圍了相府，見人就抓，盧仝也被抓了起來。在被抓的過程中，盧仝還對士兵們解釋：「我只是隱居的山人，一介布衣，來相府做客而已。」士兵反駁說：「既然是山人，來見宰相幹什麼？」秀才遇到兵，有理也說不清。會作詩卻不善言辭的盧仝一時語塞，只好束手就擒，打算找個明白人再說理去。結果他再也沒有機會說理了，因爲他被直接押赴了刑場。

在前往刑場的途中，盧仝才知道，不僅宰相府亂了，長安全城都已經陷入了大亂之中。禁軍士兵到處在抓人、搶東西，甚至當街殺人，還有趁亂起哄的「坊市惡少年因之報私仇，殺人剽掠百貨，互相攻劫，塵埃蔽天」。堂堂帝國首都，轉眼已成修羅地獄。

本來，盧仝還指望著王涯宰相能救一救自己。但到了刑場才發現，貴爲宰相的王涯也赫然在綁縛之列。士兵們兇神惡煞，完全不聽解釋，只是在不停地爲行刑做準備，「自涯以下，皆以髮反繫柱上，釘其手足，方行刑」。對於本來就沒有那麼長頭髮的盧仝，禁軍頭目「令添一釘於腦後」，用鐵釘直接穿過頭皮作爲固定。做這樣的準備，是因爲即將對他們進行腰斬。直到這時，盧仝才眞正意識到大限已到，在簡單地向匆匆趕來的友人托孤之後，他被腰斬而死。

幾個月後，站在無辜慘死的盧仝墓前，另一位著名詩人賈島寫下一首〈哭盧仝〉：

賢人無官死，不親者亦悲。
空令古鬼哭，更得新鄰比。
平生四十年，惟著白布衣。
天子未辟召，地府誰來追。
長安有交友，托孤遽棄移。
塚側志石短，文字行參差。
無錢買松栽，自生蒿草枝。
在日贈我文，淚流把讀時。

從茲加敬重，深藏恐失遺。

賢人無官死，不親者亦悲：像盧仝這樣沒有官職的賢才，卻無辜被害，即使不熟的人聽到也會悲傷，更何況我賈島是他親密的朋友。

空令古鬼哭，更得新鄰比：盧仝的悲慘遭遇，恐怕連已逝的鬼都會爲他痛哭，還好有同時罹難的人在陪伴著他。

平生四十年，惟著白布衣：盧仝活了四十歲，還是一個沒有官職的布衣之身。

天子未辟召，地府誰來追：他生前未得天子辟召，希望到了地府後有人能夠對他有所補償。

長安有交友，托孤遽棄移：臨刑前，盧仝匆匆向長安的朋友托孤，之後就被害了。

塚側志石短，文字行參差：盧仝墓前的石碑矮小，志文也寫得歪歪斜斜。

無錢買松栽，自生蒿草枝：沒有錢購買松柏栽植於墓旁，只有那自己長起來的蒿草環繞四周。

在日贈我文，淚流把讀時：盧仝生前贈我的文章，今日重新讀來不禁流淚。

從茲加敬重，深藏恐失遺：從此以後，我要更加珍重這些文章，永久收藏，永不遺失。

從賈島的詩來看，盧仝無論是生前還是身後，都非常淒慘，可堪一哭。特別是他無辜被害的人生結局，更是令人扼腕。

事實上，在那一天，包括盧仝在內，長安城有一千多人倒下，血流成河。導致盧仝無辜捲入並被殺死的，就是唐史上著名的「甘露之變」。

那一天，長安浸泡在血中

關於甘露，李時珍在《本草綱目》中解釋說：「甘露，美露也。神靈之精，仁瑞之澤，其凝如脂，其甘如飴，故有甘、膏、酒、漿之名。」自古以來，甘露的降臨都是太平瑞徵。

所謂「甘露之變」，就是指唐文宗李昂時由觀露而引發的事變。在這次事變中，甘露不再是一種祥瑞，而是成了一把打開潘朵拉魔盒的鑰匙，帶來的不是天下太平，而是「震驚乘輿，騷動京國，血濺朝路，屍僵禁街」的一場流血事件。

簡單地說，「甘露之變」就是當時的朝廷之中，有一群人想殺另一群人，並且事先已在左金吾衛院內設下埋伏，然後詭稱該處有天降甘露，以此作爲誘餌，將其聚而殲之，一網打盡。聽上去不錯，但那只是圖上作業、沙盤演習，下面我們來看看眞刀眞槍的史實。

事情，還得從盧仝遇害那一天清晨的朝會說起。這一天，本是常朝的日子。

唐朝的朝會，分爲四類：一是大朝會，每年第一天即元日舉行，在京所有文武百官、天下各州朝集使（包括外藩使節）參加，一般在大明宮含元殿舉行；二是朔望朝參，每月的初一和十五各舉行一次，在京所有文武百官參加，一般在大明宮宣政殿舉行；三是常參，即日常會議，只有京官中的常參官才可參加，一般在大明宮宣政殿或紫宸殿舉行；四是延英奏對，這是只有皇帝和宰相們才能參加的高級機密會議，因一般在大明宮延英殿舉行而得名。

十一月二十一日的朝會，既非元日亦非朔望，所以是在紫宸殿舉行的常參朝會。等到唐文宗李昂在紫宸殿剛剛坐定，左金吾大將軍韓約就上奏，左金吾衛院內石榴樹上，昨夜天降甘露。

聽說有此祥瑞，宰相李訓、舒元輿便勸唐文宗李昂親臨觀看。李昂一邊讓李訓等宰相和中書、門下兩省官員一起前去察看，一邊自己也從紫宸殿移駕到了含元殿，等候消息。

在大明宮建築群中，由紫宸殿去左金吾衛院，要向南經過紫宸門，到達宣政殿，再向南經過宣政門，過了含元殿，左邊爲左金吾衛，右邊爲右金吾衛。

可是等到李訓率一幫官員回到含元殿時，卻向唐文宗李昂報告說，可能不是眞的甘露。這下李昂疑惑了，決定派神策軍左右中尉仇士良、魚弘志率領眾宦官，再次前往左金吾衛院看個究竟。既然皇帝吩咐，仇士良、魚弘志未疑有它，馬上就率領宦官們去了。

到了左金吾衛院內，仇士良發現帶路的左金吾大將軍韓約居然在十一月的天氣裡「氣懾汗流，不能舉首」，覺得很奇怪，就問他：「將軍何爲如是？」

就在韓約還沒來得及回答的當兒，突然吹來一陣風，掀起了帷幕，仇士良一眼就看到了隱藏在幕後的伏兵，同時又聽到了兵甲相碰的聲音。仇士良馬上意識到情況不妙，雖然他並不確知發生了什麼事，但他反應很快，當即率領眾宦官掉頭返回，先回到含元殿唐文宗李昂身邊再說。

當時左金吾衛院的守門士兵還打算把門關上，結果在仇士良的呵斥之下，門竟然沒有關上，遂讓一眾宦官逃往了含元殿方向。李訓發現仇士良等人居然逃出了左金吾衛，馬上號召在含元殿守衛的左金吾衛士兵：「來上殿衛乘輿者，人賞錢百緡！」

瞬間，含元殿上的焦點，演變成了對唐文宗李昂的爭奪。宦官們說：「事急矣，請陛下還宮！」宰相李訓則說：「臣奏事未竟，陛下不可入宮！」隨後，雙方展開了面對面的肉搏。

至此，局勢已經很明朗了。以宰相李訓爲首的一方，在唐文宗李昂的配合下，以甘露爲誘餌，要用伏兵殺掉仇士良等一眾掌握神策軍軍權的宦官。不料，事機敗露，韓約也在關鍵時刻掉了鏈子，被宦官們逃了出來。

在接下來的含元殿肉搏中，李訓一方雖然是有備而來，但仍然沒能阻止仇士良等宦官抬著唐文宗李昂的乘輿進入宣政門。等到宣政門關上之後，李訓在門外都能聽到宦官們山呼萬歲的聲音。是的，在這一刻，肉搏的雙方都意識到，李訓一方已經失去主動權，行動徹底失敗。勝利的天平，已開始偏向宦官一方。

此時李訓手下，只有倉促召集的不到五、六百人的雜牌士兵。李訓一方的優勢，就在於攻其不備的突然性。而宦官們則手握長安城軍力最雄厚的神策軍軍權，可以動用的兵力少說也有四、五千人。宦官們的優勢，就在於人多勢眾。

只要宦官們不被殺死而躲進宮中，無論唐文宗李昂本人的立場如何，以李訓一方微薄的兵力，絕不敢主動攻打宣政門。宦官們卻在驚魂稍定之後，從宮中派出一千名神策軍士兵，由左右神策副使劉泰倫、魏仲卿率領，進行瘋狂的反攻和報復。

劇情開始徹底反轉：此前想殺人的一方，開始逃跑；此前逃跑的一方，開始派兵殺人，而且瘋狂地見人就殺。

作為此次政變的首腦人物，李訓跑得比較早，「知事不濟，脫從吏綠衫衣之，走馬而出」。李訓是宰相，上朝的官服是紫色的，是當時一望而知的大官，所以他需要換上低級官吏的綠衫，才好跑路。他先跑到終南山，準備投奔和尚宗密。後來覺得不妥，又逃往鳳翔，打算去依附這次政變的另一個主謀鳳翔節度使鄭注。但出山不久就被抓了，在械送京師的途中，李訓被斬首，並被滅族。

另外三位宰相王涯、賈餗、舒元輿，在唐文宗李昂退入宣政門之後，並不知道殺身之禍即將來臨，還正常回到中書省，準備吃工作午餐，商量著說稍晚一些，皇帝「必將開延英召對兩省官，就見宰相」。王涯還說：「不知是何事也？諸公且各自取便。」

等到有人跑來告訴三位宰相「有兵自內來，遇人即殺」時，「宰相已下，愴惶走出，兩省人吏及金吾健兒共千餘，闐門爭出，宰相等才及出門，兵士已合在門內，不能出者凡六七百人，皆死」。王涯、舒元輿走出大明宮即被抓獲，賈餗則等到第二天才被抓，三人同樣被滅族。其中就包括當時在王涯府中做客的盧仝。

中書、門下和尚書三省諸司官員被殺的，有一千多人，連辦公場所也被搗毀，只剩下殘破的房屋。「士良等分兵閉宮門，索諸司，捕賊黨。諸司吏卒及民酤販在中者皆死，死者又千餘人，橫屍流血，狼藉滿地，諸司印及圖籍、帷幕、器皿俱盡」。

因爲在宮中的辦公場所一北一南，所以當時宦官一黨的辦公場所被稱爲「北司」，朝中官吏的辦公場所則被稱爲「南衙」。仇士良派出的禁軍這樣瘋狂地殺人，說明北司這次恨上了南衙全體官員，要斬盡殺絕。

在大明宮中殺人還不夠，殺紅了眼的禁軍士兵又突入坊市，以搜捕爲名進入大臣家中剽掠。已故嶺南節度使胡證在長安的家，「京邑推爲富家」，結果這次被盯上了，「禁軍利其財」，「乃破其家。一日之內，家財並盡」。這樣的劫財殺人，已跟政治鬥爭毫無關係了。

宦官集團控制住長安城的局面之後，仇士良又傳出密令，要求鳳翔監軍張仲清殺死這次事變的另一個主謀鄭注。

在這樣的大屠殺之後，「自是天下事皆決於北司，宰相行文書而已。宦官氣益盛，迫脅天子，下視宰相，陵暴朝士如草芥」。宦官集團取得了徹底的勝利。

從此，這幫治國無術、弄權有方的閹豎小人，就成了帝國的附骨之疽，直到和帝國一起滅亡。

爲什麼「甘露之變」會在關鍵時刻掉鏈子？

「甘露之變」的結局，令人扼腕。一舉翻盤的大好機會，就這樣被李訓、鄭注這兩個眼高手低的大臣白白葬送了。爲什麼「甘露之變」會在關鍵時刻掉了鏈子，導致劇情大反轉？這是一個史上一直在討論的問題。在我看來，至少有這樣五條原因：

一是政變人選上的饑不擇食。

毫無疑問，李訓、鄭注這倆人，是唐文宗李昂親自選的。而且幹掉專權宦官的主意，一開始肯定也是來自唐文宗李昂。要說除宦，他才是總後台。其實，他想這件事，不是一天兩天了。準確地說，從被宦官們擁立爲皇帝的那一刻起，唐文宗李昂就想幹掉宦官了。

說起來，並不是唐文宗李昂這人不感恩，實在是擁立皇帝這個工作，不是宦官們應該一幹再幹的。

唐文宗李昂的祖父唐憲宗和哥哥唐敬宗，就是被宦官陳弘志、王守澄、梁守謙、韋元素等人直接殺死的。到了唐文宗李昂被擁立時，除了梁守謙已經致仕以外，其餘宦官基本都還在唐文宗李昂的左右。不說唐文宗李昂要報祖父和兄弟之仇，就是為了自己的人身安全，他也要考慮幹掉身邊那些敢殺皇帝的宦官們。

《舊唐書．李訓傳》記載：「文宗性守正嫉惡，以宦者權寵太過，繼為禍胎，元和末弒逆之徒尚在左右，雖外示優假，心不堪之。思欲芟[1]落本根，以雪仇恥，九重深處，難與將相明言。」雖然難以明言，但他仍然把目光投向了朝中的大臣們。

但此時他手下的大臣，正分成牛黨、李黨，在搞「牛李黨爭」呢。一來沒空，二來兩黨均與宦官有著千絲萬縷的關係，下不去手啊。唐文宗李昂只好在兩黨之外找人了。唐文宗李昂一開始選中了出身孤寒的中書舍人宋申錫，並且在短時間內就任命他為宰相，要求他聯合朝官對付宦官。不料此事被專權宦官王守澄和當時還是王守澄親信的鄭注發覺，略施小計，宋申錫就被貶出朝廷。唐文宗李昂的第一次嘗試，就此失敗。

1 音山，削除，通「刪」。

這一次嘗試失敗，也讓唐文宗李昂得出一條教訓：應該在兩黨之外找人，還應該找與宦官集團有一定聯繫，不至於引起宦官集團懷疑的人。於是，他選中了李訓、鄭注。

可是，李訓、鄭注二人人品之低下，也是當時公認的。

鄭注，史稱「詭辯陰狡，善探人意旨」，以方技藥術受知於權宦王守澄。在王守澄手下，他「內通敕使，外結朝官，兩地往來，卜射財貨，晝伏夜動，干竊化權。人不敢言，道路以目」。後來，他在王守澄的授意下，「以陰事誣陷宋申錫」，打破了唐文宗李昂第一次除宦的希望。

本來，唐文宗李昂是很討厭鄭注這個人的，但架不住鄭注醫術厲害，他竟然抓住爲皇帝治病的機會，一舉獲得重用。可見，當好醫生，爲主管提供醫療服務，還是有好處的。

李訓是鄭注推薦給唐文宗李昂的。史稱他「陰險善計事」，李德裕更是直接指出「李訓小人」。在李訓進入翰林院時，兩省諫官曾經「伏閣切諫，言訓奸邪，海內聞知，不可令侍宸扆」。

一個「陰狡」，一個「陰險」，在被唐文宗李昂重用之前，李訓、鄭注就是這樣劣跡斑斑的小人。

唐文宗李昂要幹除宦這樣關係身家性命的大事，固然一時半會兒難以找到「聖人」去幹，但至少也應該找幾個正人去幹，而絕對不應該找李訓、鄭注這樣的小人去幹。

被李訓、鄭注倚爲骨幹的王璠、韓約，在「甘露之變」的當天，前者「恐悚不前」，後者「變色流汗」，才被仇士良看出了端倪，以至功敗垂成。果然物以類聚，人以群分。唐文宗李昂居然想依靠這些人來幹大事，只能說他有一點兒饑不擇食。

二是政變策劃上的各不相謀。

受到皇帝重用之後，李訓、鄭注迅速形成了一個新的專權小集團。特別是李訓，幾乎到了一人之下、萬人之上的地位：「天子傾意任之。訓或在中書，或在翰林，天下事皆決於訓。王涯輩順其風指，惟恐不逮；自中尉、樞密、禁衛諸將，見訓皆震慴，迎拜叩首。」在這種情況下，兩人開始得意忘形，逮誰滅誰。

首先是除宦。在他們二人的策劃下，不久就能追殺韋元素、杖殺陳弘志、賜死王守澄、殺死王守涓，順利得超乎想像；其次是盡逐牛黨和李黨。無論是李黨李德裕還是牛黨李宗閔，哪個黨的人都不需要，全部逐出京城，讓他們到外地去任職，「連逐三相，威震天下」；第三就是打擊異己，「貶逐無虛日」，以至朝堂班列殆空。侍御史李甘、中書舍人高元裕、吏部郎中張諷、戶部郎中楊敬之等人無黨無派，也有政治才能，但都因爲不主動依附二人，被一貶再貶。

李訓、鄭注除宦沒有什麼不對，這本是唐文宗李昂重用他們的目的；但對於朝官中的中間派，特別是牛黨和李黨中的任何一黨，還是應該團結其中一部分力量的。可他們偏不，覺得自己已經這麼牛了，可以包打天下了，還需要團結誰？就連李、鄭二人，也在內部鬧起了不團結，搞起了權力鬥爭。「始，注先顯，訓藉以進，及勢相埒[2]，賴寵爭功，不兩立。」

在「甘露之變」前夕，李訓「出注使鎮鳳翔，外爲助援，內實猜克，待逞，且殺之」，打算先殺宦官後殺鄭注。革命尚未成功，同志們就已經開始鉤心鬥角了。唐文宗李昂想依靠這種誰都不能團結、「各不相謀」的人，怎麼能辦成大事？

三是行動計畫上的慌不擇路。

爲了形成裡應外合的誅宦態勢，在李訓派鄭注出任鳳翔節度使之時，大家一起制定了一個完美的行動計畫——「滻水之謀」。

這個計畫的要點是，剛剛被賜死的大宦官王守澄，將於十一月二十七日下葬於滻水墓地。屆時，由鄭注向唐文宗李昂申請「入護葬事」，然後率領鳳翔節度使親兵數百「皆持白棓，懷其斧」。趁著眾權宦前來爲王守澄送葬之時，「令親兵斧之，使無遺類」。

顯然，「滻水之謀」是一個遠遠優於「甘露之變」的計畫。原因有三：其一是行動地點選在宦官軍事實力較弱的城郊，宦官倉促之間無法調動大批兵力進行抵抗；其二是以王

2 音樂，相等之意。

守澄一個賜死大臣的身分，唐文宗李昂不至於親臨現場爲他送葬，既然皇帝不在場，動刀動槍就少了許多顧忌；其三是以有備攻無備，以人多攻人少，宦官們幾無勝算。

可是這樣好的一個計畫，李訓就是不願意採用，認爲「如此事成，則注專有其功，不若使行餘、璠以赴鎭爲名，多募壯士爲部曲，並用金吾、台府吏卒，先期誅宦者，已而並注去之」。在怕鄭注搶功的狹隘心態下，李訓搶在二十一日，背著鄭注，慌不擇路地提前行動了。

《中庸》裡說「小人行險以徼幸」，說的不就是李訓嗎？

四是政變時機上的迫不及待。

發動「甘露之變」時，李訓擔任宰相才一兩個月，距離他被唐文宗李昂重用也才不到半年。一個任職時間不長，而且逮誰滅誰的宰相，我們可以想見他在朝堂之上的號召力。

李訓發動政變，主要依靠的是左金吾大將軍韓約和他手下的左金吾衛士兵。而這位韓約，居然由太府卿的職務改任現職才剛剛四天！一個任職剛剛四天，而且大事來臨時就「變色流汗」的將軍，我們也可以想見他對一支武裝力量的掌控力。

李訓依靠的另外幾支力量也基本不靠譜。王璠剛剛由戶部尙書、判度支改任河東節度使，郭行餘剛剛由大理卿改任邠寧節度使。李訓又不讓他們離京赴鎭，只讓他們「托以募爪牙爲名」，在長安「招募豪俠」，結果到了事變之時，仍然只招到「部曲數百」。而且這種臨時招來的所謂豪俠，能有多少戰鬥力？

李訓還讓自己的骨幹京兆少尹羅立言權知京兆府事，調動長安、萬年兩縣的「邏卒三百餘」，又讓刑部郎中兼御史知雜李孝本權知御史中丞，率領「御史台從人二百餘」，趕到現場參加政變。

「邏卒」好歹還有一定的戰鬥力；「御史台從人」就是典型的政府公務員了，平常幹的是抄抄寫寫的工作，怎麼能讓他們去打打殺殺？

就這樣，「豪俠」、「邏卒」、「御史台從人」齊上陣，準備跟訓練有素、裝備精良的正規軍隊玩刀槍了。準備如此不足，軍事實力差距如此之大，李訓還這樣迫不及待，只能說明他的腦子當時應該進水了。

五是政變執行時的天不作美。

對，就是事變當天，在左金吾衛院內刮起的那股妖風。要不是那股妖風，仇士良也不會看到帷幕之後的伏兵，也就不會僥倖逃脫。李訓這事兒，說不定就幹成了。如此湊巧，天公不作美。其實也只能怪李訓這幫人搞政變沒經驗，之前不注意一下天氣。

口口聲聲說李訓不夠聰明，其實是有理由的。別說他的「甘露之變」失敗了，就是成功了，最終結果仍然是宦官專權。爲什麼？

還是司馬光概括得好啊，唐朝「宦官之禍，始於明皇，盛於肅代，成於德宗，極於昭宗」。所謂「成於德宗」，主要是指宦官在唐德宗李適之時被賦予兵權，這是宦官們的關鍵一跳。

以前沒有兵權，宦官們要弄權，就只能借助皇帝、宰相，借力打力；有了兵權，宦官們就可以由後臺走上前臺，想滅誰就滅誰，想殺誰就殺誰，正如他們在「甘露之變」中所做的那樣。

唐德宗李適這麼一搞，從此害得自己的子孫受制於家奴，不知有多少皇子皇孫被宦官隨意殺戮。實在是蠢到了極點。

李訓根本沒有意識到，到了他當宰相的時候，宦官的參政甚至專權已經「成於德宗」，已經是制度化的規定。而要想改變宦官專權的局面，最根本的辦法是從改革制度入手，這樣才能一舉治本。事實已經證明，殺了王守澄，來了仇士良，殺了陳弘志，來了魚弘志。

事實上，在古今中外的政治史中，只要類似於宦官專權這樣的現象或這類人員反覆出現，屢禁不止，那一定是制度的原因，必須從改革制度入手去解決問題，絕不能像李訓那樣，妄想通過殺幾個人和抓幾個人來解決問題。

所以，李訓發動「甘露之變」，根本就是愚不可及的自殺行動，同時也是解決不了任何問題的愚蠢行動。

政變後遺症：文官緘默，國是莫談

經歷了「甘露之變」而僥倖未死的唐朝文官，內心其實是崩潰且悲涼的。作爲倖存者，他們清醒地意識到，自己現在之所以還沒有死，不是因爲自己對帝國和皇帝的忠誠，也不是因爲自己日常工作的勤勉，更不是因爲自己人品好，只是因爲自己家的祖墳冒了青煙，運氣好躲過了屠刀而已。

然則誰也無法保證自己一直運氣好，如何避禍呢？這成了他們胸口永遠的痛，成了他們一直在認眞思考的重大問題。

最後，他們想出了一致的答案：全身遠禍。血淋淋的現實，逼著他們逃避，或縱情酒色，或迷戀道佛。忠君報國、渴望中興的信念完全被全身遠禍、獨善其身的心態所代替，社會責任的擔當者也徹底轉化爲冷漠的群眾。

裴度的態度最爲典型。他在當時，已是德高望重的三朝元老。他在輝煌時期，也曾出將入相，爲帝國立下大功。但他面對宦官專權、「牛李黨爭」，也不得不「稍浮沉以避禍」，遠離政治中心而去洛陽任職。

「甘露之變」發生後，四位宰相不僅自己不幸罹難，而且株連甚廣，「其親屬門人從坐者數十百人」。裴度於心不忍，「上疏理之，全活者數十家」。在那樣一種恐怖氛圍下，裴度敢於上疏，而且成功救人，可見三朝元老的身分還是管用的。

但此後，裴度就開始全心全意地修建位於洛陽的集賢里宅園和綠野堂別墅，準備閒居不問政事，好好地過退休生活。

白居易也算是一個典型。此時他一生的巔峰時期已過，已到了致仕的年齡。對於朝廷的是是非非，他早已懶得過問。

而「甘露之變」發生時，白居易正在洛陽任職，得以免遭殺身之禍。事變之後，白居易首先當然是慶幸自己當初選擇的正確，其次則是對遇難同僚的深深同情，最後更加堅定了自己遠離宦海、全身遠禍的決心。

劉禹錫的選擇，和白居易一樣。要知道，當年劉郎可是個憤青式的人物。他早年曾是「永貞革新」的核心人物之一，後來長期被貶任職地方。但他在度過了「二十三年棄置身」的貶謫生涯之後，仍然豁達樂觀，寫出了「沉舟側畔千帆過，病樹前頭萬木春」的名句。

「甘露之變」發生時，劉禹錫正由汝州刺史轉任同州刺史，也因不在長安而倖免於難。而作爲一個歷來反對宦官專權的強硬派人物，我們卻無法從他此後的詩文中，找到他對「甘露之變」表達痛恨和進行鞭撻的痕跡，甚至連間接表態都找不到。我們不禁要感嘆，當年那個「前度劉郎今又來」的天不怕地不怕的劉禹錫呢？

一直反對宦官專權的杜牧，當時也在洛陽任職，任監察御史。事變第二年，他寫了一篇〈罪言〉，一篇很正常的建議用兵藩鎮的文章，卻這樣開頭：「國家大事，牧不當言，言之實有罪，故作〈罪言〉。」這，說好的「國家興亡，匹夫有責」呢？

四年後他擔任左補闕，用他自己的話說是「諫官事明主」。可是他對本職工作的心態，卻是「拜章豈艱難，膽薄多憂懼」，平時與同僚相處，也基本不談國事，「出語但寒暄」。杜牧，也徹底消極了。

一群社會精英，就此變身麻木群眾。而且，不是一個兩個，是一個接一個。麻木群眾多了，社會精英就少了；唐朝的末日，也就不遠了。

黃巢之亂：文官集團集體「栽培」出的大唐毒瘤

唐朝大中、咸通年間的一個春天，身在長安城的舉子黃巢，再一次知道了自己科舉落榜的消息。

唐朝的舉子們，在落榜之後的個人情緒方面，不外乎這樣幾種：最多的是失意羞愧，「年年春色獨懷羞，強向東歸懶舉頭」；當然也有滿懷希望、展望明年的，「莫羨長安占春者，明年始見故園花」；還有打算千里迢迢回家再說的，「關河萬里秋風急，望見鄉山不到家」。

性格豁達的，打算從此歸隱，「年年模樣一般般，何似東歸把釣竿」；可是遇到性格偏激的，就會憤慨考試的不公平和整個社會制度的不公平，「只應抱璞非良玉，豈得年年不至公」。

性格偏激的唐巢，當然選擇了後者。落榜之後，他的心中充塞著不滿、憤慨的情緒。正是在這樣的情緒下，他寫下了〈不第後賦菊〉，作爲自己告別長安城的禮物，在某種程度上，似乎也打算作爲自己再來長安城的預言：

待到秋來九月八，
我花開後百花殺。
沖天香陣透長安，
滿城盡帶黃金甲。

心中充滿憤慨的黃巢，硬是把植物寫成了動物，靜態寫成了動態，亭亭玉立的菊花，被他寫成了舞刀動槍的殺手。滿篇的霸氣，還有些殺氣。

待到秋來九月八：等到秋季的九月八日。

用「待」字，是因爲黃巢寫詩的時間是春季，而菊花要到秋季才盛開，所以還要等待幾個月。

九月九日爲重陽節，是登高、賞菊、敬老的節日。黃巢此處寫成「九月八」，一是爲了押韻，二是對當時重陽節慶活動的寫實。據周密所撰《乾諄歲時記》載：「禁中例於八日作重九，分列萬菊，燦然眩眼，且點菊燈，略如元夕。」原來唐宋年間就已有了「重陽節前夕」。

我花開後百花殺：菊花盛開之後，就把百花都殺掉了。

黃巢稱「菊花」爲「我花」，是因爲他本人姓黃，而菊花最爲人們所熟知的顏色就是黃色。所以他和菊花是一家人。

此句黃巢本是揭示菊花的生長規律，即菊花盛開時，百花都已凋零。這本是自然界的規律，也是我們習以爲常的自然現象。但黃巢非要說百花是被盛開的菊花殺掉的，而且在稱菊花爲「我花」的語境下，暗喻的就是我殺掉的，這就太不友好了，太霸氣了。

同樣是描述這種菊花獨開的自然現象，我們來看看元稹的詩句：「不是花中偏愛菊，此花開盡更無花。」看元大才子多友好，多和諧。黃巢小夥子因爲考試沒考好，憤慨之下，就寫了這首詩。

沖天香陣透長安：菊花的香氣沖天而來，彌漫了整個長安城。

滿城盡帶黃金甲：全城上下開滿了菊花，就像金光燦爛的黃金鎧甲。

黃金甲，在唐朝是有過的。《資治通鑑》記載，秦王李世民在取得洛陽決戰的勝利回到長安時，穿的就是黃金甲，「世民被黃金甲，齊王元吉、李世勣等二十五將從其後，鐵騎萬匹，甲士三萬人，前後部鼓吹，俘王世充、竇建德及隋乘輿、御物獻於太廟，行飲至之禮以饗之」。

中國古代盔甲的種類較多，主要有藤甲、木甲、皮甲、銅甲、鐵甲、紙甲和布甲，使用最多的是皮甲和鐵甲。但使用黃金製作盔甲，除李世民以外，所能見到的實例並不多。其原因，第一個可能是太貴了，普通士兵裝備不起；第二個可能是黃金硬度並不高，比較易於分割，戰場實用性不強；第三個可能是黃金顏色太顯眼，戰場上穿上這樣的明黃盔甲作戰，這不是告訴人家「向我開炮」嗎？所以李世民在凱旋時穿黃金甲，只是出於禮儀和炫耀。而黃巢能在此時想到黃金甲，當然只是因爲其明黃的顏色。

綜觀全詩，至少可以做出這樣一個判斷：按照「得意不快心，失意不快口」的古訓，黃巢此時正在失意之中，連「賦菊」都要搞得殺氣騰騰，本詩是典型的快口之作。看來，黃巢的個人修養還眞不怎麼樣，落榜也是該著。

問題是，榜也落了，口也快意了，黃巢今後的路還長，應該怎麼辦？有人說從詩中的殺氣來看，當時的黃巢就想造反，就想滅了唐朝統治階級。

可以肯定的是，多次落榜的黃巢，在寫下〈不第後賦菊〉的那一刻，心中的不滿甚至憤慨肯定是有的，但你要說他在當時就有過造反殺人、血洗長安的念頭，那就高估他了。

無論在哪個朝代，無論那個朝代的統治者如何不堪，作爲手無寸鐵的一介平民，決定造反都是需要經過仔細思量和權衡的。寫首詩就是想造反，你當造反是郊遊啊？更何況，黃巢在當時，並沒有被逼得無路可走。那時的落榜舉子，並不是一考定終身，出路還是挺多的。

最大的出路，自然是通過科舉之外的其他途徑入仕。比如，可以進入藩鎮幕府，只要獲得封疆大吏的賞識，仍然有機會調入朝廷任職；也可以通過朝中大佬的薦舉得以任職；還可以通過直接向皇帝上書獲得任職機會。其餘的出路，有經商致富、回家種田或山居歸隱等。

黃巢是富二代。他家「世鬻[1]鹽，富於貲」，有錢得很。他參加科舉，主要目的不是爲了發財，而是爲了升官，從而改變社會地位。所以黃巢落榜後，謀生的手段還是有的。他最初的選擇，就是和好友王仙芝等人一起經商致富，繼續當私鹽販子。

但是，科舉之路不通，走正途改變社會地位沒戲。黃巢本人又「善騎射，喜任俠」，「喜養亡命」，「以焚劫爲良謀，以殺傷爲急務」。這樣的人，豈能長期甘於寂寞而不鬧出點兒動靜來？

當好友王仙芝在河南長垣首先造反的消息傳來，黃巢再也按捺不住了，也選擇了這條高風險高收益的人生道路。

從私鹽販子到大齊皇帝

---

1 音玉，賣之意。

乾符二年（八七五）六月，黃巢在自己的家鄉曹州冤句（今山東菏澤）聚眾數千人，回應王仙芝，踏上了造反的不歸路。

這一年，他大約五十六歲。這在平均年齡不高的唐朝，已是在家抱孫子的年紀了。而黃巢年過半百還出來自主創業，這份闖勁兒，實在值得點讚。造反以後的黃巢，從山東出發，經江蘇、福建等地，南下攻占廣州，然後從廣州北上，經兩湖攻占洛陽、長安，最後又敗退回到山東。繞著大唐帝國的版圖畫了一個大圓圈後，在六十五歲時兵敗身死，走到了人生終點。

從五十六歲到六十五歲，是黃巢一生中的巔峰十年。這十年，黃巢由一個憤慨考試不公、獨自離開長安的落榜舉子，變身為「乘金裝肩輿」、在六十萬人簇擁下重返長安的「黃王」；由一個默默無聞的私鹽販子，變身為名震天下的大齊皇帝。由下而上，由地而天。富貴險中求，過把癮就死。

黃巢的巔峰十年，可以分為四個階段：

第一階段是五十六至六十歲，即乾符二年五月到乾符六年八月。在這一階段，黃巢處於發展壯大時期。最大的成就，是攻占廣州。

黃巢在山東起事，卻南下攻占了廣州，在今天的我們看來，實在是有點捨近求遠了。為什麼不留在北方跟唐軍幹？為什麼不直接西向攻打洛陽、長安？

黃巢其實也是沒有辦法。一開始起事時，他倒是有東南西北四個方向可以選擇。向東顯然不行，因爲距離大海不遠，缺乏戰略縱深；向西更加不行，因爲西邊的洛陽、長安是唐軍的重點防守區域，以起事時尚還弱小的農民軍與帝國精兵決戰，無異於以卵擊石。

向北也不行，因爲向北就是河朔之地。「安史之亂」後最強大的獨立藩鎮如魏博鎮等，都集中在這個方向。如果黃巢旌旗北指，必然會與盤踞於此的軍閥們發生衝突。這是當時戰鬥力比帝國禁軍都要強的軍隊，更不宜與之決戰。

只好向南了。值得慶幸的是，向南比較有利。一是錢多，當時的江淮、兩浙、鄂嶽一帶，已是帝國最爲富庶的地區，有利於黃巢軍隊補充給養；二是兵弱，就當時全國藩鎮的實力而言，黃河以北的藩鎮最強，黃河以南、長江以北的藩鎮較弱，長江以南的藩鎮最弱，軍事實力最差，這有利於黃巢軍隊保持勝率；三是人窮，正因爲南方是「安史之亂」後帝國唯一的財賦重地，所以徵稅最重，當地民眾也最窮，時有反抗，這有利於黃巢軍隊補充兵力。

總之，南方的沃土正在向黃巢呼喚：錢多、兵弱、人窮，快來啊。這一路向南，就打下了廣州，而且兵力達到五十萬之多。

在廣州，黃巢與朝廷聯繫，「自表乞廣州節度、安南都護」。他之所以有此舉，是因爲手下將士都是北方人，到了南方水土不服，「自春夏其眾大疫，死者什三四，欲據有嶺表，永爲巢穴，繼有是請」。黃巢想的是，就在廣州、嶺南割據一方算了，怎麼也比做個私鹽販子強多了。

其實黃巢的這個想法，對當時的唐朝政府不失爲一個選擇。當時天下各地，不服中央的藩鎮多了，還在乎多這一個？再說嶺南一貫是唐朝政府發配犯人、貶謫官員的蠻夷之地，窮山惡水的，就給了黃巢又如何？

可是當時的皇帝和宰相，可以數十年容忍「河朔三鎮」不聽話，就是不給一個造反的私鹽販子面子。雙方談崩了。黃巢別無選擇，只好北伐，和唐軍決一死戰。

第二階段是六十至六十二歲，即乾符六年（八七九）十月到廣明元年（八八一）十二月。在這階段，黃巢處於戰略進攻時期。最大成就是攻占洛陽、長安，建立大齊政權。

北伐的黃巢勢不可擋。廣明元年十一月十七日，攻占東都洛陽。十二月五日，攻占首都長安，唐僖宗李儇倉皇出逃蜀地。

在帝國首都，「沖天香陣透長安，滿城盡帶黃金甲」，黃巢達到了自己一生中的巔峰。不僅僅是因爲他在這裡當了皇帝，還因爲他在這裡犯下了致命的軍事錯誤和政治錯誤，從巔峰開始走下坡路。

致命的軍事錯誤，是沒有趁軍隊攻占長安，軍威極盛、人數眾多之時，派軍追擊出逃蜀地的唐僖宗李儇。雖然他當時已竄逃，但他還是名義上的天下共主，也是唐朝最後一任發號施令有人聽，將就著還有點兒皇帝樣兒的皇帝。追上並且殺死他，有著摧毀唐朝統治中樞、改朝換代的重大意義。可惜黃巢沒有。在他看來，攻下長安就大功告成，就是徹底勝利。後來的事實證明，他錯了，而且錯得很厲害。

致命的政治錯誤，則有兩條：一是急於稱帝，把自己變成了眾矢之的；二是濫殺官員和百姓，擴大自己的對立面。

黃巢在長安城的濫殺，實在是逞一時之快，把有可能爲新政權服務的大批有識之士推向了對立面。其實剛進長安時黃巢還是打算區別對待的，要求「三品以上停，四品以下還之」，也就是留下低級官吏以保證政權運轉。但不久就放任士兵不分青紅皂白地對長安所有官吏甚至平民百姓，進行了大屠殺，「甲第朱門無一半」，「天街踏盡公卿骨」。

先是濫殺貴族官員。「庚寅，黃巢殺唐宗室在長安者無遺類」，「宰相豆盧瑑、崔沆、故相左僕射劉鄴、太子少師裴諗、御史中丞趙蒙、刑部侍郎李溥、故相於琮皆從駕不及，匿於閭裡，爲賊所捕，皆遇害。將作監鄭綦、庫部郎中鄭系義不臣賊，舉家雉經而死」，「尙讓怒，殺吏，輒剔目懸之，誅郎官門闌卒凡數千人，百司逃，無在者」。

接著濫殺平民百姓。黃巢「縱擊殺八萬人，血流於路可涉也，謂之『洗城』」。在大屠殺之下，長安城百姓「扶羸攜幼競相呼，上屋緣牆不知次，南鄰走入北鄰藏，東鄰走向西鄰避」，「東南西北路人絕」，「百萬人家無一戶」。

此時長安「我花開後百花殺」的一幕幕，我們還可以在明崇禎十七年（一六四四）三月的北京看到。和黃巢一樣，李自成也因此而自絕後路，在短暫占領首都之後，就開始走上了敗亡的下坡路。

第三階段是六十二至六十四歲，即廣明元年（八八一）十二月到中和三年（八八三）四月。在這一階段，黃巢正式撤出長安，由盛轉衰，唐軍開始反撲。

這一階段，黃巢在軍事上，遭遇了兩個重大挫折，一個是李克手下驍勇善戰的沙陀騎兵加入戰場，一個是黃巢的得力部下朱溫降唐。在這樣的不利條件下，黃巢仍然率軍進行了四次長安保衛戰。在最後一次長安保衛戰失敗之後，黃巢還率軍打了一場巷戰，這才撤離。

我們可以看到，長安在這裡成了黃巢的包袱。黃巢由此前不久的長安攻打者，吊詭地變成了長安的保衛者。而背上了這樣沉重的一個包袱，黃巢就由戰略主動變成了戰略被動，無論前三次長安保衛戰取得多麼輝煌的勝利，其失敗都只是遲早的事。

第四階段是六十四至六十五歲，即中和三年四月到中和四年六月。在這一階段，黃巢處於戰略敗退時期，最後兵敗，被殺於山東泰山狼虎谷。

黃巢退出長安後，本應迅速與敵軍脫離接觸、避敵鋒芒，實現戰略轉移。可他居然在路過陳州（今河南淮陽）時，因爲愛將孟楷被殺這樣一個簡單原因，怒而圍攻陳州達三百天之久。這成爲他又一次嚴重的戰略失誤。

首先，長期滯留陳州城下，耽誤了寶貴的戰略轉移時間，使得唐軍得以從容調集重兵再度合圍；其次，陳州即使被攻下，除了洩憤以外，沒有任何軍事價值，還得棄城轉移。

中和四年六月，在把大唐帝國的經濟實力和軍事實力基本掏空，事實上已將大唐帝國的墓坑挖好之後，黃巢也走到了自己的墓坑旁邊。

《新唐書》如此記錄一代梟雄的最後時刻：「巢計蹙，謂林言曰：『若取吾首獻天子，可得富貴，毋爲他人利。』言，巢甥也，不忍。巢乃自刎，不殊。言因斬之。」

隨著林言的那一刀，那顆寫出了〈不第後賦菊〉的腦袋，就此停止了思想。

一人造反，八方「栽培」

黃巢起義，把大半個中國攪得雞犬不寧，一方面固然是他自己的本事，另一方面，也與前來征剿他的唐朝各級官員對他的「栽培」有關。

常理來講，前來征剿的唐朝各級官員和黃巢之間的關係，應該像貓和老鼠一樣，應該是天敵才對。然而，聰明的貓知道，老鼠不能一次性全部抓完，要分成多次慢慢地抓。爲什麼呢？因爲老鼠抓完之後，主人就會覺得養一隻貓是浪費糧食了。在這裡，身爲天敵的貓和老鼠之間，有了一種匪夷所思的相互依存的關係。

大唐帝國的不幸就在於，先後受命前來征剿黃巢的唐朝各級官員，全是聰明的貓。

黃巢起事的乾符二年（八七五），宋威時任平盧節度使。十二月，即被任命爲諸道行營招討草賊使，也就是征剿黃巢的第一任統帥。之所以任命他爲征剿統帥，主要是因爲王仙芝、黃巢是在他的轄區內起事的。

就是這位宋威，暗中與曾元裕說：「昔龐勳滅，康承訓即得罪。吾屬雖成功，其免禍乎？不如留賊，不幸爲天子，我不失作功臣。」看看，黃巢才剛剛起事，宋威就在計畫黃巢成爲天子之後，能夠領今日放他一馬的情，從而讓自己也當個新朝的功臣。他在這樣的心態下，怎麼可能對黃巢趕盡殺絕？

宋威，第一隻聰明的貓。

劉巨容，身爲山南東道節度使，轄區橫亙在黃巢從廣州北上攻打長安的道路之上。結果他以伏兵「大破賊眾」，「俘斬其什七八」，打得黃巢率殘部渡江東走。有人勸劉巨容乘勝追擊，劉巨容說：「國家喜負人。有急則撫存將士，不愛官賞，事寧則棄之，或更得罪；不若留賊以爲富貴之資。」一番道理說完，得到了大家的贊同，「諸將謂然，故巢復熾」，黃巢又一次得到了喘息的機會。

劉巨容，第二隻聰明的貓。

高駢，當時的鎮海節度使，曾有過鎮壓南詔叛亂的勝績，時有「名將」之稱。廣明元年（八八〇）三月，高駢繼爲征剿黃巢的統帥，成爲朝廷平叛的最後希望。可就是這位高駢，在聽了身邊聰明人的一番話之後，也開始了對黃巢的「栽培」。而且，他還是「栽培」黃巢下功夫最多的一位。

這一番話，是高駢的愛將呂用之對他說的。「相公勳業高矣，妖賊未殄，朝廷已有間言。賊若蕩平，則威望震主，功居不賞，公安稅駕耶？爲公良畫，莫若觀釁，自求多福。」聽後，「駢深然之，乃止諸將，但握兵保境而已」。

此後，在黃巢向長安進軍的途中，高駢嚴格貫徹了「握兵保境」的指導思想。這年七月，黃巢自採石渡江，高駢「自度力不能制，畏怯不敢出兵」；九月，「巢逼揚州，眾十五萬。駢將曹全晸以兵五千戰不利，壁泗州以待援，駢兵終不出」；十二月，「賊陷河洛。中使促駢討賊，冠蓋相望。駢終逗撓不行」，最終導致了長安被攻下的嚴重後果。

高駢，第三隻聰明的貓。

劉允章，身爲洛陽東都留守，在黃巢打到洛陽時，「率分司官迎之」；張直方，長安的金吾大將軍，在黃巢打到長安時，「帥文武數十人迎巢於霸上」。劉允章、張直方，第四隻、第五隻聰明的貓。而在史料中，我們還可以至少數出近百隻聰明的貓。在這些聰明的貓全方位「栽培」之下，黃巢想不成功，只怕都難。

那麼，唐朝的各級官員這是怎麼了？怎麼絕大多數都變成聰明的貓了呢？說好的忠心呢？說好的氣節呢？

文官集團的忠心和氣節，早在歷任皇帝的倒行逆施中，早在宦官專權的飛揚跋扈中，早在藩鎮割據的戰亂頻仍中，早在「甘露之變」的屍山血海中，消耗殆盡了。而文官集團的忠心和氣節一旦失去，隨之而來的，就是集體不作爲。

事實上，唐朝滅亡的主要原因，不是最後幾任皇帝的懦弱無能，不是農民起義的摧枯拉朽，也不是藩鎮勢力的兼併瓜分，更不是宦官專權的肆意妄爲，而恰恰是唐朝文官集團的集體寒心和集體不作爲。

事實上，每到王朝末日，這樣的集體寒心、集體不作爲，這樣聰明的貓，就不斷地、反覆地出現。

明末，在追剿張獻忠時，左良玉在聽到「獻忠在，故公見重……無獻忠，即公滅不久矣」之後，變成了一隻聰明的貓；清末的袁世凱，在清廷和革命黨之間左右逢源、長袖善舞，更是一隻聰明到了極點的貓。

《舊唐書》如此精當地總結王朝的末世：「小人讒勝，君子道消，賢豪忌憤，退之草澤，既一朝有變，天下離心。」人心散了，隊伍不好帶了。「天下離心」，才是最可怕的。到了這一步，再牛的帝王將相，也無力回天了；再輝煌的強盛帝國，也只能「無可奈何花落去」了。

唐朝「怕老婆」風氣考，兼論唐朝女性之地位

景龍年間，在宮廷宴會上，唐中宗李顯和韋皇后一起看表演。演出中，有一位優人上臺，給他們唱了一首當時的流行歌曲——〈回波詞〉。當然，歌詞是他即興創作的：

回波爾時栲栳，怕婦也是大好。
外邊只有裴談，內裡無過李老。

〈回波詞〉，又名〈回波樂〉，是樂府曲名，北魏時就已有，唐朝作爲教坊曲名。回波，指「曲水流觴」之意。《詞律．回波詞》解釋說：「此辭平仄不拘，即六言絕句體，當時入於歌曲。回波，其調名也，皆用『回波爾時』四字起。」

具體到這一首〈回波詞〉，大概意思如下：

回波爾時栲栳：「回波爾時」，是所有〈回波詞〉的慣用開頭，無實義。「栲栳」是

指由柳條編成的一種容器。用在此處也無實義，其作用是爲全詩定韻。

怕婦也是大好：「怕婦」，就是我們今天的「怕老婆」。這句的意思是，怕老婆也是大好事。

外邊只有裴談：皇宮外最怕老婆的是御史大夫裴談。

內裡無過李老：皇宮內最怕老婆的是「李老」李顯。

很明顯，優人唱這首〈回波詞〉，是當面打臉，諷刺李顯怕老婆。李顯聽完這首歌之後的態度，史無明載，想來應是尷尬苦笑吧？倒是李顯的老婆，那位韋皇后，不但沒有因優人嘲諷而發怒，反而「意色自得，以束帛賜之」。說起來，李顯對韋皇后這個老婆，那是眞怕。他不僅在政事上，全部聽從老婆韋皇后的安排，讓這個有心步武則天後塵的女人干預政事，而且他居然對於韋皇后的床幃之事，也聽之任之。《新唐書．後妃傳》載：「至是與三思升御床博戲，帝從旁典籌，不爲忤。」就這樣，在李顯在場的情況下，二人如此，「醜聲日聞於外」。不僅如此，「國子祭酒葉靜能善禁架，常侍馬秦客高醫，光祿少卿楊均善烹調，皆引入後廷」。怕老婆怕到心甘情願地戴上「綠帽子」，李顯也算是「奇葩」一朵了。李顯怕老婆的巔峰表現是，他在毫無防備的情況下，被老婆在餅中下毒，把命都送給了老婆。

令人意外的是，李顯居然還不是皇帝中最怕老婆的那一個。事實上，在怕老婆方面，隋唐兩代皇帝老子率先垂範，朝廷高官以身作則，普通百姓爭先恐後，不僅上下聯動、互相促進，而且比學趕幫超、形成合力，共同在全社會營造了「人人都怕老婆，人人爭怕老婆」的良好氛圍。

皇帝率先垂範

隋朝開國皇帝楊堅，在沒有當上皇帝時，與老婆獨孤氏結婚，新婚燕爾之際，一時頭腦發熱，居然答應了新娘子「誓無異生之子」的要求，從此埋下了終生怕老婆的根苗。新娘子明顯有備而來，所謂「誓無異生之子」，就是說要實行一夫一妻制。要知道，那時還是一夫多妻的時代啊。

等到楊堅貴爲皇帝之後，終於還是心上長草，在仁壽宮寵幸了有美色的「尉遲迥女孫」。當年的新娘子、如今的獨孤皇后也是狠角色，知道之後就趁楊堅上朝辦公時，直接把這位美女給殺了。楊堅大怒，開始了「激烈的反抗」。他一個人騎馬從宮中衝出來，也不看路，「入山谷間二十餘里」。楊堅這是眞不爽了。看這意思，他可能是打算撂挑子不幹了。他的大臣高熲、楊素等人從後面追上，勸他算了。兩口子，哪有牙齒不碰舌頭的？此時，楊堅仰天長嘆：「吾貴爲天子，而不得自由！」然後又不爽了半天，終於還是在凌晨時分無可奈何地回了家。原來，我們今天珍而重之的「自由」二字，居然是楊堅怕老婆之時的憤激之詞。

唐朝皇帝中，第一代李淵、第二代李世民都還成，未聞有怕老婆的記錄。到了第三代唐高宗李治這裡，就不行了。奇怪的是，李治所怕的老婆，不是第一任老婆王皇后，卻是他冒天下之大不韙而親自選中的第二任老婆——武則天武皇后。這就是「鹵水點豆腐，一物降一物」了。

不幸的是，武則天在被立爲皇后之後，逐步表現出了「擅作威福」的趨勢，「上欲有所爲，動爲後所制，上不勝其忿」。但爲了保持安定團結的大好局面，李治一直保持怕老婆的低姿態，我忍我忍我再忍。可是，泥人兒還有個土性兒呢。時間一長，李治終於忍無可忍，他秘密召來宰相上官儀，起草詔書，要廢掉武則天的皇后之位。不料消息走漏，武則天馬上就趕到了現場。來看看這位怕老婆的男人當時的表現：「上羞縮不忍，復待之如初；猶恐後怨怒，因紿之曰：『我初無此心，皆上官儀教我。』」李治像做錯事的孩子一樣「羞縮」；又怕武則天此後會怪他，居然把責任全部推給了宰相上官儀。他輕輕一句話不要緊，上官儀的性命卻被他這句話斷送了。此後的李治，就開始變本加厲地怕老婆，直到把天下都拱手送給了老婆，把李唐變成了武周。

史料證明，唐朝皇帝怕老婆，那還眞是「基因恆久遠」。不僅李治的兒子李顯，怕老婆怕出了一首流傳到今天的〈回波詞〉。往下再到唐肅宗李亨，他還是怕老婆。

唐肅宗李亨在平定「安史之亂」以後，把當時已身為太上皇的唐玄宗李隆基接回了長安。有一年端午節，李亨抱著幼女召見山人李唐，考慮到禮節問題，特地對李唐說：「我很掛念這個小女兒，不要怪我失禮哦。」李唐則提醒說：「太上皇今天應當也在掛念陛下。」李唐這一句話戳到了李亨的痛處，他不禁為之泣下。但是他還是怕老婆張皇后生氣，到底不敢到父親李隆基住的西內去祝賀節日，享受一次父子過節的天倫之樂。

朝廷高官以身作則

今天我們所說的「吃醋」典故，就源自唐朝高官的怕老婆。

一說載於《朝野僉載》，第一個「吃醋」的，是李世民手下兵部尚書任瓌的老婆。當時李世民給任瓌賜了兩個宮女，結果任瓌老婆出於忌妒，在家裡虐待她們，用藥物把她們變成了沒有頭髮的禿子。李世民聽了之後非常惱火，令人賜她一壺毒酒，說：「喝下就死。但如果今後不妒，可以不喝；如果改不了忌妒的毛病，就喝下此酒。」任瓌老婆聽完，毫不猶豫地將酒一飲而盡。其實，李世民的賜酒沒有毒，而是一壺醋。但他見任瓌老婆如此性烈，只好讓步，下旨讓任瓌在別宅安置這兩個宮女。在這麼狠的老婆面前，任瓌害怕，還怕出了一番道理來了。他曾對同僚杜正倫說：「婦當怕者三：初娶之時，端居若菩薩，豈有人不怕菩薩耶？既長生男女，如養兒大蟲，豈有人不怕大蟲耶？年老面皺，如鳩盤荼鬼，豈有人不怕鬼耶？以此怕婦，亦何怪焉？」

另一說載於《隋唐嘉話》，顯示第一個「吃醋」的，是李世民手下著名宰相房玄齡的老婆。房玄齡老婆吃醋的故事，與上述基本一致。不同的是，對於李世民賞賜的美女，房玄齡「屢辭不受」。任瓌好歹還接受了美女進門，房玄齡則壓根兒不敢讓美女進門。相比之下，房玄齡怕老婆的程度，還是要厲害一些。

除了房玄齡，唐朝怕老婆的宰相級人物，還有一位——唐僖宗時的宰相王鐸。當時王鐸以宰相之尊統領大軍，前往南方鎮壓黃巢起義軍，忽報夫人已離開長安，將要前來軍營。王鐸頓時感到壓力山大，慌忙向自己的幕僚問計：「黃巢南來，夫人北至，何以安處？」幕僚深知此公怕老婆的毛病，於是戲言：「不如投降黃巢。」可見，在王鐸眼裡，老婆跟反賊黃巢一樣厲害，都會要他的命。

另一位副部級高官、兵部侍郎楊弘武，被唐高宗李治發現，他給一個不符合條件的人授官，於是問他原因。楊弘武直言自己怕老婆：「臣妻韋氏性剛悍，昨以此人見囑。臣若不從，恐有後患。」對於這種無厘頭的理由，李治的反應居然是，「帝嘉其不隱，笑而遣之」。其實，李治哪裡是「嘉其不隱」，而是「同病相憐」罷了！

當然，也有怕老婆被追究而丟官的。貞觀年間的桂陽令阮嵩一直怕老婆。有一次，他為了宴客，召妓樂飲。突然其老婆閻氏披髮赤足，持刀衝來。客人驚散，阮嵩則鑽入床下，避其鋒芒。此事被阮嵩的上司刺史崔邈知道了，於是在年度考核時給他定性：「婦強夫弱，內剛外柔。一妻不能禁止，百姓如何整肅？」於是免了他的官。這充分說明，崔邈是個爺們，他肯定是不怕老婆的。

普通百姓爭先恐後

唐朝房孺復的老婆，生性忌妒，所以家中的丫鬟都不敢化妝打扮。有一個丫鬟新來，不懂她的規矩，稍微化妝打扮了一下，就被崔氏發現了，崔氏大怒：「你喜歡化妝，我來爲你化化妝！」於是，叫人用刀劃開她的眼眉，用青色塡上；又把鎖門用的鐵柱燒紅了，灼她的兩隻眼角，皮肉都被燒焦捲了起來，再用紅粉敷上。如此虐待，怕老婆的房孺復，居然連吭都不敢吭一聲。

還有一個名叫李廷璧的人，在舒州當軍卒時，有一次碰到公務應酬，連續三天沒有回家。他老婆生氣了，後果很嚴重，派人傳話說：「回家就用刀砍了你！」李廷璧知道老婆是認眞的，嚇得他不僅驚動了上司，「泣告州牧」，而且「徙居佛寺」，眞的不敢回家了。可不敢回家的他，卻又癡心不改，又思念起老婆來了，於是作詩曰：「更有相思不相見，酒醒燈背月如鉤。」

跟劉虛白學考場規矩：唐朝公務員考試指南（一）

大中十四年（八六〇）早春，大唐王朝一年一度的進士科考試照常舉行，第一場的考試內容，依然是詩賦，當時叫「雜文」。在夜幕降臨時，本次科舉考試的主考官——中書舍人、知貢舉裴坦按照慣例，巡視考場。

突然間，在一間考舍裡，他眼前一亮，看到了一位老熟人。誰呢？裴坦二十多年的老同學，太和八年（八三四）和裴坦一起考過進士的劉虛白。

二十多年了，他還在考啊。裴坦不禁百感交集。

劉虛白也看見了他，但他沒有什麼羞愧的意思。科場蹭蹬，一考二三十年的人多了去了，即使是自己的老同學來當自己的考官，也沒有什麼可羞愧的。當然，此時此刻，他也是百感交集。

二十六年前，兩個人一般地寒窗苦讀，一般地吟詩作文，一般地下場應考；二十六年後，一個貴爲正五品上的中書舍人，是任職於中書省的天子近臣，一個仍然是身著麻衣的寒素舉子，還在等待著幸運之神的垂青。

感慨之餘，作爲考生的劉虛白趁著考試的間隙，來到老同學主考官裴坦的簾前，獻詩一首：

二十年前此夜中，一般燈燭一般風。
不知歲月能多少，猶著麻衣待至公。

詩中充滿著劉虛白的感慨：

二十年前此夜中：二十年前的我們，也是在這樣的一個夜晚裡應考。實際上已有二十六年，劉虛白這裡說的是整數。

一般燈燭一般風：當年應考的那個夜晚，和今夜是一樣的燈燭，也是一樣的風。上句的「此夜」和這句的「燈燭」，顯示出考生們很辛苦，到了晚上還在考試。

有唐以來，科舉考試經歷了「晝試—晝夜相繼—只限晝試」的大致過程。唐朝前期，考試都在白天，並且由官方提供飲食。舉個例子：天寶十三載十月，唐玄宗「御含元殿，親試博通墳典、洞曉玄經、辭藻宏麗、軍謀出眾等舉人。命有司供食，既暮而罷」，日暮就結束了。後期則可以延長到夜晚答題，但以「三條燭盡」爲限。考生不必自帶蠟燭，由禮部提供蠟燭三條，當三條蠟燭都燃燒到盡頭的時候，考生就必須上交試卷。「三條燭盡，燒殘學士之心；八韻賦成，笑破侍郎之口」，就是說的這種晝夜相繼的科舉考試。

可見，裴坦、劉虛白在近三十年的時間裡，所參加的科舉考試，都是這種晝夜相繼的考試。

不知歲月能多少：時至今日，我劉虛白不知還能有多少個二十年的歲月。

猶著麻衣待至公：讓我仍然穿著舉子的麻衣，等待公正的考官來錄取我。

最後一句中的「麻衣」，是唐朝舉子的標誌。唐朝舉子們到了應試的時候，要在平時穿的褐色衣袍外面，再罩上一件麻衣。平時，舉子們作爲士人，按照朝廷的規定，多穿著褐袍，所以中舉獲得選官資格又可稱「釋褐」。

杜荀鶴有詩「古陌寒風來去吹，馬蹄塵旋上麻衣」，可見舉子從被州府舉薦給解時就穿上麻衣了。到了京城，舉子們要到禮部報到，此時也要穿麻衣，「郡國所送，群眾千萬，孟冬之月，集於京師，麻衣如雪，滿於九衢」；此後干謁[2]行卷時更要穿麻衣，「將軍雖異禮，難便脫麻衣」；考試時，當然也要穿著麻衣。

那麼，舉子們的麻衣到什麼時間可以脫下呢？這得分兩種情況來看。如果落第了，隨

2干謁：為謀求祿位而請見當權的人。

便你什麼時候脫下，回家時一直穿著也行，「東歸還著舊麻衣，爭免花前有淚垂」。如果中了舉，那就得還穿著麻衣，參加吏部關試前的一系列活動，比如拜謝座主、參謁宰相等，「暗驚凡骨升仙籍，忽訝麻衣謁相庭」。

而已經中舉的舉子們脫下來的麻衣，那可就是吉祥物了，往往會被一些未第舉子或準備應舉的士子要去，爲的是在考試中圖個吉利。「名曾題處添前字，送出城人乞舊衣」「歸去惟將新誥牒，後來爭取舊衣裳」，說的都是這個事兒。

劉虛白這首詩，叫〈獻主文〉。「主」是「座主」、「座師」的意思，這是舉子對主考官的尊稱。經此一試，劉虛白可就不能再叫裴坦「老同學」了，人家已經上升爲老師輩了。

全詩的最後兩句，讀來實在讓人心酸至極。但我還是不得不指出，最後這兩句頗有懇求之意，亦有作弊之嫌。

需要說明的是，在唐朝，劉虛白作爲考生，在考試進行的過程中，給主考官送上一個紙條，這不是個事兒，並不算作弊。唐朝不像我們現在的考試，別說送個紙條，就是上個洗手間都有作弊嫌疑。讓劉虛白有作弊嫌疑的，是這最後兩句詩所表達出來的意思。

這個意思，裴坦當然讀懂了。於是，他很夠意思，讓劉虛白上了。

然而，這科一放榜，就引起了軒然大波，害得劉虛白差點還得重考一場。

還好，這場軒然大波並不是因爲裴坦照顧老同學劉虛白而引起的。

換句話說，不是因爲劉虛白這棵老樹開了花，而是因爲幾棵不該出現的小樹發了芽。

這一科，裴坦一共錄取了三十人，算是比較高的錄取率了。

這是有資料可比的。在唐朝二百八十九年間，《登科記考》記錄有登第進士六千四百六十二人，平均每年登第二十二點三六人；《文獻通考》記錄有登第進士六千四百七十四人，平均每年登第二十二點四人。也就是說，兩個資料都表明，唐朝每年錄取的進士約有二十三人。裴坦手比較鬆，還多錄了七個人。

來看看《登科記考補正》記載的這一科三十個進士的不完全名單：

劉蒙爲本年狀元，還有翁彥樞、劉虛白、令狐滈、鄭義、裴弘餘、魏簹、崔濆、陳河、劉鄴、陶史等人登進士第。

光看名字看不出什麼。我們選幾個人出來，看一看他們的爹，就有點兒看頭了。

名單中最猛的一個，叫令狐滈。令狐滈的爹，叫令狐綯，是一位輔政達十年之久的宰相。令狐綯、令狐滈這爺兒倆，正是言官們攻擊的重點。攻擊的理由是，這事兒太巧了。

巧在哪兒呢？

令狐綯作爲宰相，在他的任期內，令狐滈是不能應試的，必須回避。這是規矩，貴爲宰相也得遵守這個規矩。所以，兒子令狐滈要應考，只能等到老爹離開宰相的位置。

大中十三年（八五九）十二月，令狐綯終於離開了宰相的位置。可是，這年新科進士的應試手續，已於十月辦理完畢。也就是說，等到令狐綯離任時，令狐滈要辦理當年的應試手續已來不及了。正常情況下，他應該等到大中十四年十月再去禮部辦理手續，然後參加大中十五年的科舉考試。

但事實是，令狐滈不僅趕上了大中十三年十月的手續辦理，還參加了大中十四年由裴坦主考的考試，還眞就一擊而中，成了新科進士！

這就太巧了。除非，令狐滈在大中十三年十月，就已經預知自己的老爹令狐綯將於兩個月之後離開宰相的位置，自己可以不再回避而參加大中十四年的考試。之後，他提前到禮部，去辦理了應試手續。

怎麼可能呢？諫議大夫崔瑄、左拾遺劉蛻、起居郎張雲等人當然不信令狐滈有此神仙般的能力，先後上書唐懿宗李漼，要求追究此事。其實，追究令狐滈考試作弊，只是一個由頭。這些官員對令狐滈窮追不捨的最主要原因，是令狐滈在老爹當宰相時，恃權納賄，以權謀私，撈了不少錢財，以至於朝野上下有令狐滈是「白衣宰相」之稱。現在令狐滈的老爹不在位了，他自然要被攻倒了。

還好，老爹令狐綯覺得，他可以解釋一下。他向皇帝上書解釋道，是的，就是這麼巧。

爲什麼這麼巧呢？是因爲我近幾年來，一直想辭去宰相的官職，所以每年都讓兒子令狐滈去辦理科舉考試的手續。手續辦完之後，如果我辭職不成功，那兒子令狐滈就不去考試；如果我辭職成功，那他就去參加考試。我們爺兒倆本來的打算，就是我一離開宰相的位置，兒子就去參加科舉考試（「臣二三年來，頻乞罷免，每年取得文解，意待才離中書，便令赴舉」）。至於最後令狐滈能夠考上，完全是他自己的本事啊，不關我的事（「至於與奪，出自主司，臣固不敢撓其衡柄」）。

不錯的解釋。到底是當過宰相的人。

皇帝信了，或者說皇帝給了任職十年之久的宰相一個面子，沒有再追究。

然而，令狐父子倆哄得過皇帝，哄不過天下悠悠之口。至少，我是不信的。我不信的理由之一，是這其中，巧合太多。

我不信的另外一個理由，那就是令狐綯對主考官裴坦有知遇之恩。裴坦完全有理由爲令狐滈冒一次險，在辦手續這樣的小問題上，幹點打擦邊球的事兒。

想當年，裴坦中舉之後，先後當過左拾遺、史館修撰等官，後來被派往楚州擔任刺史之職。楚州，就是今天的江蘇淮安，屬於唐朝的緊州。唐朝以州轄縣，按照地理位置之輕重、轄境之大小、戶口之多寡及經濟開發水準之高低劃分州縣等級。縣有十個等級，州則只有八個等級：府、輔、雄、望、緊、上、中、下。其中，府、輔、雄、望、緊，都是上等州。

楚州屬於上等州，楚州刺史級別很高，從三品，但這是一個遠離中央的地方官。在唐朝重京官輕地方官的政治生態下，裴坦得授此官，並非重用。恰恰相反，唐朝高官被貶爲地方州郡刺史，倒是比比皆是。

是令狐綯，改變了裴坦的官場軌跡。令狐綯令裴坦調任職方郎中，知制誥。職方郎中，從五品上的官品，就是兵部職方司司長。兵部四個司當中，兵部司相當於兵部的辦公廳，駕部司管車馬、傳驛，庫部司管武器裝備，職方司則管地圖、鎮戍、烽候等事，大約相當於今天參謀部的職能。

由從三品調任到從五品，這不是降級了嗎？表面上看，是降了。但是，關鍵是，重點是，這是地方官調任京官啊。更關鍵、更重要的是後面那三個字——知制誥。

知制誥，這個官職的職責，簡單說就是起草聖旨。這是從唐朝才開始設置，才見於史冊的官職。但是，你翻遍史料也不會找到這個官職是幾品。也就是說，這個官兒，沒有品級。

大家知道，孫悟空也當過沒有品級的官兒，官名叫作「弼馬溫」。你們還眞別當他這種從石頭裡蹦出來的人不識數。孫悟空從一開始就關注到了自己的級別問題。估計是在玉帝面前，沒好意思問自己是縣處級還是廳局級，所以他是在回到養馬的衙門之後才問的手下人：「此官是個幾品？」眾道：「沒有品從。」猴王道：「沒品，想是大之極也。」眾人回答的結果是，「弼馬溫」未入流，小之極也，這才把他氣得大鬧天宮。可見，級別問題，大家都很在乎。

同樣都是三個字，弼馬溫是小之極也，所以沒有品級。知制誥卻眞的是如猴王孫悟空所說的那樣，「大之極也」，所以也沒有品級。

知制誥爲什麼「大之極也」，以至於沒有品級？一言以概之，人家是皇帝身邊的人。要知道，知制誥幹的是起草聖旨的活，朝廷所有的大事機密事，你都知道，你都有權發表意見。這官兒，算不算大？

本來，在唐初，起草聖旨是中書省中書舍人的專有活計。但是，後期出現吏部、兵部、戶部等不在中書省任職的官員，皇帝因爲各種各樣的原因也想讓其幹一干起草聖旨的活計，那怎麼辦？最簡單的辦法，就是在其任命書後面，加三個字——知制誥。這，就是知制誥的來源。

裴坦就是兵部的官兒，幹起草聖旨的活計，所以他的官職是「職方郎中，知制誥」。下一步的升遷方向是中書舍人，事實上他在當劉虛白的主考官時，就已升遷爲中書舍人；再下一步的升遷方向是宰相，事實上他最後眞的當上了宰相—中書侍郎、同中書門下平章事。

是令狐綯，爲裴坦鋪就了一條從一介地方刺史通往國家宰相的坦途。所以，知制誥是一個起點，一個通往宰相的起點。正因爲這個起點之重要和關鍵，所以令狐綯對裴坦這樣的提拔，遭到了同僚裴休的堅決反對。

當然令狐綯是宰相之首，裴休的第一次反對失敗了。

裴休反對的理由，有些令人費解。他認爲裴坦才氣不夠，所以反對。可是，就算裴坦眞的才氣不夠，裴休的反對仍然令人費解。要知道，大家都姓裴，一筆寫不出兩個裴字啊，更何況裴姓到了今天還有「天下無二裴」的說法呢。

裴姓有個特點，儘管支派繁多，但考其譜系源流、本末出處，都是出自山西聞喜，「天下無二裴」的說法就是這麼來的。魏晉以後，裴氏逐漸分爲三支：分支於燕者，曰東眷裴；分支於涼州者，曰西眷裴；留居聞喜故里者，則爲中眷裴。

裴休出自東眷裴，裴坦出自西眷裴。雖然此時裴姓各分支已不再親如一家人，但仍有同姓的緣分不是？可是，裴休就不顧這個緣分，不看這個「裴」字，他採取了更激烈的方式，再度表達自己的反對。

按照唐朝慣例，新上任的中書舍人、知制誥等官員，由於其崗位重要，在初次報到中書省視事時，由四位宰相送到中書省，以此作爲隆重的就職儀式。裴坦到任，在見到裴休表示感謝時，結果反而激起了裴休的怒氣，他當眾不領情：「你是令狐丞相提拔的，關我裴休什麼事？」然後，他居然不顧慣例和禮節，悍然退場，就是不送裴坦到中書省就職。

都是高官，鬧到這個地步，在場的官吏都驚駭之極，以爲「唐興無有此辱」，都替裴坦感到羞辱。

裴坦本人當時有什麼反應，史無明載。但他事後有什麼反應，史有明載。

他事後的反應，都在這次的錄取名單裡。力挺他的老上級令狐綯的兒子令狐滈，他錄取了；羞辱他的老上級裴休的兒子裴弘餘，他居然也錄取了！

還有鄭義，是前戶部尚書鄭浣的兒子；魏簹，是前宰相魏扶的兒子。

所以，《舊唐書》評價這一屆進士榜：「皆名臣子第，言無實才。」可裴坦還是冒著風險，把這幫「官二代」全錄取了。

寒門子弟如劉虛白，一連應試二十多年，還需要獻詩獲得老同學的憐憫，才能中舉；令狐滈這幫「官二代」，卻可以掐著點兒參加考試，說中就中。

當然，裴坦這個錄取名單裡，也有爸爸不是高官的。《冊府元龜》說到了其中的陳河，「中第者皆衣冠士子」，「皆以門閥取之，惟陳河一人，孤平負藝，第於榜末」。

其實，還有一個劉虛白，一個辛苦和壓抑了二十多年的劉虛白。

跟祖詠學行文規範：唐朝公務員考試指南（二）

開元九年（七二一）早春，長安城尚書省禮部南院的貢院裡，兩位在褐袍外罩著麻衣的舉子——二十二歲的祖詠、二十歲的王維，正在參加當年進士科考的第一場「詩賦」。詩題爲〈終南望餘雪〉，要求：五言、六韻、十二句、六十字。

從長安城南望，正是終南山背陰的北坡。到了考試這一天，正好雪過天晴，但可以看到終南山上仍有積雪。所以這次考試的主考官——考功員外郎員嘉靜決定以此爲題，考一考眾位考生的捷才。

同樣也是舉子出身的員嘉靜，此次作爲考官，以終南山和終南山上的雪來出題，自有其理由。

終南山位於長安城之南，大體呈東西走向，山勢巍峨連綿，山高谷深，是一道橫亙南北的天然分界線，也是國家重要的祭祀、避暑、遊賞之地。所以，終南山在唐代，是一座名副其實的文化名山、宗教名山、地理名山。

對於曾經的舉子員嘉靜，現在的舉子祖詠、王維來說，終南山既是以長安為視角時不可或缺的景觀構成，也是鋪設在唐朝舉子們心中的通天橋樑。北越終南山，就進入天子腳下、京都之地，標誌著及第授官、飛黃騰達；南越終南山，往往意味著貶謫漂泊、坎坷磨難。所以在唐朝舉子們心目中，終南山不僅是地理上的分界線，也是廟堂與江湖的分界線，是政治人生順利或蹇困的象徵。

而終南山的積雪，自古以來就是終南山的一大景觀。《水經注》說：「冬夏積雪，望之皓然。」這一壯觀景象，當然值得被舉子們在詩歌中反覆吟詠。

在此時的考場上，祖詠望著終南山，望著終南山積雪，揮毫寫下：

終南陰嶺秀，積雪浮雲端。

林表明霽色，城中增暮寒。

兩韻四句二十個字，還差四韻八句四十個字，就可以交卷了。

但是，正在這時，令人吃驚的一幕發生了。

祖詠站起來，走到考官面前，考官納悶得緊：「你什麼意思？」

「沒什麼意思，爺，交卷了！」

「呃，你還差四韻沒寫完呢。」

祖詠酷酷地回答道：「意盡。」

那我們來看祖詠僅用四句二十個字就完全表達出來的「意」：

終南陰嶺秀：詩人從長安城南望終南山，發現其背陰的北坡十分秀麗。「陰」字，既有地理位置上北坡的暗示，也給人一種樹木蒼翠的感覺，與「秀」字形成照應。

積雪浮雲端：這一句是點題了，說到「雪」了。詩人可以望見，山上的積雪幾乎可與雲端平齊，而且似乎還要隨著白雲一起飄走。「浮」之一字，既展示了終南山山勢之高聳入雲，又將靜靜的積雪寫出了動感。

林表明霽色：詩人繼續觀望，雪後初晴，空氣更加清透，山上的樹林在夕陽和雪光的映照下，一片明亮。

城中增暮寒：前三句是「望」，這一句是「感」。下雪不冷化雪冷，此時又已是日暮時分，所以令包括詩人在內的整個長安城的人們，感到更加寒冷。

實在是好詩。清人王士禎在《漁洋詩話》中，曾將此詩作爲「古今雪詩」最佳之一。據我看，沒有之一。

同時，祖詠的行爲也很酷。但是，自古以來，耍酷都是要付出代價的。比如，科舉落第。

到了今天，我們可以欣賞祖詠因爲「意盡」而不肯違背藝術創作規律，去強湊字數的酷勁兒；但當時他是在考試，來參加考試卻不遵守考試規則，眞的好嗎？當然不好，因爲，這一年，他沒考上。

當時同在考場的，還有祖詠的同年好友王維。是的，就是那位人稱「詩佛」，留下「行到水窮處，坐看雲起時」「大漠孤煙直，長河落日圓」等無數名句的王維。他在考試時具體寫了什麼倒是沒有留傳下來，但是他肯定是遵守了考試規則的。因爲，這一年，他是狀元。

現在的高考，作文也經常要求八百字、一千字。也有考生曾經別出心裁，做過不按體裁寫或不滿字數就交卷的耍酷動作。但是，筆者想說的是，考場，眞的不是一個張揚個性、耍酷玩帥的地方。考試有考試的規則，你進入考場，就意味著你接受了這個考試的規則，你不遵守考試規則，你就會被淘汰，會付出名落孫山的代價。

唐朝的進士科，以詩賦作爲固定的考試科目，其命題、形式、押韻，規則很多。五言詩的命題範圍倒是相當寬泛。正因其寬泛，考前就不好押題了。大體上說，包括以下八類題目：

一是天象類，內容以日、月、星、風、雲、季節、時令等爲主，如〈夏日可畏〉、〈秋月懸清輝〉；二是山海類，內容以山、海、河、池、水、冰等爲主，如〈登雲梯〉、

〈清如玉壺冰〉；三是禮儀類，內容以賀壽、入朝、退朝、望幸、拜陵、恩賜、鄉飲、婚娶等爲主，如〈九月九日勤政樓下觀百僚獻壽〉、〈尚書郎上直聞春漏〉；四是人事類，內容以交結、干求、感懷、夢寐、言行、風化等爲主，如〈人不易知〉、〈求自試〉；五是音樂類，內容以樂舞、曲歌、琴瑟、鐘聲、風箏等爲主，如〈曉過南宮聞太常清樂〉、〈試霓裳羽衣曲〉；六是珍寶類，內容以珠、玉、水晶、金、石等爲主，如〈琢玉成器〉、〈亞父碎玉鬥〉；七是竹木花草類，如〈御溝新柳〉、〈花發上林〉；八是鳥獸蟲魚類，如〈儀鳳〉、〈黃鵠下太液池〉。

很明顯，這次祖詠的試題〈終南望餘雪〉，就是屬於第一個天象類的題目。

考生答題，一般採用五言六韻的形式。因爲五言詩從漢代開始就成爲中國詩歌的主要樣式，並被視爲詩歌的「正統」，這種觀念一直延續到唐朝。從流傳下來的科舉詩賦作品看，起初的幾十年間，或是限作五言四韻，或是五言六韻，或是五言八韻，規定時有變化。大約在天寶十年（七五一）以後，便基本定格在五言六韻這種形式上了。

所有規則中，考生最嫌麻煩的，最怕的，就是押韻了。

這類考試的押韻，有多種規定：一種是規定題中用韻，也就是說，應試者在詩題中自己確定某個字爲押韻字，或乾脆規定以題中某字爲韻；另一種是題外用韻，比如指定題外某字爲韻，或者允許考生用任意一字爲韻。

不要以爲唐朝是個文化人，就會押韻。原來，這事兒，他們也覺得難。要不然，這類考試，也不會允許考生攜帶韻書進入考場了。事實上，爲數甚多的舉子，雖然可以攜帶韻書，仍然覺得押韻作詩是一種痛苦的體驗。許多舉子就因爲不善於做這樣的考題，而屢試不第。

中唐時期的宋濟就是其中的典型。《唐國史補》曾記載：

宋濟老於文場，舉止可笑。嘗試賦，誤失官韻，乃撫膺曰：「宋五又坦率矣！」由是大著名。後禮部上甲乙名，德宗先問曰：「宋五免坦率否？」

宋濟一輩子也沒有中舉。他可也是《全唐詩》收過兩首詩的人呢。比如他的這首〈東鄰美人歌〉：「花暖江城斜日陰，鶯啼繡戶曉雲深。春風不道珠簾隔，傳得歌聲與客心。」這個詩賦水準，也過不了押韻這一關。

著名詩人賈島，終身不第，居然也有這個問題。據《唐摭言》記載：「賈島不善程試，每試自疊一幅，巡鋪告人曰：『原夫之輩，乞一聯，乞一聯！』」

既要切題，又要押韻，還要達到字數，還要創新以引起考官注意。這樣的詩賦考試，可見難度。

祖詠的〈終南望餘雪〉，就是字數不夠。所以，他落第了。

當然，還是有人願意相信這樣的故事：祖詠的這首〈終南望餘雪〉，是作於開元十三年（七二五），而在他酷酷地說完「意盡」二字以後，主考官仍然錄取了他，讓他成了一名光宗耀祖的進士。

可惜不是。

事實是，開元十三年，祖詠登進士第。但這一次，他的考試題目是〈花萼樓賦〉，而主考官則換成了四十九歲的考功員外郎趙冬曦。狀元則是杜綰，後來唐憲宗時著名宰相杜黃裳的父親。

祖詠的同年有杜綰、丁仙之、高蓋、王諲、張甫、陶舉、敬括等。其中，高蓋、王諲、張甫、陶舉、敬括五人，均在《登科記》中顯示為本年進士，而且均在《全唐文新編》中留下了〈花萼樓賦〉。

雖然祖詠的〈花萼樓賦〉沒有留下來，但我們可以猜到，他要想和同年們一起中舉，這一次就不能再任性和耍酷，就必須遵守考試規則，也按照要求作一篇〈花萼樓賦〉。

花萼樓，是唐朝著名皇家建築——花萼相輝樓的簡稱。該樓位於長安城興慶宮內，建成於開元八年。花萼相輝樓是唐玄宗時外交接待、舉辦國宴的場所，有「天下第一名樓」的美譽。其「花萼相輝樓」的名稱，來源於《詩經》中的「常棣之華，鄂不韡韡。凡今之人，莫如兄弟」，是李隆基為了表達自己與兄弟之間的友愛眞情而命名的。

可以想見，考官趙冬曦出此題，是為了從這個角度拍一拍皇帝的馬屁。也可以想見，祖詠的〈花萼樓賦〉拍馬屁拍得很好。於是，他中舉了。中舉這一年，他二十六歲，正當青春年華，也正是青澀不成熟的年紀。

《唐國史補》說，祖詠在唐朝詩人中，以「輕薄」著名，正如賀知章以「詼諧」著名一樣。在他中舉這一刻，他的「輕薄」就蹦出來了。祖詠這一科的進士在張榜公佈時，祖詠眼看著落第者三三兩兩地散去，竟突然高聲吟道：「落去他，兩兩三三戴帽子。日暮祖侯吟一聲，長安竹柏皆枯死。」得，他過嘴癮，在自己剛剛中舉的時候，就已經自己封侯了。

這樣的輕狂，影響了他一生。別說封侯了，連像樣的官兒都沒有當過。據記載，他中第後，竟然長期未授官。這在當時是相當不正常的現象。後來，祖詠經過著名宰相、盛唐文壇領袖張說的引薦，短時期地擔任過兵部的駕部員外郎一職。

兵部有四個司，分別是兵部司、職方司、駕部司、庫部司。駕部司，就是管軍事上車馬、驛站事宜的部門，員外郎是該司副司長，從六品上。

這個六品官兒，祖詠也沒有當多久。不久之後，張說被罷相，他也被貶出了長安。心灰意冷之下，他長期隱居於汝州附近，直到以四十七歲的年齡早早辭世。

隱居期間，祖詠當然也還寫詩，而且寫了大量的山水田園詩、羈旅行役詩、贈答酬和詩。但是在他存世的三十六首詩作之中，成就最高的，仍然是那首〈終南望餘雪〉。

跟朱慶餘學「作弊」：唐朝公務員考試指南（三）

寶曆元年（八二五），大約在冬季。即將參加次年春天科舉考試的越州舉子朱慶餘，給自己的一位前輩師長、時年五十四歲的張籍，呈上了一首詩：

洞房昨夜停紅燭，待曉堂前拜舅姑。
妝罷低聲問夫婿，畫眉深淺入時無？

洞房昨夜停紅燭：新婚之夜，洞房通宵都亮著紅燭。

這句最引人注目的是「停」字。「停」在這裡，不是吹滅紅燭，而是一直亮著紅燭的意思。據唐朝韋挺《論風俗失禮表》，「夫婦之道，王化所基，故有三日不息燭不舉樂之感」，可知唐朝人結婚時的洞房花燭夜，是不熄燈的。白居易也在詩中這樣用過「停」字：「當君秉燭銜杯夜，是我停燈服藥時。」由此可見，「停燈」「停燭」似乎是唐朝人的口頭語之一。

待曉堂前拜舅姑：新娘早起就開始精心打扮，準備到堂前拜見公公和婆婆。有人說了，你不要忽悠，詩中明明說是拜見「舅姑」，不是「公公和婆婆」。是的，按我們今天的理解，舅是指母親的兄弟，姑是指父親的姐妹。正如《爾雅．釋親》的解釋，「母之兄弟為舅」，「父之姊妹為姑」。換句話說，「舅」「姑」二字，具有我們今天理解的意思，起碼也有兩千多年了。但是，「舅」「姑」二字，在語言演變過程中，並不只有我們今天理解的意思，中間還兼有過別的意思。同樣是這本《爾雅．釋親》，又解釋說：「婦稱夫之父曰舅，稱夫之母曰姑。」「舅」「姑」二字為什麼還會有這樣的意思？也許清朝著名學者郝懿行給《爾雅》作疏時的解釋，可以幫助各位理解：「謂之舅姑者何？舅者舊也，姑者故也；舊故，老人稱也。夫之父母謂舅姑何？尊如父而非父者，舅也；親如母而非母者，姑也。」

所以，詩中的這位唐朝新娘子要拜見的，就是她的公公和婆婆。

妝罷低聲問夫婿：新娘子梳妝完畢，低聲問自己的丈夫。

畫眉深淺入時無：我畫的眉毛，顏色和樣式是不是現在時尚的樣子？這一句是千古名句，也是新娘子問新郎的話。醜媳婦即將見公婆，心中沒底，在精心打扮之後，向自己的新郎詢問，自己畫的眉毛是否足夠時尚？

那麼問題來了，在新娘子問這句話時，唐朝社會流行的時尚眉毛樣式，是什麼模樣？我們一般的理解，無非是柳葉眉、蛾眉等，還能有什麼？

等把史料仔細一查，才嚇了一跳。原來，唐朝的美女們，爲了兩條眉毛，從初唐到晚唐，居然一直在翻新花樣。眉毛樣式之多，令人咋舌。

在唐朝二百八十九年裡，唐朝美女們的那兩條眉毛，就一直沒閒著。

先說顏色。畫眉毛的顏色，首先自然是黑色。但由於畫眉用的黛，是一種青色的礦物質，畫眉時，黛色深淺時有不同，導致顏色略有差異。深黛，相當於黑色；淺黛，則相當於綠色。綠色眉，在唐朝又被稱爲「翠眉」。唐詩中關於翠眉的詩句很多，如「銀燭金杯映翠眉」「翠眉新婦年二十」「翠眉蟬鬢生別離」等。

唐朝美女們偶爾還搞搞新花樣，畫出一種黃顏色的眉毛來。《西神脞說》記錄說：「溫詩：『柳風吹盡眉間黃。』張泌詩：『依約殘眉理舊黃。』此眉妝也。」還好，唐朝美女們對黃色眉毛似乎只是偶一爲之，所以記錄不多。這也很好理解。畢竟就是在今天這個時代，我們對黃色眉毛的接受程度都不高。

再說樣式。在唐朝，至少流行過以下十種畫眉的主流樣式。

據《丹鉛續錄》第六卷記載：「唐明皇令畫工畫十眉圖。一曰鴛鴦眉，又名八字眉；二曰小山眉，又名遠山眉；三曰五嶽眉；四曰三峰眉；五曰垂珠眉；六曰月稜眉，又名卻月眉；七曰分梢眉；八曰涵煙眉；九曰拂雲眉，又名橫煙眉；十曰倒暈眉。」

而且，唐朝的不同時期，還流行過不同的畫眉樣式。簡單來說，初唐的時尚是柳葉眉、卻月眉、闊眉，盛唐的時尚是蛾翅眉、倒暈眉、分梢眉，中唐的時尚是八字眉、血暈妝，晚唐的時尚是長眉、遠山眉、柳葉眉。

朱慶餘所處的時代是中唐，所以他的新娘子要畫出入時的眉毛，就必須得是八字眉，也就是唐明皇《十眉圖》中排名第一的「鴛鴦眉」。

她要是畫「血暈妝」，估計她婆婆得當場把她打出家門，休了這個新媳婦兒。《唐語林》載：「婦人去眉，以丹紫三四橫約於目上下，謂之血暈妝。」就是說美女們要將自己的眉毛刮去，然後在眼睛周圍的皮膚上，用紅紫色的顏料塗畫三到四橫，從而形成血肉模糊的視覺效果。這個搞法，太過時尚，應該是當年的「新新人類們」搞出來的花樣。朱慶餘剛過門的新娘子，就算心裡想過，行動上無論如何也是不敢的。要是把公公婆婆嚇出心臟病來，可不是鬧著玩兒的。再說新婚大喜，弄出個血肉模糊的效果也不吉利啊。

那她要入時，就只能畫八字眉了。八字眉，是中唐時期最時尚的眉妝。此妝眉形基本平直，在眉心處上翹，整體呈八字形狀。

一介鬚眉白居易，居然也頗有雅興，仔細研究過八字眉。他在〈時世妝〉中寫道：「時世妝，時世妝，出自城中傳四方。時世流行無遠近，腮不施朱面無粉。烏膏注唇唇似泥，雙眉畫作八字低。」

所以，當時新娘子問朱慶餘的極有可能是，我畫的八字眉，樣式和顏色是否符合如今的時尚？

朱慶餘這詩的詩題叫〈閨意獻張水部〉。張水部，就是指張籍。他時任水部員外郎，這是隸屬於朝廷工部的一個從六品上的官職。

工部有四個司，分別是工部司、屯田司、虞部司、水部司。其中的工部司，相當於工部的辦公廳。而水部司的職責，是「掌津濟、船艫、渠梁、堤堰、溝洫、漁捕、運漕、碾磑之事」。張籍的「水部員外郎」，相當於水部司的副司長，司長是「水部郎中」。

工部是六部中排名最後的一個部，水部司又是工部中排名最後的一個司，張籍還是一個副職。可見，無論是品級還是職掌，張籍這官兒，都不算朝廷中的高官兒、大官兒。

當然，朱慶餘把自己的「洞房花燭夜」「閨意」都向張籍彙報，當然不是看他的官大官小，而是兩人之間的師生關係，非常不錯。

不著一字，巧妙作弊

張籍作爲前輩師長，收到晚輩學生送來的彙報自己「洞房花燭夜」的詩作，一般是什麼反應？一般是這樣的：好，夫妻很和諧。小夥子，好好幹，抓革命，促生產。也有可能是這樣的：嗯，成家之後就應該立業。以後要好好工作！

事實證明，張籍不是一般的人。

來看看他不是一般人的證據。針對朱慶餘的〈閨意獻張水部〉，張籍回了一首〈酬朱慶餘〉：「越女新妝出鏡心，自知明豔更沉吟。齊紈未足人間貴，一曲菱歌敵萬金。」

詩的大意：一位越女打扮得整整齊齊，在紹興的鏡湖湖心一邊採菱一邊唱歌。她雖然知道自己非常美麗，但遜色的衣著讓她很是擔心。其實就是穿上齊紈、魯縞這樣的絲織品都未必值得世人看重，只要她唱上一首採菱歌，就價值萬金。

全詩看下來，張籍居然向新婚燕爾的朱慶餘，隆重介紹了一位採菱的越女。這像長輩幹的事兒嗎？

總之，表面上看答非所問。一首詩是學生向老師介紹自己的新娘子，一首詩是老師向學生介紹一位採菱的越女。兩個人，你說你的，我說我的，沒有說到一處去。

那是不是搞錯了？這兩首詩不是一問一答的酬和之作？沒有搞錯，史料是準確的，這兩首詩具有一一對應、一問一答的緊密關係。答案，還得從這兩首詩的本身去找。

其實，線索就在朱慶餘〈閨意獻張水部〉詩題之外的另一個詩題裡。這另一個詩題，叫〈近試上張水部〉。

「近試」，是指接近科舉考試。也就是說，朱慶餘身爲進京趕考的舉子，在接近科舉考試的時候，給張籍寫了這樣一首詩。顯然，詩的內容應該不只是表面的閨房之樂那麼簡單，可能會與考試有關。

聯繫到考試，我們把第一首詩中的變數換一換：「新娘子」指朱慶餘，「新郎」指張籍，「舅姑」指科舉主考官，「畫眉」指朱慶餘的詩文。

這樣一來，〈近試上張水部〉整首詩的意思就出來了。臨近考試了，朱慶餘心中沒底，所以寫了這樣一首詩。關鍵是最後一句話「畫眉深淺入時無」，意爲不知我的詩文，主考官禮部侍郎楊嗣復看不看得上，今科中舉是否有希望？

第二首詩中的變數也換一換：「越女」指朱慶餘，「菱歌」指朱慶餘的詩文。

朱慶餘是越州（今浙江紹興）人，所以張籍在〈酬朱慶餘〉中把他比作一位採菱的越女，而不是用越女來勾引他。

這樣一來，〈酬朱慶餘〉整首詩的意思也出來了。關鍵也是最後一句話「一曲菱歌敵萬金」，意爲你的詩文很符合主考官禮部侍郎楊嗣復的口味，可敵萬金。

以上，才是這兩首詩的眞實意思，以及它們所發揮的眞實作用。

簡單地概括這兩首詩，就是以下兩句話：

〈近試上張水部〉：我這次考試有戲嗎？

〈酬朱慶餘〉：主考官已搞定，好好考！

就這見不得人的事兒，這兩人居然還搞出了兩首詩。更絕的是，詩中竟然沒有一個字談到考試！實在是含蓄到了極點，隱晦到了極點。司空圖在〈二十四詩品〉中評價：「不著一字，盡得風流。」要我說，他倆這是「不著一字，巧妙作弊」。

「合理作弊」之「行卷」

《登科記考》顯示，朱慶餘這一科的主考官，是當時的禮部侍郎楊嗣復。換句話說，主考官不是賞識朱慶餘的張籍。而張籍要搞定朱慶餘中舉的事，還得去求比他官兒大的禮部侍郎楊嗣復。考試還沒有進行，就去做主考官的工作，這要按我們現在的思維方式，絕對是作弊。而在唐朝，這居然不算嚴格意義上的作弊，只能算是「合理作弊」。而且，這種「合理作弊」，還有專有名稱，「行卷」或「干謁」。

聽起來高大上，也很複雜，其實行卷只需要分兩步：

第一步，像現在大學生求職弄個簡歷一樣，朱慶餘等舉子們，要把自己最得意的詩文都整理出來，編輯成冊。當然，在當時雕版印刷術還未普及的情況下，需要抄寫多少份，自行決定。

第二步，拿著手抄本，通過各種關係，千方百計找到朝中大佬，用自己的詩文或自己的財富等征服他，搞定他，讓他在和其他朝中大佬聊天時，特別是在和有可能「知貢舉」

的禮部侍郎或禮部員外郎聊天時，都猛提你的姓名，猛誇你的詩文，讓你名震京師。由於當時科舉考試的考卷上並不糊名，所以在考後評卷時主考官可以第一時間看到他熟悉的那個名字。在這種情況下，你覺得金榜題名，還是問題嗎？

所以，找朝中大佬行卷就變得異常關鍵了。當時，什麼樣的人才可以稱得上是朝中大佬？很好認。在長安城，他們都穿著紅色或紫色的官服。唐制規定，官員三品以上服紫，四五品服緋。所謂「紅得發紫」，就是這個意思。

至於穿綠色官服的六七品官員和穿青色官服的八九品官員，也不是不可以找他們，但要同時滿足以下兩個條件：

一是此人必須屬於京官中的「常參官」之列。所謂「常參官」，就是指上朝時能夠見到皇帝的官員。正因爲他們能夠天天見到皇帝，所以說話才有分量。除了穿紅色和紫色官服的是「常參官」以外，在穿綠色或青色官服的官員中，還有這些官員屬於「常參官」：六品中的起居郎、起居舍人、通事舍人、諸司員外郎、侍御史，七品中的左右補闕、殿中侍御史、太常博士，八品中的左右拾遺、監察御史。張籍的「水部員外郎」，就屬於「常參官」中的「諸司員外郎」。第一個條件滿足了。

二是此人必須以文學知名。道理也很簡單。推薦進士的人，必須是文壇前輩、詩文行家。否則，他自己都不識貨，如何推薦別人？

一說到文壇、詩文，張籍就笑了。張籍是中唐著名詩人，以樂府詩聞名於世，他與中唐另一位詩人王建並稱爲「張王樂府」。厲害的是，他的出名，並不是在他身後，同時代的大詩人都如此評價。韓愈、白居易和他是同時代人，生活中還有過交往。韓愈對他的官方評價是：「文多古風，沉默靜退，介然自守，聲華行實，光映儒林。」之所以說是官方評價，是因爲韓愈當時作爲國子祭酒，把上述推介文字寫進了他給朝廷的〈舉薦張籍狀〉中。白居易則在〈讀張籍古樂府〉中寫道：「張君何爲者，業文三十春。尤工樂府詩，舉代少其倫。」所以，張籍在文壇上有著巨大的名聲。雖然官小了一點，但畢竟還是屬於「常參官」之列，實在是行卷對象的首選。朱慶餘算是找對人了。

唐代筆記小說集《雲溪友議》簡略地記下了朱慶餘初見張籍的那一幕：「朱慶餘校書既遇水部郎中張籍知音，遍索慶餘新制篇什數通，吟改後，只留二十六章，水部置於懷抱而推贊之。」我相信，在以後的歲月裡，張籍親自幫他吟改詩文、還把他的詩文置入懷抱中的這一幕，常常流過朱慶餘的心間。

朱慶餘還專門寫過一首感恩的詩〈上張水部〉：出入門闌久，兒童亦有情。不須將姓字，長說向公卿。每許連床坐，時容並馬行。恩深轉無語，懷抱自分明。所以，張籍對朱慶餘，那是眞幫忙——「清列以張公重名，無不繕錄諷詠，遂登科第」。

張籍不僅自己有才，而且還在史上留下了「愛才」的名聲。他對很多後輩文人，都有知遇之恩。除了朱慶餘，他至少還幫過一個人——項斯。是的，就是今天我們還在使用的慣用語「說項」二字的主角項斯。當然，「說項」來源於項斯另一行卷對象楊敬之的詩

「到處逢人說項斯」。然而史料表明，張籍也曾是項斯的行卷對象之一，張籍還寫下〈贈項斯〉一詩，誇項斯的才華達到了萬里挑一的水準——「萬人中覓似君稀」。

今天來看，朱慶餘、項斯的行卷方式，是成本最低，也最不靠譜的方式了。這得碰上張籍這種愛才之人才行。如果碰上一個不大愛才甚至妒才的人，那行卷就石沉大海了。所以，如果行卷的舉子有錢，一般不會採取這種方式，還可以另出怪招兒。比如陳子昂的行卷方式，就是舉行招待宴會兼新聞發布會。

想當年，陳子昂初到長安時，沒人理他，他也面臨著行卷的難題。但沒事兒，咱不是有錢嗎？逮著機會展示一下，造成轟動效應不就結了？別說，還真讓陳子昂逮著了一個舉行招待宴會兼新聞發布會的機會。當時，長安市場上有一人賣胡琴，開價百萬。陳子昂上前眼睛都不眨，掏錢就買下了。圍觀眾人驚問緣故，陳子昂說：「我擅長彈奏此琴。」眾人當時就想聽聽，陳子昂說：「請明天來宣陽裡，我彈給大家聽。」第二天，在人到齊之後，陳子昂先請大家吃了一頓，然後搬出琴來說：「蜀人陳子昂，有文百軸，馳走京轂，碌碌塵土，不為人知。此樂賤工之役，豈宜留心。」說完，陳子昂把這把價值百萬的胡琴，直接砸了！砸完之後，陳子昂趁著大家震驚之時，把自己的詩文遍發眾人。請吃、砸

琴、贈文，這一擲千金的土豪式招待宴會兼新聞發布會的效果，相當好——「一日之內，聲華舉郡」。

當然，這是有錢人的搞法，一般舉子那是想都不敢想的。

進士及第後的仕途

在張籍如此賣力的提攜下，朱慶餘眞的在寶曆二年（八二六）進士及第了。

但是，進士及第只是過了第一關。

朱慶餘還要參加禮部主持的科舉考試，在唐朝叫「省試」，通過了就有了做官的資格，但還不能做官；他還要參加吏部主持的「釋褐試」，類似今天招聘中的「筆試+面試」，通過了才能正式被授予官職。所以，接下來朱慶餘只有參加吏部的「釋褐試」，才能正式成爲朝廷官員。

奇怪的是，朱慶餘居然沒有去參加「釋褐試」，而是直接回家了，回了遠在千里之外的越州（今浙江紹興）。當時，張籍寫有〈送朱慶餘及第歸越詩〉，姚合寫有〈送朱慶餘及第後歸越詩〉、〈送朱慶餘越州歸覲〉，賈島寫有〈送朱可久歸越中〉，章孝標寫有〈思越州山水寄朱慶餘〉等詩。賈島所說的「可久」，是朱慶餘的字。從張籍、姚合、賈島的詩中可知，朱慶餘的的確確在進士及第之後，從長安回到了越州老家。

爲什麼朱慶餘在費了九牛二虎之力考中之後，卻放棄做官的機會，回家了呢？

其實，他並沒有放棄機會。

他這樣做，只是因爲當時的守選制度。所謂「守選」，是指新及第明經、進士和考滿後的六品以下官員，不立即被授官，而在家守候吏部的銓選期限，一般爲三年。簡單地說，按照守選制度，新科進士不能直接做官，六品以下官員不能連續做官。

唐朝實行這個守選制度的時間，一直有爭議。有說始於唐太宗貞觀十八年（六四四）的，也有說始於開元年間的。具體始於哪一年我不知道，但一定始於人多官少的時候，始於政府編制不夠的時候。由於要當官的人太多，政府官員的編制又不能無限擴大，於是有人就想出了守選這個歪招。此時，朱慶餘所遵守的，就是這個歪招。當然，這三年，他也可以不回家，可以選擇繼續參加制科考試，或者進入地方方鎮幕府等路徑。選擇回家等上三年的好處是，再回長安參加吏部考試時，一般都能得官，而且是比較好的官職。

三年之後，朱慶餘再到長安參加吏部「釋褐試」，於大和四年（八三〇）春獲授秘書省校書郎一職。不得不指出，對於朱慶餘一生的仕途而言，這實在是一個良好的開端。

按照唐朝官員的一般升遷規律，如果一切順利，初入官場一般就是擔任校書郎這樣的文職，然後下放基層擔任縣尉這樣的基層職務，然後再上調中央擔任監察御史、拾遺這樣的監察官員，接著進入三省六部擔任員外郎、中書舍人等行政實職，直到尚書、宰相。

像朱慶餘這樣正九品上的校書郎，秘書省一共有十人，職責是「掌讎校典籍，刊正文章」。他在這個崗位上，幹了三年，直到大和七年春任滿。校書郎任滿之後，作爲六品以下不能連續任職的官員，他又開始了守選。大約四五年之後，朱慶餘獲得了正八品上太常寺協律郎的任命。這是一個要求具備音樂才能方可勝任的職務，由此可見，朱慶餘還是一個音樂人才。在協律郎任上，朱慶餘參與了創作歌辭、創制樂曲、朝會樂隊指揮等工作。史料顯示，直到開成五年（八四〇），朱慶餘還在協律郎任上。而且他還創作了一部名叫《冥音錄》的傳奇小說，爲我們留下了不少唐朝的音樂研究資料。似乎，他在協律郎的任上，就去世了。因爲從此以後，我們就失去了朱慶餘的歷史蹤跡。他就像一滴水，消失在了歷史的長河之中。

可是，那又有什麼關係？

我們今天還能讀到他留下的一百六十八首詩，還能知道「畫眉深淺入時無」是他寫的，夠了，足夠了。這些詩在驕傲地說：「這世界，他曾經來過。」

◎第二現場

王昌齡死於非命，宋之問輾轉貶途，高適飛黃騰達，王維身陷囹圄……文人在時代中顛沛，把喜怒哀樂留在詩歌裡。

宋之問：「爛人」偏吟得一手好詩

神龍二年（七〇六）的一天，襄陽漢江渡口，一位年已半百、時任瀧州參軍的八品官員，正從這裡溯江北上。過江後，他打算經鄧州、伊陽、陸渾、伊闕，直達京城洛陽。而即將要經過的陸渾，還有他自己年輕時隱居的家——陸渾山莊。

近了，近了。家鄉近了，京城近了。

這是一位由貶謫地返回京城的官員。此時此地，思緒萬千，感慨萬千。於是，名篇〈渡漢江〉出爐：

嶺外音書斷，經冬複曆春。
近鄉情更怯，不敢問來人。

這位官員正是宋之問。在唐朝詩人中人品最爛，爛人中詩才第一。一位值得紀念的詩人，當然，也是一位值得紀念的爛人。

先不說爛，先說詩。其實，寫下這首詩時，宋之問只度過了一年的貶謫生活。他是在神龍元年二月由朝廷少府監丞貶爲瀧州參軍的。貶謫前後，反差巨大。一夜之間，級別由從六品下的京官變成八品地方官，任職地點從繁華的首都洛陽變成偏遠蠻荒的瀧州（今廣東羅定）。在唐朝，瀧州由於人口少，屬於下州，轄有瀧水、開陽、鎮南、建水四縣，是個發配犯官、犯人的蠻夷之地。

這一次，宋之問被朝廷貶到遙遠的瀧州，只是因爲他站錯了隊，而且表現太爛。其實，宋之問在政治上開局良好。父親宋令文曾是左驍衛郎將。他本人既是「官二代」，也是帝國的青年才俊、隱逸高士隊伍中的一員。儀鳳元年（六七六），二十歲的宋之問考中進士，這絕對算是同齡人中的佼佼者了。可與之相比較的是，白居易於貞元十五年（七九九）二十九歲時考中進士，在比宋之問大了九歲的情況下，還在長安大雁塔下題詩自我表揚：「慈恩塔下題名處，十七人中最少年。」

中進士之後，宋之問出人意料地沒有立即進入官場，而是在家鄉弘農的陸渾山莊隱居了一陣，時間有點兒長，整整十五年！當然，十五年的光陰，他也沒閒著，主要是交了一幫朋友。比如，把「初唐四傑」認了個遍，還結交了那位「念天地之悠悠，獨愴然而涕下」的陳子昂。

直到天授二年（六九一），已經三十五歲的宋之問通過隱居把自己整成了大名士，這才被武則天徵召入朝，只是官品不高，官位不重，習藝館學士。但宋之問一生之爛，由此開始。

當時的女皇帝武則天，對帥哥很感興趣。宋之問捕捉到了這一點，於是打算抱住武則天的大腿，做個入幕之賓。宋之問多次表達，武則天就是不表態。宋之問急了，借著獻詩的機會，寫了一首〈明河篇〉。詩很長，一共二十四句，後人說「此詩以神奇瑰麗的筆調，詠讚了秋夜銀河的美好，在撲朔迷離的氛圍中，抒寫了天上、人間的離愁別恨。全詩充滿著濃郁的浪漫主義色彩，流溢出淒迷、傷感的情調，隱隱透露出志不得揚的悵惘」。「志不得揚的悵惘」，這麼理解也可以。但我不這麼理解，我的理解是「向武則天獻媚失敗」。

來看〈明河篇〉其中的兩句：「明河可望不可親，願得乘搓一問津。」「明河」就是指武則天（雖然她已六十多了，但有權啊），宋之問目前只是「可望」，他還想「可親」，這分明是情詩，也分明是露骨的表白。

武則天身爲歡場高手，宋之問多次發出的信號，她還會不懂？這次武則天看到〈明河篇〉的反應，晚唐詩人孟棨在他的〈本事詩〉中有記載：「吾非不知之問有才調，但以其有口過。」蓋以之問患齒疾，口常臭故也。也就是說，宋之問雖然長得還算帥，也有才，可是他因患有較爲嚴重的牙周病，口腔裡有潰瘍，口氣不清新。

這就沒戲了。宋之問有口臭，「可親」自然是不行，其他的更是想都別想。所以武則天喜歡的張易之，爲了口腔有香味，營造武則天喜歡的「口吐幽蘭」的氛圍，經常口含唐代「口香糖」——雞舌香。

所以，還是要告誡戀愛期的年輕人，要管理好自己的口腔味道，輕則影響婚姻，重則影響仕途。

巴結不上老闆，那就巴結老闆的秘書吧。就是在今天，很多人都這樣想，這樣做過。宋之問也是這樣幹的。他開始巴結口氣比他香但才氣比他差的武則天男寵張易之、張昌宗兄弟。於是，初入官場的宋之問，把自己的詩才用到了爲張易之兄弟捉刀代筆、吟詩作賦上面。這還沒完，宋之問還爲張易之捧溺器，倒尿壺！

就這樣，宋之問一直伺候張易之到神龍元年（七〇五）正月。張柬之等人發動政變，張易之被殺了。對宋之問的處理算是輕的，他保住了一條命，被流放瀧州。這樣，才有了〈渡漢江〉。〈渡漢江〉雖然只有短短二十個字，卻內涵豐富，信息量大：

嶺外音書斷：基本是寫實。他當時獨處於嶺外的瀧州，貶官的身分，加上又是在交通、郵政本就不發達的唐代，的確是不大可能收到來自首都官場或者家人的消息。要不然，爲什麼要說「斷」呢？

經冬複曆春：他在瀧州度過了神龍元年的冬季、神龍二年的春季。注意，只有一個冬季、一個春季。

近鄉情更怯：宋之問此時臨近家鄉的「怯」，有爭議。從表面上理解，宋之問和常人一樣，只有一「怯」，即他長時間遠離家鄉，生怕家鄉或官場有何不好的消息，「怯」之一字，體現了遊子回家的複雜心情。而按照正史《舊唐書》、《新唐書》的說法，宋之問的「怯」還有另一層意思。宋之問此次由瀧州回洛陽，是「逃還」「逃歸」，並且逃回洛陽後，不敢公開見人，而是「匿於洛陽人張仲之家」。所以，他見到來人以後，不敢問東問西，以免暴露自己從瀧州逃回來的底細。因此，他「怯」了。他有了另一個不同於常人的「怯」。正史如此記載，似乎已經鐵板釘釘。但這其中，好像有冤情。

明代人編纂的曾被收入《文淵閣書目》的《詩淵》，是一部百科全書性質的類書，保存了從漢魏六朝到明朝初年約一千六百多年間大量散佚了的詩歌。《詩淵》共收詩五萬多首，約百分之三十未收入已刊印古籍中；收詞近一千首，百分之五十以上未收入《全宋詞》、《全金元詞》。而《詩淵》所收的詩中，有一首宋之問的〈初承恩旨言放歸舟〉：

一朝承恩澤，萬里別荒陬。
去國雲南滯，還鄉水北流。

淚迎今日喜，夢換昨宵愁。
自向歸魂說，炎荒不可留。

詩題直接把宋之問的冤情洗白了，寫得明白——初承恩旨。換句話說，他「萬里別芒陬」是有「旨」的，不是「逃歸」。

那麼，這首詩是不是在宋之問另外一次流放回京時寫的呢？因爲宋之問一生多次流放，有可能是另外一次流放返回洛陽時寫的。仍然不可能。宋之問一生共經歷三次流放，這是第一次。第二次流放後，沒有經歷返回洛陽的過程，直接由第二次流放地越州被貶得更遠，最後直接被賜死於第三次的流放地欽州。也就是說，他的後兩次流放，都沒有再返回洛陽，完全談不上「萬里別荒陬」。〈初承恩旨言放歸舟〉這首詩，只能是他在第一次流放瀧州返程時所寫。

所以，「近鄉情更怯」中，宋之問作爲詩人的「怯」，和我們大家的「怯」，完全一樣。雖然宋之問人品很差，但《舊唐書》《新唐書》此處有冤情。

不敢問來人：「來人」，來的什麼人？他走的這條路，是唐朝著名的荊襄古道，相當於如今的高速公路，交通相當繁忙，人流量自然也相當大。「夾路列店肆接客，酒饌豐溢。每店皆有驢憑客乘，倏忽數十里，謂之驛驢。」在唐朝，荊襄古道是連接黃河流域、長江流域甚至珠江流域的主要交通線，其重要地位僅次於大運河。

如此一條唐朝高速公路上，「來人」中自然有南下的官員、商人，甚至其中就有宋之問的熟人。但他不敢問，就是不敢問。宋之問不敢問的，是什麼？不敢問朝局。主要是朝局波詭雲譎。自己這一派前幾個月贏過，所以換來了自己的一紙赦書。但是，今天，還贏著嗎？回到洛陽，等待自己的，是榮升還是屠刀？更不敢問家人。一旦自己這一派輸了，家人早已被波及，或殺頭或流放。從旁人口中知悉如此重大的消息，資訊又不全面，更容易讓自己做出錯誤判斷。算了，不問了，所以，「不敢問來人」。把一切的謎底，留到自己到達洛陽吧。

還好，洛陽的謎底不差。宋之問到底還是時來運轉了。他到達洛陽後的形勢，是一片大好。形勢如此之好，只是因爲他的宋氏兄弟子侄們，又一次用「天下恥之」、出賣朋友的事，抱上了武則天的侄兒武三思這條粗腿。宋之問和弟弟宋之遜、侄兒宋曇這次出賣的朋友，就是在他「逃歸」洛陽後爲其提供庇護的張仲之。雖然「逃歸」是假，但出賣爲他提供庇身之所的朋友卻是眞。他將朋友張仲之、駙馬都尉王同皎出賣給了當時權傾朝野的武三思。朋友們被砍頭，經受了考驗的宋之問則升了官，由被貶前從六品下的少府監丞升爲從六品上的鴻臚寺丞，幹的活計，大致相當於今日外交部禮賓司的工作內容。

不久，宋之問由鴻臚寺丞調任戶部員外郎，半年之內再調吏部考功員外郎。雖然一直是平調，但崗位卻是由外交部調財政部，再由財政部調到組織部，越來越受重用了。

吏部的考功員外郎，是管科舉考試和官員考核的。在這麼重要和關鍵的崗位上，在考生和官員們的糖衣炮彈轟炸下，宋之問沒有經受住考驗，收了點兒錢。本來，受賄收錢不算什麼，但他不該又得罪了一位大人物——太平公主。

宋之問得罪太平公主的原因，實在是不得已。他既不敢得罪太平公主，又不敢得罪唐中宗的女兒安樂公主。都是大老闆，宋之問誰也得罪不起，只好兩頭哄。結果，哄好了這頭，沒有哄好那頭。事實上，總會有一頭哄不好。總之，這次太平公主不開心了。

於是，在唐中宗打算破格提拔宋之問爲正五品上中書舍人的關鍵時刻，太平公主跳出來揭發，說他在考功員外郎任上貪污受賄。宋之問的好運至此戛然而止，被貶爲越州（今浙江紹興）長史，此生再未回到洛陽。

只需看看中書舍人是幹什麼的，就知道宋之問有多可惜了。中書舍人隸屬中書省，而在唐朝中書省是負責起草皇帝聖旨的地方。三省中，中書省起草聖旨，門下省審核聖旨，尚書省負責指揮所屬六部執行聖旨。中書舍人這個崗位，雖然級別不高，但得聞機密，是皇帝和宰相的重要參謀。他的上級，通常是中書侍郎或中書令，而這兩種職位，通常就是唐朝的宰相。宰相的助手，要當上宰相，還眞不難。事實上，唐朝的很多宰相，就是從中書舍人這個崗位上起步的。

一步之遙啊。幾乎可以預見，以宋之問之才，如果他不搞跟人站隊、趨炎附勢這一套，就是慢一點兒升遷，只要不出大的意外，撈個宰相幹幹還是輕鬆的。

宋之問第一次站了張易之、張昌宗兄弟的隊，結果這二位仁兄一倒臺，他就被流放；第二次先站武三思的隊，再抱太平公主的腿，最後又去哄安樂公主。到最後，自己成了政治勢力相互鬥爭的犧牲品。

要知道，朝廷權力鬥爭的趨勢，是難以精確預測的。宋之問想面面討好，八面玲瓏，可總也難免有遠近親疏、畸輕畸重的時候。而一旦有一點兒照顧不到，就會招致某一方面政治勢力的記恨，那麼他倒楣的日子也就不遠了。

宋之問再次被貶爲越州長史時，是景龍三年（七〇九）秋天，他已經五十四歲了。人生的鼎盛時期已過。他倒也想得開，在紹興遊古寺，交新友，還在職責範圍內爲老百姓幹了幾件好事。

但僅僅一年之後，欣賞他的唐中宗被自己的老婆和親女兒下毒害死，唐睿宗繼位。這對於宋之問可不是好兆頭。因爲，唐睿宗及其兒子唐玄宗李隆基是武三思、太平公主、安樂公主、唐中宗之妻韋皇后在政治上的死對頭。而且，這父子倆是靠政變上位的。靠政變上位的人，接下來會怎麼做？用腳指頭想都知道，接下來會徹底清除反對勢力，以避免自己再被反攻倒算。於是，宋之問很榮幸地成了唐睿宗和唐玄宗的敵人。唐睿宗還算厚道，只是在景龍四年秋天將宋之問由越州貶往廣西欽州；兩年之後的唐玄宗更狠，直接給了宋之問一杯毒酒。就這樣，被譽為「唐律之高抬貴手」「詩家射鵰手」的宋之問，徹底玩完了。

有人說他這是報應，親手殺死自己外甥的報應。據唐代劉肅《大唐新語》、韋絢《劉賓客嘉話錄》，元代辛文房《唐才子傳》記載，他曾僅僅因為「年年歲歲花相似，歲歲年年人不同」這兩句詩，殺死了自己的外甥劉希夷。

劉希夷比宋之問還大五歲，但宋之問輩分大，是舅舅，兩人還是同一年中的進士。劉希夷少有才華，善彈琵琶，落拓不羈，詩以長篇歌行見長，文采方面不弱於宋之問。假以時日，他在文學上的成就，也不會小於宋之問。

但宋之問沒有給他這個機會。

宋之問有一次發現外甥做了兩句詩：「年年歲歲花相似，歲歲年年人不同」。又知道外甥還從未將這兩句詩告訴別人，也就是還沒有聲明著作權。宋之問實在酷愛這兩句詩，求外甥把這兩句詩的著作權轉讓給自己。外甥自然不幹，於是宋之問怒了。

宋之問在對自己的親外甥動怒之後，不是打，也不是罵，而是直接開殺。他在晚上趁外甥熟睡時，派僕人給他壓上了幾個裝滿泥土的大麻袋，活生生地把不滿三十歲的外甥壓死了！當舅舅當得這麼沒有人性，一杯毒酒還真是便宜他了。

張九齡：盛唐的背影

海燕何微眇，乘春亦暫來。
豈知泥滓賤，祇見玉堂開。
繡户時雙入，華軒日幾回。
無心與物競，鷹隼莫相猜。

從全詩八句來看，說的都是燕子。詩的大概意思，也比較容易解讀。

海燕何微眇，乘春亦暫來：燕子雖然如此微賤，但仍然乘著春天短暫的美好時光而來。

豈知泥滓賤，祇見玉堂開：燕子當然不知道泥土灰塵之賤，看到華麗的玉堂打開，就一直在辛辛苦苦地銜泥築巢。

繡户時雙入，華軒日幾回：時時可以見到燕子成雙成對出入，每天不知會進出多少回。

無心與物競，鷹隼莫相猜：作爲一隻燕子，沒有心思與外物競爭，請鷹隼這樣的猛禽們，不要輕起猜忌之心。

這詩的詩題，既可叫〈詠燕〉，也可叫〈歸燕詩〉。這是一首眞眞正正的關於燕子的詩。

一隻「無心與物競」的燕子

但是，仔細讀來，總感覺這詩不僅僅是在說燕子，好像還說了點兒別的。還說了什麼呢？先來看看詩作者。

張九齡寫這首詩時，身處唐朝的京城長安，時間是開元二十五年（七三七）春天。這一年，他正好年滿六十歲，已到了我們今天退休年齡的他，還擔任著朝廷尚書省右丞相這樣的高級官職。

這樣一來，這首〈詠燕〉隱含的意思就出來了。原來，張九齡不僅僅是在說燕子，他還說了：「那隻燕子是我。」既然「燕子」指張九齡，那最後一句的「鷹隼」是誰？令人驚奇的是，雖然歷經千年，關於這句詩中的「鷹隼」，居然一直都有定論，「鷹隼」指李林甫。是的，就是那個口蜜腹劍的奸相李林甫。在張九齡寫這首詩時，李林甫時任兵部尚書、同中書門下三品。

在明確了「燕子」指張九齡、「鷹隼」指李林甫之後，還有一些喻指要明確。「玉堂、繡戶、華軒」指朝廷，「春」指開元前期昌明的政治環境。

下面我們將其都代入詩中，來看看這詩眞正的意思：

海燕何微眇，乘春亦暫來：我張九齡雖然出身微賤，但仍然趁著開元前期昌明的政治環境，短暫地參與過朝廷大政。

豈知泥滓賤，祇見玉堂開：我張九齡豈不知道泥土灰塵之賤，但既然有幸躋身朝廷高級官員之列，當然要不辭辛苦地像燕子銜泥築巢一樣，爲國家政務操勞。

繡戶時雙入，華軒日幾回：我張九齡和你李林甫，經常一起出入朝堂，一天不知要共同進出多少回。

無心與物競，鷹隼莫相猜：但是，我張九齡沒有心思與外物、外人競爭，請你李林甫不要猜忌，更不必中傷。

需要指出的是，最後一句，張九齡不僅僅是在表白心跡，而且更像是在求饒。是的，六十歲的尙書省右丞相張九齡，在向五十四歲的兵部尙書、同中書門下三品李林甫求饒。而且，據南宋尤袤的《全唐詩話》，張九齡蘊藏在這首〈詠燕〉詩中的求饒，李林甫本人還看到了，「張九齡在相位……李林甫時方同列，聞帝意，陰欲中之。時欲加朔方節度使牛仙客實封，九齡因稱其不可。甚不葉帝旨。他日，林甫請見，屢陳九齡頗懷誹謗。於時方秋，帝命高力士持白羽扇以賜，將寄意焉。九齡惶恐，因作賦以獻；又爲歸燕詩以貽林甫」，「林甫覽之，知其必退，恚怒稍解」。尤袤在南宋朝廷，好歹也是當過部長級禮部尚書的人，怎麼會如此缺乏政治鬥爭常識？

是的，張九齡的確寫了〈詠燕〉詩，詩中也的確有向李林甫等政敵表白心跡甚至求饒的意思。但他好歹也算是政壇前輩了，怎麼可能如此不顧體面，眞的把這首詩送給李林甫，以求得政敵的憐憫呢？況且詩中將對手比爲「鷹隼」，對比燕子，顯然不是什麼好鳥啊，豈不是更加激怒對手？還有，政治鬥爭從來就是你死我活，如果能夠因爲一首詩而罷手，那就不是史上聞名的李林甫了。後來的事實也證明，正是由於李林甫的進一步中傷和攻擊，才最終導致了張九齡退出政治舞臺。

換句話說，張九齡並沒有把這首〈詠燕〉詩送給李林甫；即使送了，這首詩事實上也並沒有起到讓李林甫心生惻隱從而罷手的效果。

「假丞相」的眞心酸

當然，張九齡就算沒有當面求饒，有了這首詩在，也算他有求饒之心了。可是，字面看起來，右丞相貌似比兵部尚書要大啊，爲什麼官大的反而要去求官小的，而且官大的還求饒？

這個事兒，我儘量簡單一點兒說。張九齡的右丞相，是「假丞相」；李林甫的「兵部尚書」之後，還跟著一個「同中書門下三品」的尾碼。由於這個尾碼，他是「眞丞相」。

當然，張九齡當年也當過眞丞相。在開元二十一年（七三三）十二月到開元二十四年十一月之間，張九齡是眞丞相，或任中書侍郎、同中書門下平章事，或任中書令。

在開元二十三年之前，李林甫還只是黃門侍郎，並非丞相。這一年，他被唐玄宗李隆基提拔爲禮部尚書、同中書門下三品，和中書令張九齡、侍中裴耀卿一起，成爲李隆基的三個眞丞相。短短一年之後，李林甫就取代張九齡，成了中書令，牛仙客則取代裴耀卿，成爲新的眞丞相之一。張九齡、裴耀卿，則分別「罷知政事」，退出眞丞相行列，改任尚書省右丞相、左丞相，就此成了假丞相。

看到這裡，估計各位沒暈也差不多了。眞丞相、假丞相，右丞相、左丞相，到底哪一個才是靠譜的唐朝丞相？這都什麼情況？

各位遇到的情況，北宋的大才子、《新唐書》的編撰者歐陽修，也遇到過。所以，他在《新唐書·百官志》中大吐苦水：「唐世宰相，名尤不正。」

唐朝宰相或丞相的名稱，怎麼不正？先來明確幾點：

（一）唐朝沒有「丞相」「宰相」這樣的官職名稱和崗位職責。即使唐朝後期將有關官職改稱爲「丞相」了，其地位也與我們今天所理解的「一人之下、萬人之上」，有很大的不同。

（二）唐朝實行集體宰相制度。一般情況下，皇帝會設立一個以上、七、八個以內的多位宰相，形成自己的政務參謀班底。皇帝在長時間內只任用一個宰相的情況，在唐朝非常罕見。

（三）除了極爲個別的情況，比如那個因與唐太宗李世民鬧彆扭而聞名青史的魏徵，曾經以「秘書監」這樣類似國家圖書館館長的身分「參豫朝政」，從而成爲眞丞相。唐朝的丞相多出自中書省、門下省、尙書省「三省六部」系統。

（四）終唐一世，「眞丞相」有以下兩種情況：

一、中書省的一把手中書令、門下省的一把手侍中，一直就是眞丞相。

三省中尙書省的情況則比較特殊。其一把手是尙書令，最初也是眞丞相。但由於唐朝建立之初，李世民任過此職，後世諸帝爲表尊重，就將此職虛設，不再授人。這樣一來，尙書令之下的尙書左僕射、尙書右僕射，就成了眞丞相。但是，尙書左僕射、尙書右僕射是眞宰相的時間，持續到武則天長安四年（七〇四）。在神龍元年（七〇五）五月，豆盧欽望升任尙書左僕射，「既不言同中書門下三品，不敢參議政事。數日後，始有詔加知軍國重事」。這樣，豆盧欽望才敢眞正履行宰相的職責。

從那以後，「空除僕射，不是宰相，遂爲故事」。也就是說，在此之後，官員升任尚書左僕射和尚書右僕射，如果任命時未加「同中書門下三品」或「同中書門下平章事」等名號者，便不再是眞丞相。

二、就唐朝史籍所見，無論是什麼部門的什麼官員，只要在正式職務任命之後，加有以下尾碼中的任何一個，就一律是眞丞相：同中書門下三品（同三品）、同中書門下平章事（同平章事）、知政事、參豫（預）朝政、參豫（知）機務、參議朝政、參議得失、平章政事、平章軍事重事、參知政事、參謀政事、同掌機務、參掌機密、知中書（西台）事、知門下省事、知軍國重事、同知政事（同知軍國政事）、同中書門下同承受進止平章事、軍國重事中書門下平章、勾當中書事。

其中，同中書門下三品（同三品）、同中書門下平章事（同平章事）最爲普遍。前一個名號，在唐朝用了一一六年，有此名號的唐朝宰相有一二八人；後一個名號，在唐朝用了二二六年，有此名號的唐朝宰相多達三百一十人。

所以，李林甫此時擔任的兵部尚書、同中書門下三品，是大權在握的眞丞相；張九齡此時「罷知政事」，去掉了眞丞相的尾碼，所以他擔任的右丞相就只是名義上的丞相，是尚書右僕射，是假丞相。尚書右僕射，就只能管管尚書省的事兒，中書省、門下省的事兒管不著，國家大事就更管不著了。

一個是剛失權柄的假丞相，一個是大權在握的眞丞相，所以，張九齡就有求李林甫放一馬的心跡了。

然而，個人認爲，張九齡之所以怕李林甫，倒還眞不是因爲後者權力有多大，眞正的原因恐怕還是在於，張九齡深知李林甫是沒有底線的小人，自己則是有底線的君子，自己不是對手。

對於李林甫的小人行徑，《新唐書・李林甫傳》說：「始九齡繇文學進，守正持重，而林甫特以便佞，故得大任，每嫉九齡，陰害之。」《舊唐書・李林甫傳》說：「林甫面柔而有狡計，能伺候人主意……而猜忌陰中人，不見於詞色，朝廷受主恩顧，不由其門，則構成其罪；與之善者，雖廝養下士，盡至榮寵。」

所以，對自古以來就有的「君子不與小人鬥」這句格言，我們要理解其眞正的含義，那不只是對小人的蔑視，更多的是對君子的愛惜。面對李林甫這樣極品的小人，守正持重的張九齡豈是對手？所以，張九齡怕了。結果當然在意料之中，李林甫仍然沒有放過他。李林甫借著監察御史周子諒彈劾牛仙客引起李隆基暴怒的契機，指出周子諒爲張九齡所薦舉，於是張九齡被貶爲荊州大都督府長史，從京城貶至荊州，由從二品直降爲從三品。

開元二十五年（七三七）五月八日，聞命即馳驛上任的張九齡，抵達荊州，當上了比今天荊州市市長猛得多的「荊州省省長」。或者，我們叫他「荊州大區行政長官」也可以。他在荊州任上，一共待了三年。在此期間，他和孟浩然、王維等我們如雷貫耳的大詩人們一起，遊山玩水，彼此唱和，留下了一段詩壇佳話。其中，孟浩然留下一首《陪張丞相自松滋江東泊渚宮》。張九齡還和孟浩然一起，乘船暢遊長江，到過筆者的家鄉——今天的荊州市松滋縣。松滋的秀麗山水，還有幸陪伴著張九齡度過了他人生中最後的宦海時光。

開元二十八年春天，張九齡請求回韶州拜祭先人陵墓，因病在家鄉去世，終年六十三歲。

曲江東逝，帝國遲暮

其實，李隆基對張九齡，一直是眞心喜歡的，是後者的「鐵杆粉絲」。《開元天寶遺事》記載了李隆基對張九齡的喜歡，甚至可以說是仰慕。李隆基說：「張九齡文章，自有唐名公皆弗如也。朕終身師之，不得其一二，此人眞文場之元帥也。」請大家注意「師之」二字。在張九齡面前，李隆基的姿態還是擺得很低的，有點兒小學生的意思。而且，李隆基還送給張九齡一個美稱——文場元帥。

要知道，唐朝武職中，最高軍職爲十六衛的大將軍，比如右衛大將軍、左驍衛大將軍等。唐朝的元帥，一般情況下，有兩條規則：一是非戰時不設元帥；二是非皇族不任元帥。張九齡一介文人，李隆基竟然以「元帥」這樣的崇高武職來稱讚他，這是只有張九齡的「鐵杆粉絲」才能有的行爲。

可惜的是，李隆基雖然是張九齡的鐵杆粉絲，卻並不是他的「腦殘粉」。因爲此時的李隆基，已經登基多年，「開元盛世」的出現說明他是明智的皇帝。這樣一來，他就由自信而自負。更何況人家貴爲皇帝，大權在握。所以，在很多問題上，李隆基很不喜歡張九齡對原則的堅持。

李隆基要提拔李林甫當宰相，張九齡不同意；李隆基要提拔牛仙客當宰相，張九齡不同意；李隆基要廢掉皇太子李瑛，同時找另外兩個皇子鄂王李瑤、光王李琚的麻煩，張九齡不同意。

顯然，張九齡不同意的，都是當時的大事。而他所依據的，都是他認爲應該堅持的原則。

其實，關於大事如何處置，從古到今一直就有一個潛規則：老闆找你來商量大事，不是問你有什麼不同意見，而是看你將如何贊同他的意見。你還眞以爲自己當家了？果然，在一次爭執中，「帝變色曰：『事總由卿？』」翻譯一下，李隆基臉色大變地說：「全部都由你說了算？」於是，兩人友誼的小船，說翻就翻。

可是，在沒有張九齡的日子裡，李隆基卻又抑制不住對他的思念，總是想起他來。

《舊唐書．張九齡傳》裡有證據：「後宰執每薦引公卿，上必問：『風度得如九齡否？』」每當宰相們推薦朝中公卿人選時，李隆基必定要問一句話：「這人的風度，能和張九齡一樣嗎？」原來，張九齡就是李隆基心目中的「公卿樣板」。

就這樣平時想想也就罷了，李隆基偏偏還在天寶十五年（七五六），在張九齡罷相二十年、離世十六年之後，在自己逃難到成都時，再一次地、深深地想起了張九齡。

早在開元二十四年（七三六），范陽節度使張守珪曾向中書令張九齡報告，他手下有一員番將在討伐契丹時失利，違犯軍法，已將其執送京師，請朝廷將其斬首，以正朝典。張九齡立馬表示同意。

張九齡同意的原因，不僅僅是這個番將犯了軍法，而且此人他早就認識。幾年前，在這個番將入京彙報工作時，張九齡就見過此人。當時，他就機智地判斷：「亂幽州者，必此胡也。」現在，正好此人犯了軍法，送上門來。張九齡決定借此機會，殺了他，永絕後患。

可是，中書令張九齡同意了，皇帝李隆基卻不同意。為了顯示自己的皇恩浩蕩，他下令將這個番將放了。而張九齡也在此事之後不久，被免掉了職務，從此在政壇上消失，他再也沒有機會改變李隆基的決定了。

整整二十年之後，當李隆基躲在成都一隅之地，為自己當初那個決定後悔時，他淚流滿面，想起了張九齡。《唐語林》記錄：「又謂力士曰：『吾取張九齡之言，不至於此。』乃命中使往韶州，乙太牢祭之。既而取長笛吹自製曲，曲成復流涕，詔樂工錄其譜。至成都，乃進譜而請名……良久，上曰：『吾省矣。吾因思九齡，可號爲〈謫仙怨〉。』」李隆基「因思九齡」，也因意識到自己當年對他的貶謫是不公平的，於是在當時兵凶戰危之際，仍然從成都派出中使，前往張九齡的家鄉韶州曲江（今廣東韶關），專程去祭奠這位已經去世多年的前宰相。

只爲了他二十年前的機智和英明。因爲，張九齡當年執意要殺掉的那個番將，名字叫安祿山。清人趙翼評價說：「是曲江生平，此一事最關國家之大。」此句中的「曲江」，就是指張九齡。

事實上，張九齡罷相，絕對是唐朝歷史上的一個分水嶺。對此，從唐朝的有識之士，到今天的歷史學家，觀點一致，史不絕書。唐憲宗時的宰相崔群，好像是第一個提出這個看法的：「世謂祿山反爲治亂分時，臣謂罷張九齡、相李林甫，則治亂固已分矣。」歐陽修、宋祁等人在編撰《新唐書》時，也持同樣看法：「自是朝廷士大夫持祿養恩矣。」司馬光也這樣認爲。他在《資治通鑑》中說：「九齡既得罪，自是朝廷之士，皆容身保位，無復直言。」大文豪蘇東坡，也是這個看法。他在《經進東坡文集》中寫道：「唐開元之末，大臣守正不回者，惟張九齡一人。九齡既已忤旨罷相，明皇不聞其過，以致祿山之亂。治亂之機，豈不謹哉！」

所以，在開元二十五年四月十四日，在長安城大明宮的朝堂上，李隆基當時所送走的，並不僅僅是張九齡一個人的背影而已，被李隆基一起送走的，還有他一手開創的盛唐的背影。只是，當時的李隆基，甚至也包括當時的張九齡，並沒有意識到而已。

高力士：盛唐大太監的氣節

上元元年（七六〇），巫州（今湖南懷化）。一位流放經過此地的官員驚奇地發現，當地人居然不吃在長安和洛陽非常受歡迎的薺菜，很是感慨，作詩一首〈感巫州薺菜〉：

兩京作斤賣，五溪無人采。
夷夏雖有殊，氣味終不改。

來看看什麼意思：

兩京作斤賣，五溪無人采：薺菜在長安、洛陽兩京是論斤賣的，賣得也挺貴，到了巫州卻無人採摘。這裡的「五溪」，可以直接理解爲巫州一帶。

夷夏雖有殊，氣味終不改：產於巫州蠻夷之地的薺菜，雖然和產於中原地區的薺菜有些不同，但薺菜的氣味還是一樣的，終究不會改變。

在我們看來，詩的主要意思，是說薺菜。但仔細琢磨，總感覺這詩還有別的意思。

其實，只要弄明白了詩作者的身分，要想知道這詩還有什麼別的意思，很容易。

這詩的作者，是高力士，唐朝一個青史留名的宦官、太監。

見到此詩之前，我從來沒想到，一個太監，會作詩，而且，到了出口成章的地步；甚至，到了寓意深刻的地步。

再回到這首詩。這哪兒是在說薺菜，是高力士在說他自己呢。我們把「薺菜」指高力士代入詩中，來看看這首詩的意思：

我高力士在兩京時身分高貴，可流放到了巫州卻無人理睬。我如今身在蠻夷之地，雖然與在中原地區時有很大的不同，但我做人的氣節，還是一樣的，終究不會改變。

重點在最後一句，「氣味終不改」。

既然高力士如此給自己點讚，那我們就來翻翻他的老底兒，看看他作爲一個宦官和太監的「氣味」，到底如何。

高力士出身名門，他本姓馮，名元一，北燕皇族的後裔。所以，我們既可以叫他高力士，也可以叫他馮元一。事實上，進宮前，他只叫馮元一。

北燕，十六國時期中的一國，於西元四〇七年到四三六年占據今天的遼寧省，也就一個省那麼大。但它確實是個國家，由鮮卑化的漢人馮跋建立，後爲北魏所滅。

北燕即將滅亡之際，馮家在一個名叫馮業的先祖的帶領下，經過海路流落到了南朝劉宋政權下屬的嶺南地區。要說馮家人也實在是牛，在遼寧省的輝煌破滅之後，不出百年，又在今天的廣東省再度創造輝煌。

作爲客居異地的家族，馮家再度創造輝煌的起點，是馮業的孫子馮寶與當地俚人大族之女冼氏聯姻。從此以後，馮家遂爲「強家」。到了馮元一的曾祖馮盎時，馮家更是借助隋末動亂的大勢，一躍成爲嶺南地區的實際控制者，「頤指萬家，手據千里」。進入唐朝時，識時務的馮盎以自己手中的嶺南之地投降唐朝，獲得了唐朝的承認，被封爲上柱國、高州總管、吳國公，並得以善終。

到了西元六九〇年馮元一出生時，馮家仍然是「家雄萬石之榮，橐有千金之直」的「強家」。馮元一的父親是潘州刺史馮君衡，母親的來頭也大，是英勇戰死於高麗的隋朝猛將宿國公麥鐵杖的曾孫女。

鐵杖家傳，一看就知道馮元一的母親，可能比較狠。只是不知道，她嫁到馮家，自帶了家傳鐵杖沒有。

馮元一共有二兄一姐，他是老四。大哥馮元璡、二哥馮元珪、三姐馮媛。生於高官之家，又有慈母兄姐呵護，如果一切不出意外，他的生活簡直比蜜還甜。

但是，出了意外。馮元一的幸福生活在他九歲那年，也就是聖曆二年（六九九），戛然而止。

他的父親馮君衡因罪被殺。什麼罪，不知道，據說是因爲「奸臣擅權，誅滅豪族」。父親一死，馮元一的母親、兄姐，包括他自己本人在內，都得籍沒爲奴。但是，爲奴的地點，又不可能在同一個地方。

年僅九歲的馮元一與母親分別的一幕，讓人心碎。母親撫摸著馮元一的頭說：「如今和你分別，再見不知何時。但是，你胸口有七顆黑痣，有人說你終當富貴。將來如果你我不死，我就以七顆黑痣認你，你就以我手臂上你小時候常玩的雙金環認我。千萬別忘了！」

上述一幕不是我編造的。《舊唐書》、《新唐書》、《唐故高內侍神道碑》均有記錄，而且在郭湜的《高力士外傳》裡，記載尤其詳細。要知道，郭湜可是後來受高力士連累，一起流放黔中道又一起遇赦放還的。他寫的《高力士外傳》，是在二人一起流放的路上，由高力士口述所經歷的舊事爲基礎而撰成的。其眞實可靠程度，遠在《開天傳信記》、《次柳氏舊聞》等輾轉得來的史料之上。所以，以上心碎一幕，極有可能就是高力士自己親口講述的。

高力士富貴以後，通過多方訪求，還眞通過母親當年交代的相認辦法，重新找到了母親，並將母親接到長安奉養。他的母親一直活到開元十七年（七二九），在親睹兒子位至高官以後，才以八十七歲高齡去世。

結局是圓滿的，過程是曲折的。最後還是個大團圓的結局。

當然，剛剛離開母親的馮元一，命運還是很悲慘的。他被嶺南討擊使李千里閹割，成了閹人。

李千里這麼做，並不是與馮家有什麼仇恨，他只是爲了進貢，討好當時的武則天。

說起這位李千里，也是一肚子苦水的人。比起馮元一，命運未必就好多少。

李千里，原叫李仁，唐太宗李世民的孫子，吳王李恪的長子，正宗的天璜貴冑。

事情壞就壞在吳王李恪作爲被李世民認爲「英果類我」的兒子，曾經是皇太子人選之一。結果最後皇太子沒有當上不說，還被一心擁戴晉王李治的權臣長孫無忌給惦記上了。

這才是眞正的「羊肉沒吃到，反惹一身騷」。

等到李治登上皇位，長孫無忌權傾朝野之時，長孫無忌居然把一件與李恪毫無關係的謀逆案，蓄意牽扯到了他身上，將李恪殺了頭。「海內冤之」。

李恪臨刑前，大呼：「社稷有靈，無忌且族滅！」後來，長孫無忌被武則天整得家破人亡。

長孫無忌，同時也是武則天眾所周知的政治死敵之一。基於敵人的敵人是朋友這一點，武則天上臺以後，對吳王李恪流放在外地的子女，比較看顧。

李仁在貶謫地做官廉潔奉公，武則天聽說後，很高興地叫人送去一句話：「兒，吾家千里駒。」李仁受寵若驚，遂改名李千里，同時「數進符瑞諸異物」，以求討得武則天的歡心。果然，武則天後來大殺李唐宗室，但唯獨沒動李千里。

所以，李千里閹割小男孩送進宮裡，就是他討武則天歡心、保住自身性命的辦法之一。

這一次，他閹割了兩個小孩兒，一個命名「金剛」，一個命名「力士」，並送到了皇宮裡。

李千里這一刀下去，馮元一沒有了，變成了馮力士。

因爲，「金剛」「力士」，都是佛教中的護法神。李千里閹割小兒，如此命名，然後不遠千里進貢到長安城，就是爲了討好崇信佛教的武則天。

這，也是高力士得名「力士」的由來。只不過，他現在叫馮力士。想叫他「高力士」，我們還得等上幾年。

可以想像，在那個醫學科技不發達的年代，馮元一被閹割，一定經歷了難以言表的傷痛和屈辱。僅從生理上來講，都是九死一生。好在，他命大，挺過來了。

否極泰來。到了皇宮，武則天居然很喜歡馮力士這個小宦官，「嘉其黠惠」，讓他在宮廷內部的學校「習藝館」中，接受了良好的教育。馮力士後來一生的命運，由此奠基。

拜此之賜，馮力士成年後身材高大，文武雙全。

先說身材高大。史書上說他身高有六尺五寸，唐時一尺約合現在三〇釐米，那麼高力士的身高就有一米九五，相當高了。至於爲什麼他被閹割之後，生長激素未受影響，還長得出這樣的身高，我不知道。大家自己去研究吧。

再說文武雙全。文的方面，高力士後來權傾朝野時，「每四方進奏文表，必先呈力士，然後進御，小事便決之」。也就是說，第一他看得懂進奏文表，第二他具備幫助唐玄宗李隆基決策小事的能力。這就相當不得了了。要知道，高力士決策小事的年代，可是中國古代皇帝們所推崇的「開元盛世」啊。史料上也沒有記載高力士因小事而決策失誤的例子，事實是多次記載了他對國家財政、糧食和漕運等方面政策的不俗見解。看來，「開元盛世」還有高力士的一份功勞。

武的方面，《唐故高內侍神道碑》說，他有一次在跟隨李隆基閱兵時，「有二雕食鹿，上命取之，射聲之徒，相顧不進，公以一箭受命，雙禽已飛，控弦而滿月忽開，飲羽而片雲徐下，壯六軍而增氣，呼萬歲以動天，英主愜心」。高力士的騎射技術，居然能夠在軍隊面前顯擺，可見並非泛泛。

馮力士在宮中受過教育之後，在十六歲左右開始踏上仕途，歷任文林郎、宮教博士、內府丞、內府令等職。文林郎，文散官品階最低者，從九品上；宮教博士則隸屬於內侍省掖庭局，從九品下，「掌教習宮人書算眾藝」。這再次說明他的學習成績相當不錯，是可以教育別人的「博士」了。內府令、內府丞分別是內侍省內府局的正職和副職，一個正八品下，一個正九品下。

大約在此前後，他因工作中的小失誤被武則天逐出宮外。千鈞一髮之際，得到同爲宦官的高延福援手，並收爲義子。從此，馮力士改姓高，並以「高力士」一名留傳青史。高延福還幫助高力士動用武則天侄子武三思的關係，使得武則天最終原諒了他，重新入宮任職內府令。這也是高力士後來一生孝敬養父的原因之一。

唐中宗景龍年間（七〇七—七一〇），重新回到宮中任職不久的高力士，遇到了一個讓他終身追隨並給他帶來一生榮華富貴的人，時任臨淄王的李隆基。

這時，高力士二十歲，李隆基二十五歲。兩個人一生的友誼，由此開始。但在最開始時，說不上是藩王主動，還是宦官主動。由於地位懸殊，可能是高力士主動的，「玄宗在藩，力士傾心奉之，接以恩顧」。但由於高力士任職於宮中的特殊位置，而李隆基也正處於拉攏宮中文武官員圖謀大事的關鍵時刻，恐怕雙方也是一拍即合。可見，兩人一開始是利益結合，後來才有的友情。

這就不能不佩服高力士識人的眼光了。

要知道，當時的皇帝是唐中宗李顯。而李隆基只是李顯弟弟李旦的三兒子。

即使李顯不當皇帝了，這下一任皇帝也是李顯的兒子當，怎麼也輪不到弟弟李旦來當皇帝；即使李旦當上皇帝了，繼任皇帝也是李旦的嫡長子李憲來當，怎麼也輪不到李旦的第三子李隆基來當。

一句話，李隆基沒戲。問題是，高力士狠就狠在這裡，他算準了李隆基雖然沒戲，但會搶戲。

李隆基一共搶了兩次戲。準確地說，他發動了兩次政變。

第一次是唐隆政變：唐隆元年（七一〇），李隆基聯手太平公主，發動政變，處死唐中宗李顯的皇后韋氏集團骨幹成員，把自己的父親李旦扶上皇位，同時由於哥哥李憲的謙讓，也爲自己掙得了皇太子之位。

第二次是先天政變：先天二年（七一三），昔日唐隆政變的盟友，現在成了你死我活的仇敵。李隆基再次發動政變，殺死太平公主集團的骨幹成員，從此把國家大權牢牢地掌控在了自己手中。

命運如此安排，總叫人驚喜。李隆基硬是通過兩次搶戲，把皇位拿到了手。而在這兩次政變中衝鋒陷陣，發揮了關鍵作用的高力士，直接成了李隆基最爲信任的人，沒有之一。因爲李隆基一輩子都在說：「力士當上，我寢則穩。」即「高力士值班時，我才睡得安穩」。

李隆基和高力士，地位懸殊。但兩人一起，連續發動兩次政變，這二位也的的確確是一起扛過槍的過命交情了。血與火的考驗，最靠得住。所以李隆基當然信任高力士。

李隆基給予高力士的回報，是豐厚的。唐隆政變後，李隆基請父親唐睿宗李旦封高力士為朝散大夫、內給事、內弓箭庫使，不久又升為內常侍兼三宮使。

朝散大夫，從五品下，這是級別。高力士的實際職務是內侍省的內給事，從五品下的職務。內侍省是管理宮廷事務的機構。他本來就在內侍省任職，這次只是提升了職務。這裡還有一個內弓箭庫使，是幹什麼的？

史籍中沒有記載內弓箭庫使的品級和職能，但可以肯定是宮廷中管理弓箭庫的。我們只知道，高力士當時管理的弓箭庫相當於今天的軍火庫，重兵守衛，戒備森嚴。而且我們還知道，在內諸司使中，內弓箭庫使地位較高，因為後來很多頂級宦官均由此職升遷。

高力士進一步升遷的內常侍，正五品下，也屬於內侍省的高級官員之一。這一次，高力士由內弓箭庫使成了三宮使。

三宮使的品級和職能，也未見史籍記載。但唐朝三宮，是指長安城的太極宮、大明宮和興慶宮，所以三宮使應該是綜合管理這三個宮苑事務的官員。

先天政變後，李隆基給予高力士的職務——雲麾將軍、右監門衛大將軍、知內侍省事，使他開始進入高級官員行列。

雲麾將軍，從三品的武散官，這是級別。按照現在的軍銜，至少是個中將了。職務是知內侍省事，就是內侍省的一把手。新出現的職務是右監門衛大將軍。

先說監門衛。唐朝的國家武裝力量，也就是正規軍，叫作「十六衛」，分別是左右衛、左右驍衛、左右武衛、左右威衛、左右領軍衛、左右金吾衛、左右千牛衛、左右監門衛。其中的千牛衛和監門衛，是專門爲保護皇宮而設立的軍隊，沒有受命出征、參與國防軍事作戰的任務。

千牛衛，負責皇帝的安全工作，就是皇帝的貼身侍衛。監門衛的任務，則是平時守衛宮廷諸門，在皇帝出宮時負責護衛。換句話說，千牛衛和監門衛直接隸屬於皇宮，專門負責皇宮和皇帝的安全。因此，能夠擔任左右千牛衛、左右監門衛大將軍的人，一定是皇帝最爲親信的，或者說最得皇帝寵信的。高力士，就是這種人。

其實，對於以上官職，高力士一開始是拒絕的。

拒絕的理由，是品階高過了自己的養父高延福。李隆基對此表示讚賞，也同意了。

但不久以後，開元十三年（七二五）十一月，高力士陪同李隆基東巡歸來，再次因功被封爲雲麾將軍、左監門衛大將軍。這次，只不過右監門衛大將軍換成了左監門衛大將軍而已。其實兩個大將軍一樣，都是正三品。

可見，李隆基對高力士的職務升遷，是有多上心。

李隆基上心歸上心，他不知道，自己此舉，已經打開了潘朵拉的魔盒，從此拉開了唐朝宦官專權的序幕。

這不是我的看法，是大歷史學家司馬光的看法。他在《資治通鑑》中說：「宦官之禍，始於明皇，盛於肅、代，成於德宗，極於昭宗。」

在這個時候大力提拔高力士這個宦官的李隆基，絕不會想到，到了唐德宗、唐昭宗時期，竟然會有宦官敢於殺害自己的子孫。

但那是以後的事，現在還早著呢。

從開元元年（七一三）十二月，到天寶十四年（七五五）十一月，李隆基和高力士，一個皇帝，一個宮廷高官，大權在握，享盡榮華，烈火烹油，鮮花著錦。

這四十二年裡，無論高力士的職務如何升適，他始終扮演著李隆基最爲信任的人的角色，相當於皇帝的辦公廳主任、警衛部隊負責人。

當時，唐玄宗李隆基不叫他的名字而稱「將軍」，當時的皇太子後來的唐肅宗李亨稱他爲「兄」，至於諸王公主等皆呼「阿翁」，駙馬輩呼爲「爺」，戚裡諸家尊曰「爹」。毫無疑問，「一人之下，萬人之上」。

這是高力士一生的頂峰時期。

李隆基給了高力士處理政務的機會，他也是唐朝宦官參與政務的第一人。但是，高力士在史上沒有專權，則是公認的結論。

高力士不像在他之後專權的李輔國那樣，說：「大家但內裡坐，外事聽老奴處置。」也不像後來專權的魚朝恩那樣，說：「天下事不由我乎！」高力士從來就沒有想過取代皇帝，他只想輔佐皇帝，或者在他的內心裡，是輔佐朋友。

他手上有權，但他並不專權。國家大權還是在李隆基手上，而對國家大政的處理權仍然在宰相等百官手中。事實上，高力士在當時，只是一個配角。但在「開元盛世」中，他仍然有自己的位置。

高力士為唐王朝立下的最大功勞，就是獻策立當時的忠王李亨後來的唐肅宗為皇太子。開元二十五年，原來的太子李瑛因故被賜死，宰相李林甫擁立壽王李瑁（即楊貴妃的第一任老公）為太子，而李隆基則認為忠王李亨年長，且仁孝恭謹，想立忠王李亨為嗣，為此猶豫不能決，「常忽忽不樂，寢膳為之減」，飯也吃不好。

高力士適時提出了「推長而立」的原則，幫助李隆基解決了難題。

事實上，李亨被立為太子後，地位也不穩定。李林甫因為自己並未擁立李亨，屢次想把太子搞下去，「幸太子仁孝謹靜，高力士常保護於上前，故林甫始終不能間也」。

這說明，李林甫要對李亨下手，而高力士則對李亨進行了保護。

雖然世上並沒有後悔藥可吃，但高力士要是知道李亨登上皇位後，會把他流放至死，還會不會在這個時候保護他呢？

高力士為李隆基個人立下的最大功勞，就是促成了李隆基與楊貴妃的姻緣。

楊貴妃的入宮，是否出於高力士的推薦，史無明載。但楊貴妃進宮以後，李隆基與楊貴妃僅有的兩次彆扭，高力士都是跑前跑後，使這兩次彆扭都能夠以「小別勝新婚」的喜劇結尾，他可真是操碎了心。

正史記載，天寶五年（七四六）七月，二人鬧彆扭的原因是「微譴」，天寶九年再次鬧彆扭的原因是「忤旨」。其實，都是楊貴妃吃李隆基的醋。而楊貴妃被趕出宮外之後，高力士「探知上旨」，又是給楊貴妃送飯，又是給李隆基帶回楊貴妃剪下來的頭髮，最後又撮合雙方言歸於好。

回想天寶五年，李隆基已經六十一歲，高力士也已五十六歲，老年人學年輕人那一套，當眞肉麻有趣得緊。

高力士這麼理解、這麼配合李隆基與楊貴妃的小把戲，是因為，他自己也結了婚。是的，大家沒看錯，高力士宦官也結了婚。

倒楣的這家丫頭，是刀筆小吏呂玄晤的女兒，傳說頗有姿色。高力士娶了呂小姐後，把岳父提拔為少卿、刺史。

想當年，這哥兒倆提著腦袋發動政變，如今政變成功，一個娶兒媳當小老婆，一個逼良家女當宦官老婆。這革命幹的，眞値了。

那麼，在此期間，還有一件事情無法回避。那就是，高力士到底爲李白脫過靴子沒有？

來看看傳說的源頭。

傳說中，李白在宮裡拉風得很：他喝醉了，還吐了。結果李隆基用他的龍手巾爲他擦嘴（「龍巾拭吐」），李隆基的御手爲他調醒酒湯（「御手和羹」），楊貴妃的玉手爲他捧硯（「貴妃捧硯」），高力士的大手爲他脫靴（「力士脫靴」）。

這畫面眞的很美。可惜，大部分是假的。

「龍巾拭吐」是假——這個記載最早見於明朝馮夢龍《警世通言》中的〈李謫仙醉草嚇蠻書〉，而此前的正史並無記載，屬於小說野史的虛構情節。看來馮夢龍也很喜歡李白。但是，李隆基再求賢若渴，估計還是比較講究衛生的。

「御手和羹」是眞——《李太白全集》記載：「玄宗嘉之，以寶床方丈賜食於前，御手和羹，德音褒美。」估計也就是內侍弄好以後，李隆基只是上手糊弄兩下，是個意思就行了。你還眞當是李隆基給李白下廚做飯？

「貴妃捧硯」是假——李白和李隆基、楊貴妃兩口子喝過酒是眞，但確實沒有史料記載過楊貴妃在李白寫字時捧硯。

「力士脫靴」則難辨眞假——關於這件事的最早記錄，來自於唐代李肇的《唐國史補》，雖然記載簡略，只有數十個字，但問題是出現了「脫靴」二字。稍後成書的李濬《松窗雜錄》、孟棨〈本事詩〉、段成式《酉陽雜俎》，《舊唐書》、《新唐書》也均有記載，但多爲抄錄《唐國史補》並加以想像，其中《松窗雜錄》還將李白進入長安的時間由「天寶初」錯寫成了「開元中」。《酉陽雜俎》，則是一本被《四庫全書總目》認爲「浮誇」的書。

然而，「力士脫靴」一事之所以有可能是眞，只是因爲《唐國史補》的史料價值不容低估。

但後列各書，均指責高力士因爲給李白脫了個靴，就在李隆基和楊貴妃面前對李白極盡打擊報復之能事，從而導致李白大才子不爲國家所用而被斥去的事。這牽涉到高力士的人品，不可不爲之一辯。

首先是最具史料價值的《唐國史補》，並未記錄高力士打擊報復的情節，反而是後列各書記錄了。其次則是李白對高力士的地位並不形成威脅，即使高力士傷了面子給他脫過靴，以高力士之爲人，也不至於對付這樣一個在朝中無足輕重的文人。李白最後被「賜金還山」，根本原因，還在於他自己。

此時的高力士，不給李白脫靴，恐怕還是因爲他有很多大事要幹。比如，偶爾充當一下皇帝和宰相之間的潤滑劑。史書記載，當宰相對李隆基有誤會時，高力士出現了。

姚崇剛剛當上宰相的時候，曾經當面向李隆基請示郎吏等低級官員的任用問題。李隆基故意望著天，就是不回答，姚崇被嚇著了，惶恐地退出朝堂，以爲皇帝對自己有了誤會，才不搭理自己。

事後，高力士問李隆基爲何這樣做時，李隆基回答：「這種小事，他作爲宰相應該直接決策，怎麼能拿這種小事來煩我呢？」高力士馬上將李隆基的意思傳達給了姚崇，史書說姚崇「且解且喜」。

那麼，假設此時高力士不出現不主動消除姚崇的誤會呢？結果必然是李隆基和姚崇之間的關係，會出現微妙的狀態。而這樣的微妙與猜忌，顯然不利於「開元盛世」。

當李隆基對宰相有誤會時，高力士也出現了。開元十四年（七二六），宰相張說因被李林甫彈劾貪污而遭到鞫問時，李隆基派高力士去看看張說。

這個時候，毫無疑問，高力士的彙報將非常關鍵，甚至可以馬上決定張說的生死。結果高力士回來說：「說蓬首垢面，席槁，食以瓦器，惶惶待罪。」換句話說，認罪態度非常好。李隆基頓時心生好感，高力士又說：「說曾爲侍讀。又於國有功。」於是高力士救了張說一命，他僅僅受到「停兼中書令」的處分。

爲此，張說非常感謝高力士，後來還發揮自己的文學特長，爲高力士的父親撰寫神道碑，極盡溢美之詞。

正因為高力士有過上述的積極作為，史冊對他評價頗高，說他「中立而不倚，得君而不驕，順而不諛，諫而不犯。故近無閒言，遠無橫議」。

一個宦官，能做到「近無閒言，遠無橫議」，夠意思了。

當李隆基對宰相過度信任時，高力士又及時站出來潑冷水，幫他清醒頭腦。天寶三年（七四四），李隆基覺得天下太平，開始說胡話了：「朕不出長安近十年，天下無事，朕欲高居無為，悉以政事委林甫，何如？」高力士當時就以「皇權不可旁落」的理由堅決反對，李隆基後來也就罷了。李隆基這是老糊塗了。

其實，有人就一直在等著他老糊塗，比如，安祿山。

天寶十四年十一月，安祿山叛亂的鼙鼓動地而來。

七十歲的李隆基、六十五歲的高力士，這一對白頭老翁，在本該安享晚年的年紀，迎來了一生中新的挑戰。可是，他們已明顯力不從心了。

他倆的時代，從安祿山叛亂的這一刻起，就已經結束了。餘下的日子，他倆只是活著而已。

莊子說，壽則多辱。如果李隆基和高力士在叛亂前，就已雙雙死去，則大亂雖由他們尤其是李隆基一手造成，可死者已矣，在無人追究的情況下，他們留在大唐子民心中的形象，該是多麼高大啊。

可惜，他們一直沒有死。活著丟了長安，活著去了成都，最後還活著回了長安。於是，歲月只能給他們一次又一次的屈辱。

第一次大的屈辱，在馬嵬驛，天寶十五年七月十三日晚的馬嵬驛。這一晚，楊國忠被殺，李隆基忍痛縊殺時年三十八歲的楊貴妃，否則他自己可能也會有生命之憂。虎落平陽啊。

高力士當時也在場，並且由於歷史塵煙的掩蓋，他還被某些學者誣爲這場兵變的主謀。之所以說某些學者，是因爲還有部分學者認爲兵變的主謀也可能是禁軍將領陳玄禮和皇太子李亨。

我不贊同高力士和陳玄禮是主謀。原因當然不是我相信他們的人品，而是兵變之後，他們二人沒有獲得任何實際利益。這兩人還是原來的職務，還是原來的任務，陪著李隆基，繼續前往成都。

皇太子李亨才是這場兵變的最大利益獲得者，至少這一點，是公認的。

這是一場精心的算計，也是一個危險的信號。

精心算計的是李亨。完全有理由推論，正是他發動了這場兵變，改變了父皇李隆基讓他跟著去成都的既定安排，殺死了政治上的對手，獲得了單獨前往靈武進行平叛的行動自由，最後，他自己把皇冠戴到了自己的頭上。危險信號則是，李隆基和高力士從此失去了對局面的掌控，未來，他們只能在新皇帝的威權下，苟延殘喘了。

這次兵變之後，高力士跟著李隆基去了成都。儘管中原大地這會兒正打得熱火朝天，但兩個老頭兒又過了兩年的安心日子。雖然一個在追憶舊時情人，一個在回味昔日榮光。

在蜀地，李隆基爲嘉獎高力士的忠心追隨，加封他爲開府儀同三司、齊國公，實封三百戶。這是他一生官職的頂點。

開府儀同三司：「開府」，指高級官員（如三公、大將軍、將軍等）可以設置府第、建立府署，並自選幕僚；「三司」，是指司空、司徒、司馬這三個以「司」開頭的高級職務。

古人根據官職級別的不同，對其府第形制包括出行儀式，都有嚴格的規定。就好像我們在電影中經常看到縣太爺出行所用的「肅靜」「回避」大牌子一樣，你老百姓再有錢，也不能瞎用，那是縣太爺才能夠用的。所以，「開府儀同三司」就是說高力士設置府第形制和出行儀式可以跟三司一樣，這是一品文散官，代表級別和榮譽。

齊國公，這是高力士的爵位。早在開元十七年（七二九）時，高力士就已受封爲「渤海郡公」，這是食邑二千戶、正二品的第四等爵位。這次李隆基給他提拔一級，封爲食邑三千戶、從一品的第三等爵位。

那麼，既然高力士的齊國公已經「食邑三千戶」，爲什麼後面還要加一個「實封三百戶」呢？難道是加在一起算，給了三千三百戶？你想得美。

原來，唐朝的這個食邑，有虛封和實封的區別。

封爵時，凡是封授或賜予爵位而不附加相應賦稅經濟權益的，就是虛封，只代表一定的身分地位。高力士被封齊國公的「食邑三千戶」，就是虛封；而實封則是對被授予爵位者附加賦稅經濟權益，使封爵者能夠獲得一定的賦稅等封物。高力士後面加的「實封三百戶」，就是實封，這意味著高力士眞的可以得到三百戶交納的租庸調。租主要是粟，即當時的糧食，而調則根據不同地區有絹、綿、布等織物和麻。庸主要是指勞役，但可以折算，每丁每天按交納絹三尺或布三尺七寸五分的標準，交足二十天服役時間即可。

三千戶，是虛封，只是榮譽，別太當眞。

三百戶，才是實封，是實實在在地給米、給布、給錢。

可見，雖然偏居蜀地一隅，手上的錢已然不多，李隆基仍然對高力士不錯。

至德二年（七五七），李隆基和高力士由成都返回長安。但是，他們人生中的第二次大屈辱，正等著他們。

回到長安之後的李隆基和高力士，居住在興慶宮，這裡本是李隆基做藩王時的府邸，當時稱「南內」。此時李隆基名爲太上皇，實際上已形同軟禁。好在他與高力士相依爲命，逢年過節還可以置酒爲樂，共同打發晚年時光。

但還是有人不放心。誰？李隆基的好兒子，現在的唐肅宗李亨。

第一個不放心，是興慶宮的位置太開放。興慶宮與大明宮、太極宮距離都比較遠，但距離外城比較近。東面是城牆，西面是勝業坊，北面是永嘉坊，南面是道政坊，斜對面就是人來人往的繁華的東市。一出宮牆，就是坊間道路，老百姓經常可以見到白髮蒼蒼的老皇帝在樓臺上飲酒，爲此還特地在宮牆外跪拜致意。老皇帝人心尚在啊！這樣開放的環境，又極方便老皇帝與各色人等交流和來往。至少在李亨看來，這不是好事。

還有一個不放心，是李隆基和高力士有過發動政變的前科，而且，還是兩次！要是太上皇和高力士不甘寂寞，聯絡禁軍將領，再來一次……這樣的念頭，就能把李亨從夢中嚇醒。

沒辦法，權力面前無父子。只有提前預防，讓太上皇搬搬家，挪挪地方了。

在李亨的授意下，繼高力士之後崛起的唐朝第二個專權大宦官李輔國出馬了，要強行把李隆基由開放的興慶宮遷往封閉的太極宮。

強遷之時，李輔國率全副武裝的五百騎兵，刀刃外露，氣勢洶洶，名爲迎接，實則示威，把老邁的李隆基嚇得幾乎從馬上摔下來。幸得高力士一聲怒喝：「李輔國何得無禮！」

李輔國更牛，他惱羞成怒地罵高力士「不解事！」並且揮刀殺了高力士的一個隨從。在這個關鍵時刻，高力士依然毫無懼色，特意代李隆基向士兵們問好，利用唐玄宗的最後一點兒餘威，取得了士兵們的下馬禮敬，並巧妙化解了他們的殺氣，這才算是平安地由興慶宮移到了太極宮。

事後，李隆基握著高力士的手說：「沒有將軍的話，我就成爲刀下之鬼了。」但經過這件事，高力士徹底得罪了李輔國。李輔國奈何不了李隆基，當然欺負得了高力士、陳玄禮等人。十天後，高力士「爲李輔國所誣，除籍，常流巫州」。高力士在被流放之前說：「臣當死已久，天子哀憐至今。願一見陛下顏色，死不恨。」

高力士在流放前，想最後和李隆基見一面的請求，未獲允許。從此，二人永別。

爲了師出有名，李輔國還給高力士安了一個罪名，「潛通逆黨，曲附凶徒，既懷梟獍之心，合就鯨鯢之戮」。說這麼複雜，其實就是謀反的死罪。這個罪名，既暴露了李亨和李輔國的擔心，同時也表明這二人想置高力士於死地。但最終李亨和李輔國還是沒有把高力士殺了，一來高力士符合《唐律》「八議」中的「議貴」規則，應該減輕處罰，予以流放；二來也是不敢讓老父親太上皇過於傷心。

就這樣，高力士一路流放到了巫州，並留下了這首既感嘆薺菜又感嘆自己的〈感巫州薺菜〉。

兩年後，李隆基、李亨父子倆先後病逝。李亨在臨終前幾個月，詔命所有的流放者赦免回京。高力士在回京途中聽說李隆基逝世，情不自勝，悲由心生，一路哭泣不已，「北望號慟，嘔血而卒」，病死於朗州（今湖南常德）開元寺西院。

果然「氣味終不改」。

不得不說，高力士像個男人。而且，比古往今來很多健全的男性們，更像個男人。一個男性，如果在現實生活中活得像根牆頭草，那麼，即使他很健全，仍然不是個男人。

所以，明代的李贄評價說：「高力士眞忠臣也，誰謂閹宦無人？」

特別需要說明的是，高力士留下來的詩，只此一首。

王昌齡之死：「安史之亂」中的士人背影（一）

天寶八年（七四九），四十九歲的李白聽說自己的好朋友，時任江寧縣丞的王昌齡又倒了楣，再次被遠貶到龍標縣（今湖南黔陽），深表同情之餘，揮筆寫下〈聞王昌齡左遷龍標，遙有此寄〉：

楊花落盡子規啼，聞道龍標過五溪。
我寄愁心與明月，隨風直到夜郎西。

楊花落盡子規啼：這是說李白聽聞此訊並寫作本詩的時間，是暮春之時。當時，柳絮已經落盡，杜鵑鳥在不停地啼鳴。這裡的「子規」，又叫「子巂」，就是杜鵑。東漢許慎《說文解字》說：「蜀王望帝淫其相妻，慚，亡去，化為子巂鳥，故蜀人聞子巂鳴，皆起曰『是望帝也』。」《禽經》介紹杜鵑說：「江左曰子規，蜀右曰杜宇，甌越曰怨鳥，一名杜鵑。」

聞道龍標過五溪：兩個地名要說一下。一個是龍標縣，隸屬於偏遠的下州——敘州潭陽郡。但是還好，龍標縣在唐縣中倒是屬於上縣，第五等的縣。王昌齡的職務，將是龍標縣尉，從九品上的官品。這官兒，已經小得無以復加，只比從九品下的官員和未入流的吏，強那麼一點點。另一個五溪，是指今天湖南省沅江五條較大的支流。因爲溪名更改頻繁，叫法繁多，故五溪的說法至今不一。其一爲雄溪、蒲溪、酉溪、沅溪、辰溪；另一爲辰溪、酉溪、巫溪、武溪、沅溪。李白此句是在慨嘆王昌齡被貶之地的遙遠，「我聽說你被貶龍標，路上將要路過五溪」。

我寄愁心與明月，隨風直到夜郎西：這是千古名句，所以要放在一起理解。「我要把這顆憂愁之心託付於天上的明月，讓它追隨你一直到夜郎以西的被貶之地」。

這位讓李白牽腸掛肚的好朋友王昌齡，大家也熟悉。「洛陽親友如相問，一片冰心在玉壺」「但使龍城飛將在，不教胡馬度陰山」等名句的作者，人稱「七絕聖手」「詩家天子」，可見其詩壇地位。但這位詩才出眾的大詩人，卻一生坎坷，長期屈處丞、尉下僚，並最終在戰亂中被小人非法枉殺，死於非命，成了安史之亂中第一位被殺的大詩人。

王昌齡（六九八—七五七），字少伯，長安（今陝西西安）人。王昌齡雖然在今天是大詩人，可在唐史上，他卻是個實實在在的小人物。《舊唐書》、《新唐書》、《唐才子傳》提及他，都沒有超過五百字。記載簡略，就必然導致他的生平事蹟有很多不清楚的地方。所以，他的生年、籍貫均有爭議，我以上列出的他生於西元六九八年，籍貫爲長安人等，都是主流的說法。非主流的說法太多，就不一一列舉。

王昌齡二十五歲以前的生活狀況，目前找不到史料記載。他自己在留下的文章〈上李侍郎書〉中說：「久於貧賤，是以多知危苦之事」，「每思力養不給，則不覺獨坐流涕，啜菽負米。」可見，他在中年以前過著貧窮潦倒的困窘生活，甚至有可能自己種過地。至於他怎麼受的基礎教育，如何有了這麼出眾的詩才，更是個謎。

唐代文人爲步入仕途，一般會選擇漫遊、干謁、隱居等途徑，以提高自己的名聲，從而得到朝廷任命。王昌齡最先選擇的是漫遊。開元十一年（七二三）起，他決定漫遊大唐的西北邊疆，也就是出塞，去了並州、潞州、涇州、河西、隴西等地。當然，少不了最著名的玉門關。他的著名組詩〈塞下曲四首〉、〈從軍行七首〉就是寫於此時。如果詩名不熟悉，那「黃沙百戰穿金甲，不破樓蘭終不還」總有點兒耳熟吧？

實際上，王昌齡此行，本有干謁邊境節度使以求進身之階的初衷，但是機會不好，沒有任何收穫。

那就回來隱居讀書吧。從開元十三年起，王昌齡隱居於陝西鳳翔的石門谷，同時潛心研讀詩書，準備參加進士考試。在二十九歲時，王昌齡進士及第。這個成績在同齡人中算是優秀的，說明他有才，很會考試。進士及第後，王昌齡的第一個官職是秘書省校書郎，正九品上。別看級別低，但這個職務還眞不差。

秘書省是皇室的藏書庫，或者叫皇家圖書館。秘書省的長官叫秘書監，屬官有秘書少監、秘書丞、秘書郎、校書郎和正字。校書郎和正字，作爲秘書省最低的兩種品官，正是一般讀書人釋褐做官的首選。

校書郎一職，極爲清貴，「時輩皆以校書、正字爲榮」。校書郎「掌讎校典籍，爲文士起家之良選。其弘文、崇文館，著作、司經局，並有校書之官，皆爲美職，而秘書省爲最」。也就是說，王昌齡的第一個官職，爲美職之最。

而且，這個職務雖爲九品小官，但前程遠大，從校書郎起家後來官至宰相的例子，比比皆是，比如張說、張九齡、元稹、李德裕等。

還有，這個官職，還比較閒，工作任務不重。有一個說法，「流俗以監爲丞相病坊，少監爲給事、中書舍人病坊，丞及著作郎爲尙書郎病坊，秘書郎及著作郎爲監察御史病坊，言從職不任繁劇者，當改入此省。」

解釋一下，「如果丞相病了，就進入秘書省當秘書監來養病；如果給事、中書舍人病了，就進入秘書省當秘書少監來養病；如果尙書郎病了，就進入秘書省當秘書丞、秘書郎來養病；如果監察御史病了，就進入秘書省當秘書郎、著作郎來養病。總之，如果官員的身體不允許承擔繁劇的工作任務時，就到秘書省來養著。」

而且，即使王昌齡一直在秘書省混，也未必就沒有前途。著名的魏征，就是於貞觀三年（六二九）在秘書監任上「參預朝政」，成爲宰相之一的。

多好的位置，既是美職，又前程遠大，工作任務還不重。至少在此時，朝廷對王昌齡還是不錯的。

但是，王昌齡在校書郎任上一混就是七八年，沒有升遷之望。爲了尋找機會，他於開元二十二年再考了一次博學宏詞科，考上之後，遷汜水縣尉，正九品下的官職。

有人要問了，校書郎是正九品上，汜水縣尉是正九品下，怎麼王昌齡費了半天勁，官品反而下降了？

其實，王昌齡正沿著唐代官員的升官路徑，在順利地走著。汜水縣屬於河南府，靠近東都洛陽，是畿縣，第二等縣。畿縣縣尉，亦爲唐代基層文官的美職之一。

唐代官員升官路徑，一般是這樣的：一、進士。二、校書郎（正九品上）。三、畿尉（正九品下）。四、監察御史（正八品上）。五、拾遺（從八品上）。六、員外郎（從六品上）。七、中書舍人（正五品上）。八、中書侍郎（正四品上）。再往上就是尚書、宰相了。

可能不同的人，任職路徑不一樣，但一般路徑是這樣的。可見，王昌齡雖然由京官任職汜水縣尉，官品也降了一階，但並非貶謫，而是正走在升官路徑的第三步上。

校書郎和畿尉屬於基層文官，高一階低一階無所謂。重在第四、五、六步，這是中層文官職務。特別是監察御史、拾遺之類的清望言官，是非常關鍵的一步，能夠擔任此類官職，多半有宰相之望。

要知道，唐代文化人任官，都是從最基層做起，史料中幾乎沒有看到能夠一步登天的文化人。才高如張說，在洛陽武則天親自主持的殿試中高中第一，武則天還下令把他的考卷抄存在尚書省，「頒示朝集和蕃客等，以光大國得賢之美」。這麼猛的人，狀元出身的牛人，仍然是先幹相當於王昌齡校書郎職務的太子校書，再幹相當於王昌齡汜水縣尉的武攸宜討契丹總管府記室，然後進入關鍵的第四步，擔任右補闕這樣的清望言官，一步一個腳印，最後幹到宰相。

但王昌齡倒楣，終其一生，他也未能走出升官圖的第四步。因爲受了政治鬥爭的牽累。大約在開元二十五年至二十六年之間，王昌齡突然被貶至嶺南。雖然史料並未記載王昌齡這次被突然貶謫的原因，但估計與朝廷政治鬥爭有關。因爲在開元二十五年，被稱爲「賢相」的張九齡遭貶爲荊州刺史，而著名奸相、口蜜腹劍的李林甫上任。王昌齡應是受了張九齡的連累，至於此次他被貶往嶺南何處、貶爲何官，不知。

從此以後，王昌齡就與上述升官路徑沒有任何關係了。這次被貶，中斷了他正常升遷的仕途之路，導致他一生都只能在八九品官的職位上徘徊。

還好，王昌齡這次被貶時間不長，因爲唐玄宗李隆基於開元二十七年二月大赦天下。王昌齡恰在被赦之列，於是經襄陽北返長安。在襄陽，王昌齡見到了老朋友孟浩然。對，就是那位寫出「春眠不覺曉，處處聞啼鳥」的孟浩然。

王昌齡與孟浩然結識於開元十七年的長安，有孟浩然〈初出關旅亭夜坐懷王大校書〉一詩爲證。可見，二人認識時，王昌齡的職務還是校書郎，所以孟稱其爲「王大校書」。回憶這段時期的交誼，孟浩然曾說兩人「數年同筆硯」。可見彼此處得很好，往來密切。

王昌齡被貶嶺南時，曾從襄陽路過，孟浩然爲此有〈送王昌齡之嶺南〉詩。這一次老朋友遇赦北歸，孟浩然自然高興，不顧自身疾病未癒，與王昌齡「相得甚歡，浪情宴謔」。結果王昌齡一走，孟浩然竟病發去世了，終年五十二歲。用生命交往的好朋友啊。

回到長安，王昌齡才知道，自己的事情並沒有一赦了之。嶺南是不用再去了，但他被量移至江寧縣，任江寧縣丞。江寧縣屬於望縣，縣丞爲八品官員。

所謂量移，是指唐代獲罪之人，被貶謫遠方後，遇赦則移到近地安置。江寧縣在江蘇南京，好歹比嶺南近。開元二十九年，江寧縣副縣長王昌齡到任了。

「一片冰心在玉壺」就是寫於王昌齡擔任江寧縣丞的任上，他在這個位置上幹了七年。在天寶六年（七四七）時，最後一次被貶謫，去擔任龍標縣（今湖南黔陽）縣尉。

這次被貶謫的原因，史書說是他「不護細行」。「不護細行」的意思是，生活中不注意小節。那麼，王昌齡副縣長有哪些小節沒有注意，以至於讓政敵抓住了把柄，再次遭貶呢？

一可能是好酒貪杯。王昌齡的詩中，帶「酒」和「醉」字的，不少。可見此公之愛酒。二可能是消極怠工。上次的被貶，朝廷政治的黑暗，自然讓他心有不滿。表現到行動上，消極怠工只怕難免。三可能是私養歌伎，犯了作風錯誤。他在此期間的〈重別李評事〉詩中有「吳姬緩舞留君醉」，可見此公深知「吳姬」之妙，只怕身邊「吳姬」不少。

酒、色，甚至包括消極怠工，對文人出身的唐朝基層官員來說，都不是很大的事兒，也就是小節、「細行」。但怕就怕有人盯著你，拿著放大鏡找你的缺點。放大鏡之下，還有什麼錯不會被放大、被追究？此事，古今皆然。

天寶七年春天，王昌齡到達龍標縣貶所，在此一直待到天寶十四年十一月，安祿山發動了那場置他於死地的叛亂。

從常理來判斷，王昌齡不大可能在初聞叛亂消息時，即棄官北歸。唐朝對官員擅離職守的處罰，也不是鬧著玩兒的。最大的可能性還是，在天寶十五年六月，他聽聞長安陷落、玄宗西逃的壞消息後，因掛念家人而北歸的。當時豈止他一個人，淪爲戰區的地方，官員逃散的比比皆是。他所在的龍標，雖然未有戰火，但他的家鄉長安卻已在戰火之中。

而身處戰區的家人，才是他所掛念的。於是，他決定棄官北歸。

然而，王昌齡在至德二年（七五七）途經亳州時，竟然被刺史閭丘曉所殺！《唐才子傳》說他「爲刺史閭丘曉所忌而殺」。

王昌齡被閭丘曉「忌」什麼，爲什麼「忌」，不知道。閭丘曉輕而易舉地就把大詩人王昌齡給殺了。有一點可以肯定的是，閭丘曉殺王昌齡，是因私，而不是因公。因爲如果因公，閭丘曉只能是代表朝廷追究王昌齡棄官北歸、擅離職守之罪。我們假設，閭丘曉這個河南省的刺史，有權力追究王昌齡這個湖南省的縣尉上述罪名，按照唐律，王昌齡也罪不至死。因爲，《唐律疏議》第二十八卷「捕亡律」規定，「諸在官無故亡者」，最重的處罰，是流放三千里。一句話，如果因公，閭丘曉既管不著王昌齡，也量刑過重。

王昌齡碰上閭丘曉這樣心胸狹窄、挾私報復的小人，以至死於非命。

至德二年十月，也就是王昌齡冤死的同一年，唐廷宰相張鎬兼任河南節度使，集結軍隊，討伐安史叛軍。閭丘曉延誤時限，張鎬大怒，要殺了他。閭丘曉求情道：「家中還有親人需要奉養，請饒我一命。」

張鎬反問：「那王昌齡的親人，誰來奉養？」閭丘曉默然。

時人聞之大快。

張鎬問完，比照閭丘曉杖殺王昌齡的方法，也杖殺了閭丘曉。

王維之生：「安史之亂」中的士人背影（二）

至德二載（七五七）十二月，長安。剛剛將安史叛軍趕出長安、重新回到京城的唐肅宗李亨，驚魂初定之際，就決定嚴厲追究一大幫官員的責任。

在唐肅宗李亨看來，凡是當過安祿山僞官的人，都該死。這就是李亨的邏輯。在這個邏輯下看來，大詩人王維就在劫難逃，得掉腦袋了。事實上王維當時正垂頭喪氣地和二百多名官員一起，被關在長安城宣陽裡楊國忠的舊宅裡，等待著命運的安排。

但是，結果對於王維來說，卻是驚喜。十二月二十九日，宣佈將這些僞官分六等定罪，最重的達奚珣等十八人，被斬首於城西南獨柳樹下，次一等的陳希烈等七人賜自盡於大理寺，第三等的在京兆府門被杖責一百，第四、五、六等的，或流或貶。王維，卻不在這六等裡面。

對王維的處分是，由原任正五品上的給事中，降職爲正五品下的太子中允，官降一階而已。就這樣，唐肅宗李亨輕輕地放過了他。

王維的運氣爲什麼這麼好？因爲一首詩。正是這首詩，或者說主要是因爲這首詩，救了曾任安祿山僞官的王維一條命：

萬户傷心生野煙，
百僚何日再朝天？
秋槐葉落空宮裡，
凝碧池頭奏管弦。

王維，人稱「詩佛」，一生留下來的詩一共有四百多首，名詩名句可謂不計其數。但上面這首詩，卻是他生命中最爲重要的一首詩。因爲，這首詩，救了他的命。

萬户傷心生野煙：受安史之亂折磨的成千上萬老百姓，流離失所，只能在野地裡生火做飯，升起一股股炊煙。

百僚何日再朝天：這就是救了王維性命的關鍵一句詩了。和我一樣遭到囚禁的文武百官們，何時才能再次朝見天子？

秋槐葉落空宮裡：秋天的槐葉飄落在空曠無人的皇宮裡。

凝碧池頭奏管弦：宮中的凝碧池邊，安祿山正在欣賞管弦之樂，大宴賓客。

後兩句是寫實，寫的是當時王維被囚禁在洛陽菩提寺時的所見所聞。王維被囚地點，詩句中雖然沒有，但詩題中卻有。

而且，這首總共才二十八個字的詩，竟然有一個長達三十九字的題目——〈菩提寺禁裴迪來相看說逆賊等凝碧池上作音樂供奉人等舉聲便一時淚下私成口號誦示裴迪〉。

需要說明的是，王維作詩偶爾會起很長的詩題。這首三十九個字的詩題，還只是他所有詩題中第二長的，第一長的詩題則有四十一個字！展示一下：〈同盧拾遺過韋給事東山別業二十韻給事首春休沐維已陪遊及乎是行亦預聞命會無車馬不果斯諾〉。

這個長達三十九個字的詩題，字數既多，訊息量也很大。

「菩提寺禁」：王維當時被關押在東都洛陽菩提寺。菩提寺，始建於北魏，據《洛陽伽藍記》記載：「菩提寺，西域胡人所立也。在慕義里。」位於洛陽城南的慕義里。

王維是在長安被俘的，但隨後被押送到洛陽，並在洛陽被迫接受了安祿山的給事中僞職。

他自己後來在〈大唐故臨汝郡太守贈秘書監京兆韋公神道碑銘〉一文中，回憶了這段不堪回首的經歷。

「君子爲投檻之猿，小臣若喪家之狗。僞疾將遁，以猜見囚，久飲不入者一旬，穢溺不離者十月。白刃臨者四至，赤棒守者五人。刀環築口，戟枝義頸，縛送賊庭。」也就是說，一開始王維也是想逃的，但沒有跑成。

這次被叛軍抓獲，王維遭了罪了，身邊一直有人看著，「白刃臨者四至，赤棒守者五人」，「久飲不入者一旬」，餓得夠嗆，也髒得夠嗆。爲什麼這麼髒？因爲王維自己吃了藥，「服藥取痢」，導致拉肚子，所以「穢溺不離者十月」。這對於一個文化人、朝中官員來講，實在難熬。

還好，他在這次監禁中，得到了一位好心人的幫助，就是這位「大唐故臨汝郡太守贈秘書監京兆韋公」——韋斌。這位韋斌，早在天寶十四年（七五五）十二月東都洛陽陷落時就投降了叛軍，似乎還得到了叛軍的信任，有了點兒小職權，負責看管新近抓到的唐朝官員。對於王維，韋斌「推食飯我，致館休我」，給予了力所能及的關照。

囚禁期間，王維能夠得到韋斌的關照，也算是不幸之中的大幸。有此照顧，王維在囚禁之中，並未遭受很大的虐待。

「裴迪來相看」：裴迪並未被抓，他的行動是自由的。他爲什麼沒有被抓，史籍未能明載，但最大的可能是因爲他的官職比較小，叛軍以爲他只是一個打醬油的，並未重視。

裴迪是王維的好友，大約生於開元五年（七一七）至開元九年之間，小王維約十幾歲。大約在開元二十九年，王維與裴迪結識並定交於長安。當時王維已任職右拾遺，裴迪則正在參加秀才科考試。

從那以後，兩人交往頗多，時有詩歌唱和。天寶二年夏秋之際，大詩人、江寧縣丞王昌齡因公入京辦事，約王維、王維的親弟弟王縉、裴迪在長安新昌坊南門之東的青龍寺集會，諸人皆有唱和之作。王維的詩是〈青龍寺曇壁上人兄院集〉，王縉的是〈同王昌齡裴迪遊青龍寺曇壁上人兄院集和兄維〉，王昌齡的是〈同王維集青龍寺曇壁上人兄院五韻〉，裴迪的〈青龍寺曇壁上人兄院集〉。

到了天寶十五年王維被囚禁的這一年，裴迪年齡在三十五至四十歲之間，擔任著尚書省郎這樣的七品小官，所以並未受到叛軍注意。

王維則和裴迪不一樣，他在叛軍那裡，甚至在安祿山眼裡，都是名人。倒不是因爲他官大，而主要是因爲他的音樂才能。

王維剛剛到長安，還未進入官場時，就以音樂才能知名。而他能於開元九年一舉考中狀元，據說還是託了超高音樂才能的福。

《集異記》載：「妙能琵琶，遊歷諸貴之間，尤爲岐王所眷重……維方將應舉，具其事言於岐王，仍求庇借。」「岐王則出錦衣服，鮮華奇異，遣維衣之。仍令齎琵琶，同至公主之第……即令獨奏新曲，聲調哀切，滿座動容。」「公主曰：『此曲何名？』維起曰：『號〈鬱輪袍〉。』公主大奇之。」王維的這首〈鬱輪袍〉，還流傳下來成了名曲，宋朝蘇軾曾有詩「舊聲終愛鬱輪袍」，就是說的這個曲子。

彈完琵琶，王維在公主大奇之後，又獻上自己的詩文十首，使得公主對他的音樂和文學才能雙重傾倒，這才出面，以公主之尊去幫王維搞定狀元這個事兒。

王維考中狀元之後，所擔任的第一個職務，就是太樂丞，可見朝野上下對王維音樂才能的認可。而這個官職，也是他的祖父王冑曾經擔任過的官職。原來王維有音樂世家的底子。

太樂丞，從八品下，是隸屬於太常寺的八個署之一太樂署的副手。這就是一個掌管朝廷音樂禮儀事務的機構。

關於王維的音樂才能，還有這樣一個神奇故事：

有人得到一幅奏樂圖，不知畫中人物在演奏什麼音樂。王維看了一眼之後，說：「這圖中的人物，正在演奏〈霓裳羽衣曲〉第三疊第一拍。」有人不服，找來樂工來演奏試驗，果然正如圖中所繪。

這樣的人才，安祿山怎麼可能放過？更何況，安祿山喜歡的就是這個調調。據《明皇雜錄補遺》載，「祿山尤致意樂工，求訪頗切，於旬日獲梨園弟子數百人」。

歷史事實證明，安祿山叛亂，從來就沒有從唐朝降官那裡汲取任何的政治營養。他們一開始，就只知道刀把子、燒殺和流血，占了洛陽長安之後，他們又只知道掠奪和及時行樂。他們從來就沒有想過，如何去治理這個天下，如何去造福黎民百姓。所以，安祿山不需要王維的政治才能，他也不需要任何人的政治才能。

在過把癮就死的叛軍心態中，關鍵就是過的這把癮。而在過癮的過程中，音樂必不可少。

所以，王維被安祿山囚禁了起來，後來還強迫他當了給事中，還是他被俘前在唐朝當的官兒，既沒有升，也沒有降。要的，就是他的音樂才能。

這就是王維擔任僞官的原因及過程。應該說，王維擔任的這個僞官，沒有爲安祿山出一計、設一謀，對於大唐的平叛，基本無害。

「說逆賊等凝碧池上作音樂，供奉人等舉聲便一時淚下」，這是裴迪說給王維聽的內容。

裴迪向王維描述的情景，在《明皇雜錄補遺》中有記載。當時，叛軍在宮中凝碧池飲酒作樂，把俘虜的宮廷樂工叫來奏樂助興。不料，眾樂工心念舊皇，在所演奏的音樂響起時，竟然相對噓唏，淚流滿面。

這還了得？眾士兵拔出刀來，威脅樂工們強顏歡笑，繼續演奏。這更加劇了樂工們的抵觸和悲傷情緒。這時，一個名叫雷海青的樂工竟然把樂器丟在地上，向著西方即唐玄宗李隆基入蜀的方向伏地慟哭。雷海青這樣的行爲，把自己推上了絕路。士兵們把他綁了起來，就在戲馬殿之上，在眾目睽睽之下，將他一刀一刀地肢解了！

雷海青如此悲慘、類似凌遲地死去，在唐朝只怕例子不多。因爲，在唐朝的律法之中，還沒有發明凌遲這種刑罰。唐律中的最高刑罰，也就是把頭砍掉。

這些樂工，基本上可以算是王維擔任太樂丞時的老部下。王維聽聞裴迪轉述如此慘事，怎能不心中激動，有所感焉？

「私成口號」：這四個字的主語，換成了王維自己。

但是，「私成口號」四個字，並不是說王維聽到上述慘景，心情激動之下，喊了幾句「打倒安祿山！」「李隆基萬歲！」這樣的口號，而是另有意思。

這裡的「口號」，指的是古代詩體中的一種——口號詩。

由詩人隨口吟出的、篇幅短小的詩，叫作「口號詩」。其主要特徵是，詩人張口就來，現場創作、吟就的短詩，有點兒類似於後來所謂的「口占一絕」。

口號詩張口就來，但仍然需要符合當時情景和詩的格律。特別是對詩的格律，仍然不會降低要求。各位要是張口就來，吟出「西邊夕陽像蛋黃」的句子，那是萬萬不可的。

說起來，口號詩還是中國詩歌演進史上的重要形式，起源於劉宋時期，興於唐。所以，除了王維以外，唐朝還有多位詩界大佬，如李白、杜甫、元稹、白居易、張九齡、孟浩然、張說等，都曾有口號詩傳世。

比如李白就有一首詩，直接叫〈口號〉：「食出野田美，酒臨遠水傾。東流若未盡，應見別離情。」

「誦示裴迪」：既然王維的這首口號詩是現場創作，隨口吟出，自然是朗誦給裴迪聽的，所以是「誦示裴迪」。

史料表明，在此時，王維還有另一首口號詩——〈口號又示裴迪〉。

他為什麼要說「又」呢？

因為這是第二首。王維人被關著，詩興倒是不減，一共搞了兩首口號詩。這首〈口號又示裴迪〉內容如下：

安得舍羅網，
拂衣辭世喧。
悠然策藜杖，
歸向桃花源。

很顯然，第二首詩與第一首詩表達的忠君思想不同，這首表達的是王維希望恢復自由之後，擺脫塵世喧囂，歸隱田園的思想。

王維倒是爽了，通過口號詩把意思都表達完了。可一搞就是兩首，又是七言，又是五言的，也眞難爲裴迪的記憶力了。

要知道，當時裴迪可是在探監，肯定不可能有紙筆可以將王維的口號詩記錄下來，那就只能靠背了。

裴迪爲什麼要背？這與王維「誦示裴迪」的目的有關。

要指出的是，王維還在囚禁的時候，他可沒有那麼神奇，不可能判斷出第一首口號詩將來可能會被皇帝知道，會救自己的命。他當時之所以要把這兩首口號詩讓裴迪背下來，是爲了讓他去找一個人，一個絕對會救他的人，一個有能力救他的人。

誰？我們在前面提到過的王縉，王維的親弟弟。王縉，字夏卿。王縉也和王維一樣，自小聰明好學，中舉之後，歷任侍御史、武部員外郎等職。

侍御史，從六品下的監察官員。武部員外郎，就是兵部員外郎。李隆基於天寶十一年（七五二）閒來無事，改官名玩兒，於是改兵部爲武部。記載簡略，不知道王縉擔任的是兵部四個司「兵部、職方、駕部、庫部」中哪一個司的員外郎，不過除了職掌不同，級別一樣，從六品上。

安祿山的叛亂，給王縉帶來了升官的機會。他受命離開長安，去出任從四品下的太原府少尹，負責輔佐當時的太原府尹李光弼，共同防守大唐王朝的龍興之地。

當年，李淵和李世民就是從這個地方出發，打下長安，建立大唐王朝的。這樣的根本重地，當然要重點防守。而王縉能夠有機會和李光弼合作，更是運氣來了門板都擋不住。要知道，安史之亂的最終平定，第一大功臣是郭子儀，排第二的，就是這個李光弼。

所以，裴迪接受王維的委託，來到太原，找到了王縉。可是王縉卻暫時無力去救王維。因爲，他在當時，陷入了一場艱苦卓絕的「太原保衛戰」之中。身爲太原少尹，他只能先國後家，先公後私。

至德二年（七五七）正月，史思明、蔡希德發兵十萬進攻太原，並企圖在占領太原後，由北道攻打唐肅宗李亨當時所在的靈武。如果太原再次失守，靈武必然處於危急之中，大唐的機會也就不多了。

但是，李光弼和王縉一起，以手中的一萬多人，硬是以少勝多、以弱勝強，守住了太原城池。同時，他們還利用安慶緒弒殺安祿山的內亂機會，派敢死隊出城打退叛軍，取得了太原保衛戰的完勝。

這是安史之亂以來，唐軍第一次在戰場上取得重大勝利，第一次遏制住了叛軍如潮的攻勢，爲後來收復兩京奠定了基礎。

太原保衛戰勝利的消息傳到靈武，唐肅宗李亨大喜，封李光弼爲司空、兼兵部尚書，仍兼同中書門下平章事，封爵魏國公。同時升官的還有王縉，他以本官太原少尹兼任憲部侍郎，也就是刑部正四品下的副部長，正式跨入高官行列。不久，王縉更是被召到皇帝身邊，出任從三品的國子祭酒。

這對於王縉、王維，無疑是一件大好事。詭異的是，和太原保衛戰的勝利消息一起傳到靈武的，還有王維的這首口號詩。《唐才子傳校箋》記載，王維的詩「時聞行在所」。這個「行在」，指的就是靈武。這句話的意思是，還在那個時候，唐肅宗李亨就聽到了這首詩。

可以想像，王維詩中那一句「百僚何日再朝天」，讓此時唐肅宗李亨的心中，非常爽。

這個伏筆，打得相當好。

要知道，王維的這首詩，唐肅宗李亨是在靈武首次知道，還是收復長安後首次知道，兩者的區別非常大。最大的區別就是，李亨在靈武首次知道，那王維就還有生的機會；李亨在收復長安後首次知道，那王維可能還是得死。

現有史料太簡略，我們無法確知王維這首詩得以「時聞行在所」的具體過程，但我們不得不指出，王縉和裴迪爲了營救王維，也是蠻拚的。

他們一定想了很多辦法，找了很多唐肅宗李亨身邊的朝中大佬，利用了一些非常自然的不經意的機會，把王維的這首詩，擺到了李亨的眼前，傳到了李亨的耳中。

這才有了王維生的希望。因爲，王維犯下的，可是叛國罪。

唐朝法律關於叛國罪的定義和處理原則，在《唐律疏議．賊盜律》第十七卷總第二五一條中有明確規定。關鍵條文有：

「諸謀叛者，絞。已上道者皆斬。」

「謀叛者，謂欲背國投僞，始謀未行事發者，首處絞，從者流。已上道者，不限首從，皆斬。」

什麼意思呢？主動謀叛並已付諸行動者，不管是爲首的還是跟從的，全部斬首；主動謀叛但未付諸行動者，爲首的處以絞刑，跟從的流放。

可見，王維這個事兒，最重的是死刑，斬首和絞刑；輕一點兒，也是流放。但是，還有關鍵的一句話——「被驅率者非」。原本不知情，臨時被裹脅的，可以不治罪。

王維顯然是屬於這種情況：他和達奚珣、陳希烈等人的主動迎降不一樣，他是被迫接受僞職的，中途還曾服藥裝病，試圖逃脫。問題是，「誰主張誰舉證」啊，王維如何證明自己呢？所以，關鍵的關鍵，是要證明王維是「被驅率者」。

現在，我們就可以知道，王縉和裴迪當初就讓王維的口號詩「時聞行在所」的高明之處了。

王維當時被迫在長安接受僞職時，就盼望過「百僚何日再朝天」了，這說明他「身在曹營心在漢」，是一個典型的「被驅率者」啊。

正因爲這首詩，王維才有了免予治罪的契機。

但是，在當時朝野上下都要嚴治此事的氛圍下，僅憑一首詩，就想救王維的命，還遠遠不夠。

王縉又做了兩件事。其中一件事是找一位在李亨面前說得上話的朝中大佬，來幫王維說話。

正在這時，一個大佬送上門來了：時封趙國公、時任中書令、並且對李亨有擁立之功的崔圓。

而崔圓之所以願意幫王維說話，並不是靠他與王縉或王維的交情，而只是靠一個交易，一個關於裝修的交易。

崔圓回到收復後的長安，要重新裝修已被叛軍摧殘得不成樣子的府第。府中的牆要粉刷成白牆很容易，但再要畫上壁畫，可就難了。找誰畫呢？

要說宰相就是宰相，人家胸懷天下啊。馬上，崔圓就想到了因罪等候處理、還處於囚禁中的王維和鄭虔。

王維畫畫什麼水準？「後人推其爲南宗山水畫之祖」的水準！鄭虔畫畫什麼水準？

「鄭虔亦工山水，名亞於維」，僅次於王維的水準！

相比之下，崔圓更有水準，找來了這兩位繪畫大師，那他的府第還有裝修不好的？這樣一來，崔圓總不能白使喚人，總得有所回報吧。所以王縉一找上門，他就答應了。反正，跟皇帝說幾句話，對他而言，惠而不費，就是動動嘴皮子的小事情。

有了宰相崔圓說情，王縉還怕不靠譜，他又做了一件事。他上書皇帝，表示願意用削減自己官職的辦法，來替兄長王維贖罪。

在唐朝，王縉此舉卻是符合法律規定的。符合哪一條呢？就是《唐律疏議・名例律》第二卷總第一〇條的規定：

「諸七品以上之官及官爵得請者之祖父母、父母、兄弟、姊妹、妻、子孫，犯流罪已下，各從減一等之例。」

唐律除設議、請、減、贖等來維護貴族、官僚的特權，還有「官當」之法，以免除現任官職或歷任官職等方式，來減免犯罪官員的刑事責任。所以犯普通罪行者，即除「十惡」和一些性質惡劣的罪行外，都可以用官職來抵徒刑、流刑等罪。

也就是說，王縉此舉，是法律允許的。而且，王縉是爲大唐立過大功的人。這樣的人出面，皇帝不能不給三分薄面了。

唐肅宗李亨終於同意，王縉由從三品的國子祭酒降級，重回四品官員序列，貶出京城，去當蜀州刺史；對王維，則從輕處理，既不殺頭，也不流放，只是官降一階，去當正五品下的太子中允。

就這樣，一靠詩才，寫出口號詩；二靠畫才，贏得中書令崔圓求情；三靠弟才，兄弟王縉以官相贖。「三才」齊至，王維終於渡過了他人生中最爲兇險的一道關口，撿回了一條命。

高適之官途：「安史之亂」中的士人背影（三）

北斗七星高，哥舒夜帶刀。
至今窺牧馬，不敢過臨洮。

這不是詩，是唐朝天寶年間西北地方邊民所唱的民歌〈哥舒歌〉，所以也不知道作者。不過，這首民歌的意思倒是淺顯，就是讚頌一位複姓哥舒的將領的赫赫戰功，說他打得吐蕃族不敢越過臨洮（今甘肅岷縣）來牧馬。

這位「夜帶刀」的哥舒，就是唐朝名將哥舒翰，時任隴右節度使。隴右節度使是唐朝最早設置的十大節度使之一，負有防範吐蕃的邊防任務，治所在鄯州（今青海樂都），領有鄯、秦、河、渭、蘭、臨、武、洮、岷、廓、疊、宕十二個州。

正是這位隴右節度使哥舒翰，成就了一位官場最得意的唐朝詩人——高適。沒錯，就是那位寫下「莫愁前路無知己，天下誰人不識君」名句的詩人高適，後來官至淮南節度使、劍南節度使，封渤海縣侯，世稱「高常侍」的高適。

唐朝詩人，僅就官職而言，只有韓愈曾經的最高官職吏部侍郎，可與高適一比。但高適曾經幾度出任封疆大吏，還作爲主帥命將統兵，最後封侯，韓愈還是不能比。所以《舊唐書》說：「有唐以來，詩人之達者，唯適而已。」

高適，是官場最得意的唐朝詩人，沒有之一。

但是，說高適官場得意，那是指他五十一歲遇到哥舒翰之後。而在那以前，高適和大多數唐朝詩人一樣，過著懷才不遇、窮困潦倒的生活。說起來，也是一肚子苦水。

高適出身官宦世家。曾祖高祐，隋時官至左散騎常侍，唐時官至宕州別駕，從五品；祖父高偘，高宗時名將，曾生擒突厥車鼻可汗，攻高麗，官至隴右道持節大總管，安東都護，封平原郡開國公，食邑兩千戶；父親高從文，「位終韶州長史」，官位正六品。

唐武后長安元年（七〇一），高適出生於渤海郡（今河北景縣）。長到二十歲，他去了長安，目的正如他自己所說，「舉頭望君門，屈指取公卿」。在當時的情況下，高適要「屈指取公卿」，有三條路可走。

第一條路是門蔭。高適的祖父高偘是正三品的大官，是可以有一個孫子經門蔭入仕的。只是可惜，這唯一的一個名額被他伯父的兒子高琛捷足先登了。

第二條路是科舉。這是正途。當時由科舉入仕主要有明經、進士兩種方式，明經以背誦爲主，即使考上了也沒有什麼了不起，總感覺低人一等。而且明經及第大多是被授予縣尉、參軍、主簿等基層官職，所以，很多心高氣傲的文人不願走這條路。與明經相比，進士就要受士人們歡迎得多，但進士及第較爲困難。同時，明經、進士及第後，不能馬上被授予官職，還要通過吏部組織的關試，合格之後才能被授予官職，才算正式踏入仕途，程式、步驟紛繁複雜。高適左想右想，該怎麼辦？

走第三條路，選擇制舉，「屈指取公卿」。制舉是以天子的名義，徵召各地有才之士來京，由君王親自策問。回答如能符合君王心意，則可以直接授官。這相對於進士、明經來說，步驟要少得多，也符合高適希望直接同皇帝暢談經世安邦之策，從此平步青雲的心態。

問題是，他想得美。有那麼容易的話，「五十少進士」的說法是怎麼來的？

這次制舉，自然是沒有成功。好在高適還年輕，於是決定定居宋城（今河南商丘），隱居讀書，偶爾也種種地。

這一隱，就是十二年。

開元二十年（七三二），高適三十二歲時，又來了一次機會。當時，東北邊境上的契丹叛亂擾邊，朝廷派禮部尚書、信安王李褘率領軍隊討伐。高適聞訊，北游燕趙，希望通過信安王李褘的幕府，謀一出身。

這是高適「屈指取公卿」的第四條路。

在唐朝，朝廷要委任一個將領出兵打仗時，一般是由這個將領自行去「開府」，即組織幕僚班子，參謀征戰事宜。這個幕僚班子，就稱爲「幕府」。在幕府裡，一般有行軍司馬、掌書記、判官、行軍參謀等職。這些職位上的人員由該將領自行拜署，可由現職官員中選拔，也可由將領的親屬或朋友充任。這樣的幕府，在唐初時一般會在戰爭結束後解散。但事實上，有些戰爭不可能很快結束，所以幕府就不可能解散，慢慢地也就成爲長期固定的職務了。

這樣一來，幕府中的這些行軍司馬、掌書記、判官、行軍參謀等職，就又爲懷才不遇的文人們，提供了一個新的進身之階。

事實上，在高適之前，就有蘇味道、婁師德、郭元振等人，先在幕府任職，後回到朝中官至宰相的先例。比高適晚的韓愈，也是因爲出任宰相裴度討伐吳元濟叛亂大軍幕府的行軍司馬，才得以在官場上高升的。

這的確是個路子，把握得好，「屈指取公卿」不是難事。問題是，高適這次進入幕府，並未得到李褘的賞識，屬於默默無聞的幕僚之一。

開元二十三年，朝廷下詔，讓五品以上官員舉薦有才之士。高適因此再赴長安，並再次落第。

人生，總是充滿了不如意。高適又得回到商丘，隱居、讀書、種地。

大約在天寶四年（七四五）八月，還在讀書種地的高適，因爲兩個朋友的到來，親歷了一件「文學史盛事」。

李白、杜甫、高適他們三個，在開封、商丘一帶相聚。「昔者與高李，晚登單父台」，「憶與高李輩，論交入酒壚」。

轉眼間到了天寶八年，高適四十九歲了。他在這一年得到了名相張九齡的弟弟、宋州刺史張九皋的舉薦，終於考試中第，得授封丘尉。

封丘尉是個什麼職務？簡單說，就是河南封丘縣的警察局長。

唐時縣令下面有三個主要屬官，分別是縣丞、主簿和縣尉。這三個官職是唐縣最底層的品官，也是士人中第後最常出任的第一種官職，再往下就是不入流的吏了。詩人中當過縣尉的人不少，比如杜甫當過河西縣尉，李商隱當過弘農縣尉。

高適四十九歲了，才出任最底層的官員。至少到目前爲止，他在官場，不算順利。而且高適也不喜歡這個工作，他說，「拜迎官長心欲碎，鞭撻黎庶令人悲」。可見其工作內容有兩個，一是伺候長官，二是爲徵稅、納糧等事欺壓百姓。這哪是文化人幹的活計？所以高適幹了不到一年，辭職不幹了。

可能有人要爲高適抱不平了，這唐朝也忒埋沒人才，居然給如此高才的詩人這樣一個不重要的崗位！

還眞不是。唐朝士人中第，不像後來宋明清各朝，多在首都擔任京官，反而是多在基層歷練。唐時的縣尉，一般都是士人中第之後的基層官職。後來官至節度使和宰相的王涯、牛僧孺，其第一個官職，一個是藍田縣尉，一個是伊闕縣尉。

問題出在哪兒呢？問題就出在，唐朝時縣跟縣不一樣，縣尉跟縣尉也不一樣。

簡單說，唐朝不像我們現在，縣的行政級別全部是縣處級，大家級別一樣。唐朝的縣，至少分爲七等：赤縣、畿縣、望縣、緊縣、上縣、中縣、下縣。

唐朝都城長安城，以中軸線朱雀大街爲界，西邊叫長安縣，東邊叫萬年縣，這叫赤縣，是天子腳下的縣，是天下最好的縣。換作今天，得叫長安區、萬年區。其餘的縣就不一一說了。總之，地理位置距離首都長安、東都洛陽越近，縣的等級也越高，相應的縣尉也更有前途，雖然職責還是一樣的。

王涯的藍田縣尉、牛僧孺的伊闕縣尉，一個靠近長安，一個靠近洛陽，都是次一等的畿縣，是第二等縣。而高適所在的封丘縣，只是緊縣，是第四等縣。在唐朝史料中，赤縣縣尉、畿縣縣尉被稱爲美官，是士人競相以求的對象。而且，這樣的縣尉，還不是士人的第一個官職，而是要再任或累遷才能得到的職位，或者需要更高的資歷，比如進士及第後又再中制科或博學宏詞者，方可得到赤縣或畿縣的縣尉之職。其次則是望縣、緊縣和上縣的縣尉，也還不算太壞，一般爲士人進士、明經及第後的第一個官職。至於中縣和下縣的縣尉，那就不入流了，還有非科第功名者來擔任此職的。

可見，朝廷讓中第之後初入仕的高適擔任緊縣縣尉，完全符合當時的官員任職規則，並無明顯埋沒人才的嫌疑。

從基層一步步幹起，自然是可以。但高適等不得了，他五十歲了。所以，他在五十歲時做了一個重要的決定：世界那麼大，他想去看看，辭職了。

即使在今天來看，要做出這個決定，也非常需要勇氣。

心若在，夢就在，只不過是從頭再來。

在五十一歲時，高適決定從頭再走第四條路，再找一個幕府職務。經過時任隴右節度使哥舒翰的判官田梁丘的引薦，他遠走今天的青海省，去當時隴右節度使哥舒翰的幕府，出任左驍衛兵曹，兼掌書記。

這一次，高適的運氣來了。

掌書記，是節度使身邊專掌書奏表啓的職務，相當於辦公室主任的角色。這一職位的仕宦條件極佳，擔任此職的多爲唐朝士人中的精英，由此職擢升高官的不計其數。比如，後來當過宰相的楊炎、白敏中、李逢吉、裴度等人。而高適，即將成爲他們中的一員。

當然，擔任掌書記，這才是起步，並不意味著高適將來一定會位至公卿。還早著呢。

但這一次不同。這一次很要命的是，哥舒翰喜歡他，「哥舒翰見而異之」。一見傾心之後，還帶著他入朝見唐玄宗李隆基，「盛稱於上前」。高適的名字，終於在他五十二歲時，上達天聽。

五十二歲，已是很多唐朝詩人歸隱田園的年紀。但高適的好運氣，才剛剛開始。說到這裡，可能要問一問今天的年輕人，如果命中註定要到你五十歲時，才會有眞正的人生際遇。那麼，你等不等？或者說，你有沒有高適這樣的耐心去等？

高適眞正的轉機，來自於天寶十四年的安史之亂。

安史之亂，在國家是危機，在個人也是劫難。多少老百姓，包括唐朝的詩人們，在這場動亂中受盡磨難，甚至丟了性命。但高適不同，他硬是化危爲機了。

安史之亂初起，高適已是監察御史，正八品下的官職，還是級別不高。主要的工作任務，仍然是協助被臨時抽調到潼關方向擔任防守任務的哥舒翰，堅守潼關，拱衛長安。可是這一次，哥舒翰戰敗被俘了。高適因爲並未親臨前線，僥倖從後方逃脫了。

此時，唐玄宗李隆基也從長安向西逃了。高適直追到河池郡（今陝西鳳縣），才追到這位逃跑的皇帝。

在當時朝野上下對哥舒翰一片指責的聲浪之中，高適發出了不同的聲音，爲哥舒翰辯護。這既是高適對知遇之恩的報答，也是他人品的體現。其實，他只是說出了實際情況而已。

哥舒翰一代名將，打吐蕃時威風八面，外戰內行，爲什麼面對安祿山，卻在潼關內戰外行，一戰而敗？

兩個原因：一個客觀原因，一個主觀原因。

客觀原因是，哥舒翰當時已是中風半身不遂很久的病人，他已經沒有能力掌握部隊了；而且，他在潼關的兵並不是他在隴右節度使時的百戰精兵，而是臨時招募的市井「老爺兵」。

主觀原因是，唐玄宗李隆基急於平叛的心態。他一貫以明君自許，以爲治國平天下功蓋前人，現在突然出了這麼大的叛亂，沒面子啊，不能讓安祿山給自己的政績抹黑！信任如家人的這樣一個人，居然反叛，當眾打自己的臉，損傷他一直自詡的知人名聲。這樣的想法，群臣中敢於宣之於口的雖然不多，但這樣想的人肯定非常多。

這樣一個給自己的正面形象抹黑的人，必須迅速地被打倒、被消滅，這樣才能顯示自己「一時走眼，但能補救」的控制能力，才能挽救自己的形象。

所以，安祿山必須得迅速地被消滅，多拖一天，自己的顏面就得多丟一天，自己的臉就得多紅一天。在李隆基看來，要迅速消滅安祿山，最直接的就是，潼關的哥舒翰出戰，一戰而勝。這樣，叛軍可滅，顏面可存。

正是在這種急躁的心態下，李隆基催促哥舒翰放棄潼關天險的地利，以未經訓練的市井「老爺兵」，迎戰安祿山手下的邊防百戰精兵。這才一戰而敗，並丟了潼關。

其實，如果李隆基不急，當時唐廷的平叛形勢，是非常好的。

在哥舒翰出戰前，李光弼、郭子儀、顏杲卿、顏眞卿等人分別從山西和河北方向出擊，安祿山叛軍的前線與後方范陽的聯繫已經被切斷；河南方面，濟南太守李隨、饒陽太守盧全城、南陽節度使魯炅、睢陽太守許遠、眞原（今安徽鹿縣）令張巡等率各地軍民紛紛起兵抗擊安祿山叛軍，阻止了叛軍向東南發展的戰略計畫，保證了江淮的穩定和江淮糧食物資源源不斷地運到關中。

這樣一來，西面潼關有哥舒翰統率的十幾萬大軍，北面的山西與河北有郭子儀、李光弼、顏眞卿等十幾萬唐軍，東面、南面有李隨、許遠和張巡等人所率部隊，唐朝大軍實際上已從東南西北四個方向，對洛陽的安祿山叛軍主力構成了戰略包圍態勢，初步扭轉了戰略被動局面，取得了戰略主動權。

安祿山也意識到了這一點，他將當初主張起兵反唐的謀主高尙和嚴莊臭罵一通，準備放棄洛陽，退回范陽。

這樣的局面，只要哥舒翰堅持不出戰，叛軍久屯堅城之下，外援糧草斷絕，軍心必亂。果眞如此的話，安史之亂的歷史就要改寫了。但李隆基急，一急就下了一招臭棋，葬送了哥舒翰，也葬送了平叛的大好局面。

所以，當高適向李隆基爲哥舒翰鳴冤時，李隆基並未深責哥舒翰，更沒有遷怒於高適，因爲他知道，最應該責備的，是他自己。相反，高適的眼光及義氣，讓他覺得很欣賞。於是他升了高適的官：諫議大夫，賜緋魚袋。諫議大夫，四品官。這是實職。高適這是坐直升機，直接從八品升四品，終於有點兒官場得意的意思了。

那「賜緋魚袋」是什麼東西？是一種榮譽。

先弄清楚「魚」。

古代調兵用虎符。「信陵君竊符救趙」，竊的就是虎符。但是，虎符到了唐朝不好使了。因爲，開國皇帝李淵的爺爺叫李虎，要避諱。沒辦法，古人當年就是這麼較眞兒。那麼，不能用虎符了，用什麼呢？

唐朝皇帝姓李，以「鯉」喻「李」，改用「鯉魚」，即魚符。在唐朝，鯉魚的尊崇地位，是以立法的形式寫入唐律的：「取得鯉魚即宜放，仍不得吃，號赤鯉公，賣者杖六十。」也就是說，唐朝法律規定，不能吃鯉魚，只能馬上放生，誰要敢賣，打六十下屁股。

於是就有了鯉魚形狀的魚符。魚符的主要功能，是調發軍隊、任免官員、作爲出入憑證。魚符的製作材料，太子用玉，親王用金，百官用銅。所以高適的隨身魚符是銅的，上面刻有他的官職、姓名，而且是右半部分的魚符。在他應召出入皇宮或遇有升遷、貶謫時，還要與使者拿來的左半部分魚符進行勘合。勘合無誤，方可執行各項政務工作。左右部分的魚符，一般都騎縫刻著「合同」二字，用於勘合時字體筆劃的對應，以防有人作弊。

調兵、任官的魚符，需要用時，才拿出來。但官員用以表明身分、方便出入的魚符，則需要隨身攜帶。小小一個魚符，重不過幾兩，長不過約六釐米，怎麼個攜帶法？

這就用得著魚袋了。魚袋由皮革包裹木胎製作而成。用魚袋裝上隨身魚符，再佩戴在腰間，這是唐朝官員的服裝標配之一。

高適獲賜的緋魚袋，又叫「銀緋魚袋」，還有一種高級魚袋，是比他官大的高官用的，叫「紫金魚袋」。

說到這裡，爲方便理解魚符、魚袋，打個簡單比方。比如今天的你，要到一家大公司工作，得辦員工卡。這個員工卡，就是魚符。不同的是，唐朝用玉、金、銅製作，現在用塑膠製作。辦了員工卡，你得將卡裝入透明塑膠套，然後掛在胸前。這個透明塑膠袋，就是魚袋。不同的是，唐朝的魚袋製作講究，還分紫金、銀緋的等級。現在，董事長、總經理都跟普通員工一樣，都是用透明塑膠套。

高適有機會被「賜緋魚袋」，由八品官升四品官，是因爲李隆基著急了。不久，李隆基又著急了。這一次著急，再次給了高適升官的機會，使他從四品的朝官，再次被破格提拔爲正三品大員、封疆大吏——御史大夫、揚州大都督府長史、淮南節度使。

至德元年（七五六）七月十六日，出於快速平叛的考慮，李隆基接受房琯的糊塗建議，決定採取「諸王分鎮」的策略，以加強平叛的領導力量。他公開宣佈，太子李亨充天下兵馬元帥，領朔方、河東、河北、平盧節度都使，負責攻取長安、洛陽；永王李璘充山南東道、嶺南、黔中、江南西道節度都使；盛王李琦充廣陵大都督，領江南東路及淮南、河南等路節度都使；豐王李珙充武威都督，仍領河西、隴右、安西、北庭等路節度都使，分路率軍平叛。

在李隆基看來，只要能消滅安祿山，李亨、李璘、李琦、李珙四個兒子中，哪個兒子最後平叛成功當上皇帝，都可以；可太子李亨不幹了，這麼個搞法，是想讓李璘、李琦、李珙他們三個學太宗李世民嗎？萬一這三個中任何一個比自己軍功大、軍隊多，自己不就得讓位？

太子李亨堅決反對。他沒有想到，還有一個人也堅決反對，高適。這裡，就可以看出高適的戰略眼光了。如果按照房琯的糊塗建議，唐廷最後即使平叛成功，也必然出現李亨、李璘、李琦、李琪四個人各統軍隊、各霸一方的局面，唐朝天下必然出現四分五裂的局面。這樣一來，平叛還有什麼意義？高適的初衷，當然是不希望唐朝天下大亂，但卻在客觀上迎合了李亨獨霸帝位的心理。

而且，在「諸王分鎮」一開始，高適的擔心，就成了現實。永王李璘果然在一到任之後，即公開舉兵反叛，意圖割據。李亨急召自己的志同道合者高適，商量對策。高適在愼重分析了江東形勢之後，得出永王必敗的結論。李亨對高適的精闢分析很是讚賞，直接提拔他爲御史大夫、揚州大都督府長史、淮南節度使，讓他領兵前去平定永王之亂。

高適的運氣在這時，也是好得無以復加。他的兵還沒到，永王李璘的軍隊就發生內亂，將領逃散，而李璘本人也在逃亡途中被殺。

這時，高適碰到了一件棘手的事。好朋友李白，此時正在永王李璘的手下。換句話說，李白是叛軍中的一員。此時正因此事被關在牢獄之中。李白之所以接受永王李璘的徵召，投入叛軍，實在是因爲其政治眼光的低下與幼稚。

昔年一起喝酒吹牛的朋友，現在一個是平叛主帥，意氣風發；一個是階下之囚，倒楣透頂。怎不令人唏噓？李白向高適發出了求救的信號，但是高適可能是因爲身分所限，愛莫能助，未予援手。此事最終導致李白被流放夜郎，還好，命保住了。

此後，高適歷官太子詹事、彭州刺史、蜀州刺史、成都尹、劍南節度使、刑部侍郎，轉散騎常侍，封渤海縣侯。

高適，終於實現了「屈指取公卿」的人生理想。永泰元年（七六五），高適於六十五歲時去世。

在我們的印象中，懷才不遇是唐朝詩人們的常態。這樣的詩人，如李白、杜甫、孟浩然、王昌齡等，可以舉出一大串來。但是，也有混得好的，比如高適。

劉禹錫的桃花與大唐王朝的迴光返照

看清楚了，是劉郎。

劉郎，還是他自己在詩中的自稱。這首詩叫〈游玄都觀〉，又叫〈元和十年自朗州召至京，戲贈看花諸君子〉：

紫陌紅塵拂面來，無人不道看花回。
玄都觀裡桃千樹，儘是劉郎去後栽。

作者就是這個劉郎，劉禹錫。詩寫於元和十年（八一五）二月。此時的劉禹錫，四十四歲，剛剛度過十年貶謫生涯，返回長安。

譯文如下：

京城道路上人潮洶湧，塵土撲面而來，因爲大家都去玄都觀看桃花。我劉郎也去湊熱鬧看了一下，原來玄都觀裡近千棵桃樹，全都是我離開京城之後才栽種的啊。

玄都觀，位於長安朱雀大街崇業坊附近。都說觀內桃花好看，劉禹錫就去看了看，順便寫了首詩，詩的意思也都在這兒了，都是看桃花，都是看花人。

表面上看，詩中全是桃花，沒有政治。劉郎就是去看了個桃花，然後寫了首詩。但那得分誰看。在有的人看來，詩中全是政治，哪有桃花？

全是政治，那就麻煩了。劉禹錫得罪了一大幫人。

他得罪了什麼人？從根兒上說，是一幫太監。問題是，看個桃花，寫了首詩，至於嗎？怎麼就和太監有關係了呢？

原因，還得從十年前去找。那一年，三十四歲的劉禹錫參與了「永貞革新」。

劉禹錫所處的時代，正是「安史之亂」後大唐帝國由盛而衰的急劇轉變期。在這一時期，日後導致帝國滅亡的幾大頑疾，正在加速形成並且惡化。在朝廷中，是宦官專權、朋黨之爭；在地方上，是藩鎮割據。以劉禹錫爲首的一批有識之士，早就意識到了宦官專權、朋黨之爭和藩鎮割據三大頑疾對帝國前途的危害。只是官小位卑，一直沒有機會，有所作爲而已。

機會，終於在貞元二十一年（八〇五）唐順宗即位之後到來。剛剛即位、亟欲有所作爲的唐順宗，在王叔文、王伾、劉禹錫、柳宗元等人的輔佐下，針對宦官專權、朋黨之爭和藩鎮割據，對當時政治、經濟、軍事等方面的種種弊端，進行了全面的改革，史稱「永貞革新」。

「永貞革新」中，王叔文、劉禹錫等人抑宦官、禁宮市、出宮女、罷進奉、薄賦斂、貶貪官、舉賢才，「革德宗末年之亂政」，「上利於國，下利於民，獨不利於弄權之閹宦，跋扈之強藩」，很受朝野上下的歡迎，以至「百姓相聚歡呼大喜」。

劉禹錫是「永貞革新」的領袖人物、骨幹成員。據《雲仙雜記》記錄：「順宗時，劉禹錫干預大權，門吏接書尺，日數千，禹錫一一報謝，綠珠盆中，日用麵一斗爲糊，以供緘封。」每天要用麵一斗來緘封用於發送公文的信封，可見他當時處理政務的繁忙程度。

雖然「永貞革新」聽著很高大上，其實直白一點兒說，「永貞革新」就是唐朝皇帝向自己的家奴——太監們奪回財權、兵權的一次努力而已。而且，這次努力在一六四天之後，還失敗了。失敗的後果很嚴重，唐順宗被趕下臺，跟著唐順宗的「二王八司馬」骨幹們，被處死的處死，被流放的流放。其中，就有咱們的劉郎劉禹錫。

也就是說，十年前，劉禹錫就栽在了一幫太監手上。太監，有這麼狠？

話說中國自從有太監（準確點兒說應該是宦官）以來，哪個朝代的最狠？

還眞不是明代。別看王振、劉瑾、魏忠賢等太監一個個大名鼎鼎，威風八面，今天辦這個，明天辦那個，辦死了不少忠臣志士、文化名人。可眞要是在皇帝那兒失寵了，只需要一寸長的小紙條，太監就得乖乖地就範。明代的太監，也就是個家奴的底子。眞正厲害的太監，盛產於唐代。他們由家奴變主人，他們的狠，主要是狠在手中有兵權，可以廢立皇帝，興致來了，還可以殺皇帝。這個狠法，豈是魏忠賢之流可以望其項背的。

劉禹錫此時得罪的，正是這幫太監中的極品，手握兵權的太監，唐憲宗名義上的手下。

唐憲宗，名叫李純，又一個由太監們擁立的大唐皇帝。

爲什麼要說又呢？

因爲從平定「安史之亂」的唐代宗算起，直到唐朝滅亡時的唐昭宗，一共有十二位皇帝，其中十一位皇帝是由太監們擁立的。除了和劉禹錫君臣相得、情投意合的唐順宗李誦以外。

不過，先別替劉禹錫高興。唐順宗雖然是由太子直接即位，並不是太監們擁立的，但其實和太監們擁立的皇帝，差別不大。

原因有兩個：一是兵權還是在太監們手中，唐順宗當上這個皇帝，有名無實；二是唐順宗身體實在太差，在上任之前，就已經中風，不能說話了。

皇帝雖然不能說話，但是很有想法。他想奪回太監們手中的財權和兵權。財權，太監們讓了一步，給你；但是兵權，已經深諳其中滋味的太監們說什麼也不放。僵持沒有多久。準確地說，是一六四天。兵權在手的太監們就行動了。這個皇帝不聽話，那就換一個！太監們仗著自己手中的兵權，又擁立了一個皇帝，唐順宗的長子李純。唐順宗去哪兒了？他命苦，本就病懨懨的，在親政不到兩百天後，成爲繼李淵、李隆基、李旦之後的唐朝最後一位太上皇，直接退居二線了。新皇帝上任，所有參與「永貞革新」的兄弟們，在貞元二十一年（八〇五）九月被逐出長安，其中劉禹錫被貶到湖南常德，當上了朗州司馬。在唐代，大致按照地理位置之輕重、轄境之大小、戶口之多寡及經濟開發水準之高低，將州分出八個等級，分別爲府、輔、雄、望、緊、上、中、下。朗州屬於下州，只轄武陵、龍陽兩縣。劉禹錫所擔任的朗州司馬，級別是從六品下，而且沒有崗位職責。爲什麼？因爲此職位早已有人擔任，他是員外置，新加的。朗州的政務，與他無關。實際上，他就是一拿工資的高級囚徒。

直到十年後，他得到了唐憲宗的原諒，被召回長安，並寫了上面這首詩。

明白了前因後果，我們再來針對上面這首詩，確立幾組關係：「玄都觀」指當今朝廷；「紅塵拂面」指朝廷中看風使舵、趨炎附勢的氣氛；「桃樹」指反對「永貞革新」，打擊迫害劉禹錫等人之後，提拔進入朝廷的顯貴們；「看花人」指在朝廷顯貴身邊只知道拍馬屁的小人。

一到長安，看風使舵、趨炎附勢的氣氛就撲面而來，朝廷上下到處是只知道在顯貴身邊拍馬屁的小人。而如今朝廷裡這些顯貴們，都是靠著反對「永貞革新」，打擊迫害「我們」才提拔的。

於是，劉禹錫在回到長安一個月之後，於三月十四日再度被貶出長安。這次，他的目的地，是更遠的連州（今廣東連縣）。

本來，要貶他去播州（今貴州遵義）的。播州，以前還有一個名字叫「夜郎」。這個名字足以證明當地的蠻荒程度。

劉禹錫自己正當盛年，出這趟遠差倒沒有什麼，關鍵在於他的母親，時年已八十多歲。這讓劉禹錫左右為難，若留在京城，無人奉養，而且此去經年，不知歸期，等同死別；若帶去播州，長途跋涉，道路艱險。

關鍵時刻，鐵哥們兒出現了。

劉禹錫多年的鐵哥們兒、好朋友，就是史上同樣大名鼎鼎的柳宗元。

劉禹錫和柳宗元是同科進士，兩個人一起在貞元九年進士及第。這一年，劉禹錫二十二歲，柳宗元二十一歲，少年得志，一時齊名，人稱「劉柳」。

此後，二人在政治上、官場上同進同退，一起升官，一起參與「永貞革新」，第一次一起被流放，一起被召回長安。這一次，又一起被流放。完全的難兄難弟，真正的鐵哥們兒。

柳宗元上次被流放的地方，是永州（今湖南零陵），也就是名篇〈捕蛇者說〉的誕生地。這次，柳宗元被流放的地方，是柳州（今廣西柳州）。

爲了幫劉禹錫，鐵哥們兒柳宗元出面上書，請求把自己的流放地柳州，與劉禹錫互換，自己願意代替他去播州。

柳宗元上書，再加上唐憲宗跟前的紅人兒、後來的名相裴度出面說情，才最終將劉禹錫貶到了連州。

這一去，就又是十三年。劉禹錫五十七歲了，他的母親也已病逝於連州。

大和二年（八二八），皇帝都換成唐文宗了，經歷了二十三年流放生活的劉禹錫才再次被召回長安。這一次，劉郎又去了玄都觀，又寫了一首詩〈再游玄都觀〉：

百畝庭中半是苔，桃花淨盡菜花開。
種桃道士歸何處，前度劉郎今又來。

經歷二十三年的歲月，劉郎我又來了。而且，桃花淨盡。官場上你們狠，我鬥不過你們，但我一直堅挺地活著。

當然，在劉郎身上，並不只有熬死政敵的快意，還有著讓人肅然起敬的樂觀。否則，以他「二十三年棄置身」的悲慘流放經歷，就不會在朋友白居易爲他舉辦的宴會上，寫出「沉舟側畔千帆過，病樹前頭萬木春」的千古名句了。

白居易：官場人生的減法

會昌元年（八四一）秋季的一天，年已七十七的東都留守李程，來到洛陽履道坊白府，看望比他小七歲的白居易。兩人都已是古稀之年，能在洛陽相聚，自然高興。在白府南園之中，兩位老朋友一起泛舟賞菊、飲酒敘舊。白居易還因此寫成〈李留守相公見過池上泛舟舉酒話及翰林舊事因成四韻以獻之〉：

引棹尋池岸，移尊就菊叢。
何言濟川後，相訪釣船中。
白首故情在，青雲往事空。
同時六學士，五相一漁翁。

引棹尋池岸，移尊就菊叢：我倆泛舟上岸，在菊花叢中舉杯。

何言濟川後，相訪釣船中：老友李程在作爲宰相輔佐皇帝之後來到洛陽，和我相聚在這艘釣船之中。

「濟川」語出《尚書》：「爰立作相，王置諸其左右。命之曰：『朝夕納誨，以輔台德。若金，用汝作礪；若濟巨川，用汝作舟楫。』」因此，後人多以「濟川」比喻宰相輔佐帝王。

白首故情在，青雲往事空：多年前的往事雖已成空，但我倆直到白首，友情依然存在。

同時六學士，五相一漁翁：當年的六個翰林學士，到今天五個學士當上了宰相，只有我白居易還是一個漁翁。

白居易在這裡說的六個翰林學士，指的是李程、王涯、裴垍、李絳、崔群和他本人。而在此之前，除了白居易一個人以外，其餘五個人都先後當過宰相。而成爲宰相，是唐朝讀書人的終極夢想。

七十歲的白居易，此時吟出的這最後一句，正好暴露了自己心中那一絲絲的隱痛。是啊，當年大家都是翰林學士，結果最後只有我一個人沒有當上宰相。白首之時，實在不堪回首啊。

不過，此處白居易有點兒過於謙虛了。他固然沒有當過宰相，但也不僅僅是個漁翁。

他當過的官兒也不算小了，曾經當過正三品的大官，最後以正部級的刑部尙書退休。

晚年的白居易，以樂天知命、閒適知足而著稱於史，但那只是白居易的一面。這最後一句詩，告訴了我們他的另一面，原來他偶爾還是會感到遺憾，自己未能實現當上宰相的終極夢想，偶爾還是會羨慕一下自己當過宰相的老同事。

原來，白居易的心裡，也苦。

勵志青年白居易

年輕時的白居易，也是很拚的。他也是經歷了「十年寒窗苦」的讀書人：「十五六，始知有進士，苦節讀書。二十已來，晝課賦，夜課書，間又課詩，不遑寢息矣。以至於口舌成瘡，手肘成胝。既壯而膚革不豐盈，未老而齒髮早衰白；瞥瞥然如飛蠅垂珠在眸子中者，動以萬數。蓋以苦學力文所致，又自悲。」

爲了出人頭地，苦學有成的白居易，先後在長安參加了三次科舉考試，「十年之間，三登科第」。

第一次是在他二十九歲時的貞元十六年（八〇〇）。這年二月十四日，白居易參加了中書侍郎高郢主持的貢舉，試題是〈性習相近遠賦〉、〈玉水記方流詩〉及策五道，也就是一賦一詩五道問答題。白居易考得不錯，以第四人及第。雖然沒有排到前三名，但讓白居易自豪的是，他在這一榜進士中最年輕，特地賦詩得瑟：「十七人中最少年。」

白居易進士及第後，獲得了做官的資格，但還要經過吏部的守選或銓試方可得授具體官職。於是白居易在貞元十八年冬，再次參加由吏部侍郎鄭珣瑜主試的「書判拔萃」科，一舉登第，授官秘書省校書郎。

第三次考試則是在元和元年（八〇六）。這是因為白居易秘書省校書郎任滿，再次參加銓試。這一年四月，他應「才識兼茂明於體用」科，再次登第，得授盩厔縣（今西安周至縣）尉，從此踏上京官坦途。

值得一提的是，白居易在準備「書判拔萃」科時，自己私下搞了多次模擬考試。這些模擬試卷後來被編為《百道判》，成為後來考生們的輔導教材和當時出版業的暢銷書，「皆為書肆市賈題其卷云『白才子文章』」，「新進士競相傳於京師矣」。

無獨有偶。白居易在準備「才識兼茂明於體用」科時，和好友元稹一起住在長安華陽觀，閉門謝客幾個月，專心進行模擬考試，「揣摩當代之事，構成策目七十五門」。這「策目七十五門」後來被編成《策林》一書，再度成為考生們的案頭必備輔導教材之一。

白居易實在是不愧「才子」之名，不出手則已，一出手就是範文。白居易本人也頗為得意，在寫給好友元稹的《與元九書》中再次得瑟：「日者聞親友間說，禮、吏部選舉人，多以僕私試賦判為準的。」

擔任正九品下盩厔縣尉時的白居易，雖然仕途起點不錯，但年齡卻已經三十五歲了。用今天的眼光來看，起步級別太低，年齡又太大，這輩子想當宰相，應該是沒戲了。

在唐朝則不然。事實上，唐朝進士做官，都是從最基層做起，而類似秘書省校書郎這樣的清望文官、盩厔縣尉這樣的畿縣縣尉，正是唐代基層文官向宰相高官衝刺的起步美職。

下一步，白居易應該擔任監察御史、拾遺之類的清望言官，完成衝刺宰相路上的關鍵一步。這樣一來，多半就有宰相之望了。事實上，他的盩厔縣尉只當了一年，就於元和二年十一月被召入長安，成爲翰林學士。和他一起成爲翰林學士的，還有李程、王涯、裴垍、李絳、崔群等五人，白居易詩中說「同時六學士」的同事之誼，就是從此時此刻開始的。

幾個月之後的元和三年四月，加官左拾遺。此時的白居易，不僅左拾遺這樣的清望諫官在手，更擔任了中晚唐時期有「內相」之稱的翰林學士，距離他擔任盩厔縣尉才剛剛兩年，他才三十七歲而已。升官甚快。

但這一次他擔任翰林學士達三年之久，卻並未到達宰相的位子，因爲一個客觀原因。他的母親陳氏於元和六年去世，白居易遵制丁憂，暫時退出了官場。第一次衝刺宰相失敗。

由於複雜的人事原因，白居易在元和八年服除之後，遲遲沒有得到朝廷的起復。直到元和十年，他四十四歲時，才第二次進入官場，擔任太子左贊善大夫一職。

左贊善大夫，是隸屬於東宮左春坊的官員，級別正五品上，「掌傳令，諷過失，贊禮儀，以經教授諸郡王」。這樣的官職，對於白居易來說，雖然級別還行，但並非美職。由翰林學士這樣的天子近臣，起復爲東宮的閒散官員，很明顯，白大才子這是有政敵在朝啊。

按說白居易這幾年一直在老家下邽老實待著，沒招誰沒惹誰啊，怎麼還引來政敵了呢？沒辦法，誰讓你有才呢？白居易不知道的是，把他安排爲閒散官員，只是政敵們打壓他的第一步。

白居易剛剛擔任左贊善大夫幾個月，京城長安就在當年六月初三日，發生了宰相武元衡遇刺身亡事件。白才子文章寫得快，第一個上疏皇帝，要求急捕刺客，明正典刑，爲朝廷雪恥。

白居易此疏一上，就被政敵們抓住了把柄。有宰相認爲，白居易是宮官，不應該先於諫官言事，這是「越職言事」，應該處罰。於是決定把他貶到地方去，擔任刺史。

這位從雞蛋裡面硬是挑出了骨頭的宰相，史料中未留下姓名，我們不好誣陷別人。但白居易另一個政敵卻是史書上有名有姓的，在決定把白居易貶爲刺史之後，中書舍人王涯出來落井下石了。

王涯上疏說，白居易的母親是因爲看花墜井而死，可白居易毫不忌諱，居然還在母親死後寫了〈賞花〉、〈新井〉等詩。如此喪心病狂，有傷名教，豈是治郡之才？得，再貶白居易爲江州司馬，也才有了後來「江州司馬青衫濕」的契機。

作爲「同時六學士」之一，王涯和白居易是同一單位的老同事了，此時突然出來向已掉進深井的白居易，再扔一塊大石頭，除了妒忌，沒有別的解釋。作爲老同事，他當然深知白居易的才氣，爲了阻止白居易第二次衝刺宰相，只好出此下策了。

但莫忘了，人在做，天在看。王涯後來雖然當上了宰相，但卻在「甘露之變」中落了個被腰斬的下場。

白居易被貶爲江州司馬之後，於四十八歲時調任忠州刺史，直到四十九歲才再次還京。第二次衝刺宰相，還沒開始，就又失敗了。這一次，是遭小人暗算。

元和十五年夏天，白居易終於時來運轉，奉調回京了，擔任尚書司門員外郎，也就是刑部司門司的副司長。十二月二十八日，改授主客郎中，即禮部主客司司長。關鍵是這一次白居易的職務之後，加了重要的三個字「知制誥」。

在唐朝，知制誥是一個非常重要的起點，一個通往宰相的起點。此前的著名宰相們，比如張九齡、楊炎，無不由此起步，踏上通往宰相的坦途。一般情況下，知制誥第二步的升遷方向是中書舍人，第三步就是當上宰相。第二步對於白居易來說也容易，在不到一年的時間，長慶元年（八二一）十月十九日，他的中書舍人也到手了。

事實上，長慶元年是五十歲白居易的大喜之年。這一年，他是大事多、喜事多。先是他自己，「加朝散大夫，始著緋」，穿上紅色官服進入高級官員行列；然後是白居易的夫人楊氏也被授予「弘農縣君」；十一月二十八日，曾是模範考生的白居易，當上了「制策考官」；這一年，白居易的弟弟白行簡也當上了清要諫官左拾遺。

也是這一年，白居易的好朋友元稹，自祠部郎中知制誥，充翰林學士、中書舍人。白居易後來憶及此事，得意地說：「予除中書舍人，微之撰制詞。微之除翰林學士，予撰制詞。」即任命白居易當中書舍人的詔書是元稹寫的，任命元稹當翰林學士的詔書是白居易寫的。這一對好友之間有此機緣，確是難得的幸事。

家人、朋友都是喜事，順風順水。白居易衝刺宰相的機會，只有這一次距離最近，形勢最好。宰相的位子對於白居易而言，一步之遙，唾手可得。

但到了長慶二年，形勢卻急轉直下。七月，白居易自求外任，由中書舍人調任杭州刺史。從此，杭州多了一位好刺史，唐朝少了一位準宰相。白居易第三次衝刺宰相，又失敗了。

此後，白居易先後擔任太子左庶子分司東都、蘇州刺史、太子賓客分司東都、河南尹等職。到他以七十一歲高齡、以正部級刑部尚書退休前，他雖然也曾短暫回到長安任職，但再也沒有衝刺宰相的機會了。

知天命而求「居易」

白居易第三次衝刺宰相時，距離只有一步之遙。可他卻在形勢一片大好的時候，自求外任杭州刺史。此舉無論在當時還是今天，都是匪夷所思的官場自殺行爲。

已經站在通往宰相的坦途之上的白居易，就像一位開車上了高速公路的老司機，突然非要從高速公路上下來，去走省道。

更離奇的是，他並不是遭遇政敵打擊而被調任地方官的，而是自己請求離開長安出任地方官的。要知道，在唐朝的職官體系中，身爲天子近臣的宰相、中書舍人、翰林學士這樣的京官，與身爲東宮太子左贊善大夫這樣的閒散京官，都已經差別巨大，更別說唐朝的地方官和京官之間的天壤之別了。

簡單說吧，唐朝的官僚體系中，皇帝就是一個圓心。距離這個圓心越近，就越有前途，官兒也就越大；距離越遠，就越沒有前途，官兒也就越小。雖然唐史上由地方刺史調任中央進而出任宰相的不在少數，但像白居易這樣「自求外任」，自絕於皇帝、自絕於人民的人，再想當上宰相，簡直就是癡心妄想了。

白居易到底是爲了什麼，做出如此官場自殺行爲的呢？

史料有這樣幾句話：「時唐軍十餘萬圍王廷湊，久無功，居易上書論河北用兵事，皆不聽。復以朋黨傾軋，兩河再亂，國是日荒，民生益困，乃求外任。」看來，原因是兩條：一是白居易關於朝廷大事的意見得不到皇帝的認可；二是當時「牛李黨爭」太厲害，白居易想避免自身捲入黨爭。

以上兩條可以算原因，但怎麼看都讓人覺得只是表面原因。因爲皇帝不聽自己的正確意見就請求外任，對於年滿五十歲、久經宦海沉浮的白居易來說，似乎過於衝動了些；因爲害怕捲入黨爭而請求外任倒是有可能，但過於強調這個原因似乎也不確切。畢竟逃避並不是唯一的路徑，他的好友元稹就不懼黨爭，留在朝中並當上了宰相。

那麼，真實的原因是什麼呢？經過仔細考察白居易「自求外任」後的任職經歷，我才赫然發現，原來從五十歲起，白居易就在做人生減法。而且，是有意識地、逐步地、合理利用規則地在做人生減法。

做人生減法，白居易早有預謀。三年前的元和十三年（八一八），白居易剛剛四十七歲，還在江州司馬任上，他就寫下一首〈白雲期〉，「三十氣太壯，胸中多是非。六十身太老，四體不支持。四十至五十，正是退閒時」。在這首詩裡，他自我設限，最多五十歲，他就要過上「退閒」的生活。

爲了達到這個目的，他是這樣做人生減法的：

第一步：從京官變成地方官。所以，白居易在長慶二年，五十歲時自請外任，去當杭州刺史。

第二步：從地方官變成東都分司官。當了兩年多的杭州刺史之後，白居易才露出了他的「狐狸尾巴」，開始了第二步。他在長慶四年，給牛僧孺寄了一首〈求分司東都寄牛相公十韻〉詩，明確表達了自己的願望——「可惜不分司」。

牛僧孺當時正在宰相任上，而他和白居易，一直都是詩酒唱和的好朋友。他有能力也願意滿足白居易的要求，於是在寄詩之後的當年五月，白居易的任職地點由杭州變成了洛陽，被任命爲太子左庶子分司東都。

太子左庶子好理解，是東宮太子的隨從官員，正四品上，「掌侍從贊相，駁正啓奏」。問題是後面那個分司東都是什麼職位？爲什麼白居易不惜求人，也要當這個官兒？

話說在我們今天，有沒有這樣一種工作崗位，位高事少責任輕，數錢數到手抽筋？大家肯定會說，沒有！哪有那樣的好事兒，地位高受人尊重，事情還少，時間都是自己的，責任也輕，基本沒人管，錢還多到數不清。

可在唐朝就有這樣的工作崗位，那就是分司東都。所謂「分司東都」，又叫「留司官」，是唐朝在長安的中央職官體系之外，在洛陽分設的一套職官體系。其主要作用是保證皇帝從長安巡幸東都洛陽時，當地已有熟悉情況的政務和事務官員，可保證中央政府的權力運作不因都城變化而中斷，同時也可保證給搬家的皇帝提供和在長安一樣的服務。

唐朝中前期，皇帝經常在長安、洛陽兩都之間巡幸，所以分司東都官員們的職責重要，事情也較多。到了白居易時，由於皇帝長期駐長安而不到洛陽，這些分司東都的官職就逐漸失去了重要性，變成了閒職。雖然變成了閒職，一年沒有多少事情，但級別和待遇卻一點兒沒有下降，於是就「位高事少責任輕，數錢數到手抽筋」了。

分司東都是一個職官體系，分爲東都政務機構、東都事務機構和東都御史台。東都政務機構主要是指尙書省及其下屬機構，具有守衛東都、維護治安、發展經濟、主管民政等職權，是分司東都中具有一定職責和職權的職位。東都御史台也是一個實權機構，負責對東都所有官員的監察。

白居易在〈李留守相公見過池上泛舟舉酒話及翰林舊事因成四韻以獻之〉中說的「李留守相公」，就是東都留守，也是分司東都職官體系中最大的官兒。

只有東都事務機構最閒。所謂東都事務機構，主要是指九寺五監及秘書省、殿中省、內侍省等職官。白居易此時所擔任的太子左庶子分司東都，就是隸屬於東都事務機構的東宮官，是分司東都中基本沒有職責和職權的官兒。這很好理解，太子在長安，洛陽的東宮官員就是想給他提供服務，也夠不著啊。

這樣的官職，正是白居易的最愛，也是他人生減法的終極目標，他本人稱之爲「中隱」。在五十八歲時，白居易寫下一首〈中隱〉詩，亮明了自己最愛分司東都的理由：「大隱住朝市，小隱入丘樊。丘樊太冷落，朝市太囂喧。不如作中隱，隱在留司官。」

可惜的是，他擔任太子左庶子分司東都不到一年，朝廷又於寶曆元年（八二五）三月四日任命他爲蘇州刺史，他只好於五月五日到任了。好歹耐著性子當了一年蘇州刺史之後，白居易於寶曆二年五月末，就以眼病肺傷爲由，向朝廷申請百日長假。

白居易爲什麼要在這裡申請百日長假？因爲《唐會要》記載了一條唐朝官員休假的規定：「準令式，職事官假滿百日，即合停解。」也就是說，如果白居易在蘇州刺史任上休假百日的話，按照規定就會被自動解職。

這個老狐狸，他這是在合理利用規則，實現自己做人生減法的目的。果然，在百日假滿的九月初，他實現了從蘇州刺史離任的目的，於第二年春天重新回到了洛陽家中。

可到底他才五十六歲，朝廷仍然沒有忘記他。回來才幾個月，朝廷又於大和元年三月十七日，召他到長安擔任秘書監一職。

從三品的秘書監，是秘書省的一把手，「掌經籍圖書之事」，大約相當於國家圖書館館長，這是一個不太忙的職位。可能因爲不太忙吧，加上又在新皇帝唐文宗的眼皮子底下，白居易這次老實了一年之久。

等到大和二年二月十九日，讓他轉任事務繁重的刑部侍郎時，白居易又有點兒坐不住了。當年十二月，他在刑部侍郎任上開始故伎重施，「乞百日病假」。大和三年三月末，百日假滿，再次解職，以「太子賓客分司東都」。

白居易這個老狐狸，再次合理利用規則，實現了回到洛陽擔任分司東都官員的計畫。從此，他再未回到長安官場。

大和四年十二月二十八日，朝廷又一次召喚他，任命他爲河南尹。由於這是一個任職地點就在洛陽的職官，白居易就又走馬上任了。當了兩年之後，六十二歲的白居易在大和七年二月，「以病乞假五旬」。四月二十五日，以頭風病免河南尹，再次回任太子賓客分司東都。

河南尹，是白居易一生中最後一個實職。此後的大和九年九月，朝廷再次徵召他擔任同州刺史，白居易「辭疾不赴」，於十月「改授太子少傅分司東都，進封馮翊縣開國侯」。就分司東都官而言，白居易倒是一直在升官，從正四品上的太子左庶子，到正三品的太子賓客，再到這次正二品的太子少傅。

作爲分司東都的正二品大員，在此後的十餘年裡，長安官場上「牛李黨爭」爭得頭破血流也好，「甘露之變」殺得血流成河也好，白居易都假裝不在，跟他沒關係。他一直在洛陽，待遇優厚地、悠哉樂哉地過著自己的小日子，「歌酒優遊聊卒歲，園林瀟灑可終身」，「月俸百千官二品，朝廷雇我作閒人」。

直到會昌六年（八四六）八月，白居易於七十五歲高齡在洛陽履道坊府第中謝世。白居易的人生減法，到此終篇。

概括起來，白居易的人生減法就是，以「中隱」擔任分司東都官爲具體目標，以出任實職官後即以身體原因請百日長假，合理利用規則再度回任分司東都官爲手段，從而達到自己遠離官場是非、悠遊林下、全身而退的人生目標。

白居易名字中的「居易」，來自於《禮記》「君子居易以俟命」；他的字「樂天」，則來自於《周易》「樂天知命故不憂」。從他早早就在做人生減法，生前樂天知命，身後人生結局圓滿來看，他還眞沒有浪費父母給他取的這個好名字。

可見，白居易之所以最終沒有當上宰相，完全是他主動選擇的結果，也是他一直在做人生減法的結果。自己選的路，他當然不會後悔。

雖然，他偶爾還是要感慨「五相一漁翁」。

第三現場

如果夢回唐朝，你是否願意穿上武則天同款石榴紅裙，斟上一杯魏徵釀製的美酒，一邊漫不經心地看著遠處激烈進行的馬球比賽，一邊用纖纖玉指輕拈起一顆遠道送來的荔枝或者剛剛成熟的櫻桃？

那些年，唐朝人一起喝過的酒

魏徵，一個唐朝的大名人，一個以非常正經、非常古板的形象青史留名的老夫子。至少在唐太宗李世民的眼裡，這是一個正經、古板到近乎迂腐的老夫子。有些時候，對他恨得牙癢癢的李世民，甚至想使用武力，讓這個莊稼漢模樣的老傢伙從自己眼前消失——「會須殺此田舍翁！」說起來，魏徵很討嫌，換了你是李世民，也會想殺了他。

舉一個載於正史《資治通鑑》第一百九十三卷的例子：貞觀二年（六二八），二十九歲正當盛年的李世民，有一天沒事兒，正在宮中一個人玩小鳥。準確地說，玩一隻鷂。可是，古板的魏徵，就是不讓。當時，李世民遠遠地望見魏徵來了，他怕這個古板的老夫子批評他，於是就把鷂子藏進了自己的懷裡。不料魏徵早就看到了，但他並沒有點破，直接指責李世民玩小鳥是惡習。他採取了不停地跟李世民講「兼聽則明，偏聽則暗」等治國理政大道理的辦法。直到那隻可憐的小鳥，被活活悶死在李世民的懷中！

這樣的魏徵，是不是很惹人討厭？還好，李世民的心胸大，他忍了。不僅忍了，他還想盡一切辦法打聽魏徵的愛好，想討好魏徵。《龍城錄》留有這樣的記載：「有日退朝，太宗笑謂侍臣曰：『此羊鼻公不知遺何好而能動其情？』侍臣曰：『魏徵嗜醋芹，每食之欣然稱快，此見其眞態也。』」在這裡，李世民稱魏徵為「羊鼻公」，很形象。這個記載表明，李世民很想知道，平日裡正經古板的魏徵，到底有沒有像個正常人那樣有點兒小愛好的時候？

有，還眞有。

李世民身邊的人情報工作搞得不錯。於是他們告訴李世民，魏徵愛吃醋芹。於是李世民馬上就賜宴，請他吃醋芹。這一餐，君臣相談甚歡。但是，李世民身邊的人對魏徵的另一個愛好，並未掌握。原來，魏徵偶爾也會釀酒。魏徵可眞是唐朝的新好男人啊，不僅上得朝堂，當得宰相，深諳治國理政的大道理；而且還入得廚房，連手藝活兒也能幹，掌握了釀酒這麼高大上的技術。身為唐朝反腐先鋒、從來不送禮的魏徵，還少有地把自己釀出的酒，獻給了李世民，讓他也嘗嘗。李世民本就有討好魏徵的心，現在終於等到了魏徵的好臉兒，又喝了他親自釀的酒，當即拿起御筆，寫下〈賜魏徵詩〉，大誇特誇：

醽醁勝蘭生，翠濤過玉薤。
千日醉不醒，十年味不敗。

醽醁勝蘭生：「蘭生」，是漢武帝宮中的名酒。傳說用一百種花草末摻入酒中釀製而成，所以此酒又稱「百味旨酒」「百末旨酒」。旨，本意是美味的意思。第一句詩的意思是，魏徵的醽醁酒，勝過了漢武帝宮中的名酒蘭生酒。

翠濤過玉薤：「玉薤」，是李世民親表叔、隋煬帝楊廣親自釀的美酒。第二句詩的意思是，魏徵的翠濤酒，也勝過了隋煬帝楊廣親自釀的名酒玉薤酒。

千日醉不醒：誇過了整體，李世民接著誇細節，對酒的品質進行誇獎。第三句詩的意思是，魏徵的這兩種酒，酒精度含量很高，喝了之後很容易醉，甚至可能醉一千天都醒不過來。

十年味不敗：魏徵的這兩種酒，即使放上十年，酒味也不會損壞。

通觀全詩，滿篇都是好話，滿篇都在誇人。話說李世民爲了讓魏徵給自己一個好臉兒，也是蠻拚的。

醽醁、翠濤是什麼酒？

魏徵釀的，又被李世民猛誇的醽醁、翠濤，是什麼酒？

《龍城錄》一書中，認爲是葡萄酒。原文是這樣寫的：「魏左相能治酒，有名曰醽醁、翠濤……公此酒本學釀於西羌人，豈非得大宛之法，司馬遷所謂：『宛左右以蒲陶爲酒，富人藏酒至萬餘石，久者數十歲不敗。』」不僅認爲魏徵釀的是葡萄酒，而且還把此釀酒技術的源頭都指出來了——「學釀於西羌人」。看來，魏徵會釀葡萄酒，基本上可以確定了。

但是，《龍城錄》這個判斷還是有問題存在的。因爲，「醽醁」作爲酒，在史上非常有名，是兩漢以來就久負盛名的酒。簡單一點兒說，兩漢、魏晉南北朝，至少到唐宋，「醽醁」就是當時的「茅臺」。

我們來仔細研究研究這個「醽醁」。從史料上看，「醽醁」是「醽酒」「醁酒」這兩種酒的合稱。「醽酒」，產自湖南。北魏酈道元《水經注》第三十九卷《耒水》中說：「縣有酃湖，湖中有洲，洲上民居，彼人資以給，釀酒甚醇美，謂之酃酒。」「酃酒」，就是「醽酒」。「醁酒」，產自江西。南朝盛弘之《荊州記》說：「淥水出豫章康樂縣，其間烏程鄉有酒官，取水爲酒，酒極甘美。與湘東酃湖酒，年常獻之，世稱酃淥酒。」此處提及，兩種酒合稱「酃淥酒」，也就是「醽醁酒」。當然也有文獻記載，「醽醁」就只是一種酒，其中的「醽」即酃湖，「醁」即酃湖入口處。

晉代道學家葛洪在《抱朴子》中寫下「藜藿嘉於八珍，寒泉旨於醽醁」，從這樣的文字可見，早在晉代「醽醁酒」就名聲很大，連道家高人都知道了。

由此，「醽醁酒」無論是一種酒還是兩種酒，它都不是葡萄酒，而是由穀物發酵而釀成的酒。最直接的證據，在中國第一部農業百科全書、北魏賈思勰寫的《齊民要術》之中。此書明載「作酃酒法」：「以九月中，取秫米一石六鬥，炊作飯。以水一石，宿漬麴七斤。炊飯令冷，酘麴汁中。覆甕多用荷、箬，令酒香。」「秫米」，就是高粱米，標準的穀物，可不是葡萄哦。有趣的是，魏徵用穀物釀出的醽醁、翠濤，從顏色上來看，是綠色的。

李時珍在《本草綱目》中談到酒，說酒從顏色上區分，「紅曰醍，綠曰醽，白曰醝」。所以，帶「醽」字的「醽醁」，肯定是綠色的；至於「翠濤」，本身帶了個「翠」字，更是綠色酒。

唐朝的穀物酒，多呈綠色，在唐詩中也能找到證據。白居易邀請劉十九喝的是什麼顏色的酒？就是綠色酒，因爲「綠蟻新醅酒」。還有，李百藥〈和許侍郎游昆明池〉中的「羽觴傾綠蟻」，李德裕〈寒食日三殿侍宴奉進詩一首〉中的「行觴舉綠醪」，同樣是綠色酒。今天還有一個成語「燈紅酒綠」。平時我們說了也就說了，有沒有想過，我們今天喝的酒之中，紅酒是紅色的，啤酒、黃酒是黃色的，白酒是白色的，什麼時候喝過綠色的酒？所以這個「酒綠」，其實就是中國古酒的顏色，所以才會有這個成語一直流傳。

那綠便綠了，「蟻」又指什麼？

唐朝人用穀物釀酒，要投入酒麴進行發酵。如果投麴次數少，投麴量也小，發酵時間短，發酵不徹底，這樣產出的酒，不僅酒精度數低，呈綠色，而且還有顆粒狀的「米糟」飄浮於酒面之上。李白稱之爲「玉浮梁」，白居易稱之爲「綠蟻」，而由唐朝人創造出來的其他叫法就更多了，有「青蟻」「臘蟻」「玉蟻」「素蟻」「縹蟻」等。過分的是，還有將其比喻爲蛆的！稱爲「玉蛆」和「浮蛆」。

如果投麴次數多，投麴量大，發酵時間長，發酵徹底充分，這樣產出的酒，酒精度較高，而且酒液呈淡黃色或琥珀色。這在唐朝人眼中，就是好酒了。

還是那個喝過「綠蟻」「玉蛆」的白居易，在〈嘗黃醅新酎憶微之〉中猛誇黃色酒，說「世間好物黃醅酒」；當過宰相等高官、見過大世面的張說，在〈城南亭作〉中也說「北堂珍重琥珀酒」。在唐人眼裡，用菰米做的雕胡飯，是勝過任何美酒佳餚的好東西。如果要配上酒，就必須得是琥珀酒這樣的好酒，所以王維在〈登樓歌〉中寫下「琥珀酒兮雕胡飯」。

當然，唐朝文獻中，也可以見到「白酒」的說法，但含義與我們今天不一樣。唐朝的「白酒」，是指用白米釀製的米酒，也稱「白醪」、「濁醪」。李白就喝過這種白酒，他在〈玉眞公主別館苦雨贈衛尉張卿二首〉中有「白酒盈吾杯」。但是，這種白酒，酒精度不高。這是由於唐朝還沒有酒精度提純的蒸餾酒技術。這樣一來，唐朝的酒，在口感上偏甜，普遍酒精度不高。

唐朝的酒甜，多名詩人描述過。比如鄭嵎說「白醪軟美甘如飴」（〈津陽門詩〉），高駢說「花枝如火酒如餳」，他們說到的「飴」、「餳」，都是指甜甜的糖。可見，唐朝酒之甜。

唐朝的酒，酒精度不高，所以身在唐朝的李白，就以爲酒不過如此了，寫個詩就吹牛，「一日傾千觴」（〈贈劉都史〉），「一日須飲三百杯」（〈襄陽歌〉）等等。他哪裡知道，在他之後發明的蒸餾酒技術，可以大大提高酒液中的酒精度。而這樣產出來的烈酒，他只要喝上幾口，就得趴下。

這樣看來，我的酒量肯定比李白的大。他不是寫「將船買酒白雲邊」嗎？行，我就拿松滋家鄉名酒跟他比，「白雲邊十二年」一人一瓶，看誰先趴下。

唐朝酒文化：喝而優則釀

男人都愛酒。自古以來，這一口兒一直讓無數好男兒夢縈魂牽。「天若不愛酒，酒星不在天。地若不愛酒，地應無酒泉。天地既愛酒，愛酒不愧天。」李白，寫得何等的好啊。請愛酒的同好們重讀一遍，入腦入心。

但是身在唐朝的李白，喝酒環境比較艱苦，主要是好酒難得。不像我們現在，想買什麼酒就買什麼酒，想買多少就買多少。於是，很多唐朝的「新好男人」，就選擇了「自己動手，豐衣足食」。比如魏徵，一邊當宰相，一邊釀酒。再比如此時猛誇魏徵釀酒技術好的李世民。其實，李世民才是眞正的釀酒界大咖。他一邊當皇帝，一邊釀酒。不僅行政級別比魏徵高了那麼一點點，而且釀酒技術也比魏徵高了不止那麼一點點。

因爲，李世民是唐朝葡萄酒釀造第一人。《冊府元龜》第九百七十卷載：「及破高昌，取馬乳蒲桃實於苑中種之，並得其酒法，帝自損益，造酒成，凡有八色，芳辛酷烈，味兼緹盎，既頒賜群臣，京師始識其味。」唐朝收復高昌（今新疆吐魯番），是在貞觀十四年（六四〇）。這一年之後，長安城才有了葡萄，李世民才有了釀造葡萄酒的可能。

其實在漢朝，葡萄就在長安出現過。《漢書．西域傳》說，在貳師將軍李廣利破大宛之後，「漢使采蒲陶、苜蓿種歸」，從此開始了葡萄在關中地區移植的過程。但是，直到唐朝，葡萄還不多，那可是眞正的稀罕物。劉肅《大唐新語》第五卷《孝行》記載：「高祖嘗宴侍臣，果有蒲萄，叔達爲侍中，執而不食。問其故，對曰：『臣母患口乾，求之不得。』高祖曰：『卿有母遺乎？』遂嗚咽流涕。後賜帛百疋，以市甘珍。」陳叔達是唐高祖李淵的宰相之一。他的母親患病想吃點兒葡萄，居然還買不到，只好在朝堂賜宴時自己不吃，以便帶回家給母親吃。可見，葡萄當時還是稀罕物，即使是宰相人家，也不易吃到。

不僅如此，葡萄在整個唐朝，都比較稀有。《雲仙雜記》記載，兩稅法的開創者、唐德宗時的宰相楊炎在吃葡萄時，曾開玩笑說：「汝若不澀，當以太原尹相授。」堂堂宰相，居然對葡萄許願，如果不澀口，就授予太原府最高行政長官、從三品的高位。雖是玩笑，從中也可見葡萄在當時的珍貴。

當然，葡萄在唐朝再少再珍貴，也少不了皇帝李世民的。他不僅有得吃，還可以用來釀酒。根據《冊府元龜》的上述記載，李世民得到的高昌釀酒法，應該是葡萄自然發酵法。而所謂的「帝自損益」，很可能是李世民在自然發酵法的基礎上，投入了不同種類或數量的酒麴，進行了獨特的葡萄酒釀造試驗。李世民成功了。在不同的酒麴、麴量的作用下，李世民釀成了八種葡萄酒，「芳辛酷烈，味兼緹盎」。然後，李世民高興地叫來了群臣一起分享。

此時，會釀醽醁、翠濤的魏徵，正在左相（侍中）的任上，自然也在長安城第一批品嘗葡萄酒的幸運兒之列。這兩人，想來就此有不少的共同語言。

除了李世民，李唐皇族中會釀酒的新好男人，至少還有兩位。一位是唐憲宗李純，他曾采風李花，釀製「換骨醪」，並賜給了自己的宰相、晉國公裴度，「晉國公平淮西回，黃帊金瓶恩賜二斗」。還有一位是汝陽王李璡，也就是杜甫在〈飲中八仙歌〉中所描述的第二位酒仙：「汝陽三斗始朝天，道逢麴車口流涎，恨不移封向酒泉。」這位李璡貴爲王子，也會釀酒，還自稱「釀王兼麴部尚書」，據說所釀家酒震驚京城。《雲仙雜記》第二卷載：「汝陽王璡，取雲夢石，甃泛春渠以蓄酒，作金銀龜魚，浮沉其中，爲酌酒具。」

事實上，唐朝長安的官宦和大戶人家，自家釀酒者極多。許琿在〈晦日宴劉值祿事宅〉中說：「城中杯酒家家有，唯是君家酒送春。」誇的就是劉值的家酒。唐初太樂府小吏焦革，家中自釀酒聞名京城。著名詩人王績爲了喝上焦革釀的酒，簡直是豁出去了，他堅決辭去原任官職，一定要當上焦革的頂頭上司太樂丞，從而達到喝其自釀酒的目的。《全唐文》第一千六百卷說：「時太樂有府史焦革，家善釀酒，冠絕當時。君苦求爲太樂丞……數月而焦革死。妻袁氏，時送美酒。」

唐朝十大名酒排行榜

這樣看來，唐朝的釀酒，有點兒類似於我們今天晚餐時家家炒的菜。同樣一盤青椒炒肉絲，這家炒得好，那家炒得也成，大家的區別都不大。總之是全民上陣，土法上馬，人人都懂一點兒，人人都不大精通。當然，也有李世民、魏徵這樣的大咖精通釀酒。

雖然也有焦革這樣的小人物酒釀得好，但一來人家大小也是個吏，老百姓還是惹不起；二來當時沒有媒體廣告宣傳，也不知道他家的酒好；三來他家產量也不大啊，不夠那麼多人天天喝的。

那麼，在唐朝有沒有已經實現量產，能夠在市場上大量供應，爲廣大群眾所喜愛的名酒呢？

下面，我就隆重推出，那些年唐朝人一起喝過的十大名酒。

首先說明，這些名酒，基本都叫「春」。爲什麼唐朝的酒名多叫「春」？原因在於釀造時間。馬端辰《毛詩傳箋通釋》：「周制蓋以冬釀酒，經春始成，因名春酒。」到了唐朝，春更成爲酒的代名詞。

唐朝第一名酒：郢州春。產地：湖北鍾祥。

唐朝第一名酒不是茅臺，相信各位並不意外。各位意外的是，居然是湖北酒排在第一。這是有史料依據的。

第一條依據，《唐國史補》在提及唐朝名酒時，將「郢州之富水」排在第一位。「郢州春」，又可叫「富水春」或「郢水醪」。當然，如果這一條依據尚覺牽強的話，那麼來看第二條。第二條依據，《新唐書．地理志》載，郢州「土貢：紵布、葛、蕉、春酒麴、橐、節米」。其中「春酒麴」，就是釀酒用的酒麴。郢州的酒麴，能夠獲得向朝廷進貢的資格，說明其品質引領全國啊。而酒麴好，是釀出好酒的重要前提條件。第三條依據，「郢州春」是唐朝國宴用酒，而皇宮之中皇家酒坊的名字，就叫作「郢酒坊」。這條依據，夠分量了吧？

《唐六典》第十五卷《光祿寺．良醞署》記載，在張去奢擔任郢州刺史時，將郢州的釀酒技術進獻於皇宮，同時他還考慮周詳地派去了郢州酒匠，就在宮中的「良醞署」進行直接操作，生產品質最好的「郢州春」。這馬屁拍得太到位了。而且，張去奢此舉，直接導致皇宮中的皇家酒坊改名「郢酒坊」。這一名稱，可以在後來「牛李黨爭」的李黨領袖、曾任過宰相的李德裕〈述夢〉詩中得到驗證。「荷靜蓬池鱠，冰寒郢水醪」一句，李德裕注釋道：「凡學士初上，賜食，皆悉是蓬池魚鱠。夏至頒冰及酒，以酒味濃，和冰而飲。禁中有郢酒坊。」雖然今天湖北鍾祥已沒有名震全國的名酒，但是在唐朝，這裡出產的「郢州春」，眞的是很不錯。

唐朝第二名酒：劍南春。產地：四川綿竹。

這酒大家都知道。這也是唐朝名酒中，今天唯一一個仍然讓我們如雷貫耳的名酒。在今天「劍南春」廣告語中，有一句是「唐時宮廷酒」。雖然該酒廠並沒有付廣告費給我，但我仍然要指出，這一廣告語並沒有吹牛。因爲《新唐書．地理志》寫得清清楚楚：「成都府蜀郡……土貢：錦、單絲羅、高杼布、麻、蔗糖、梅煎、生春酒。」這酒眞的曾經是貢品，是進貢到唐朝宮廷供皇帝享用的名酒。

在《唐國史補》中，該酒又被稱之爲「劍南之燒春」，也可稱「劍南酒」「蜀酒」「成都酒」。杜甫是喝過「劍南春」的，他在《戲題寄上漢中王三道》中有「蜀酒濃無敵，江魚美可求」。

那麼問題來了，同樣是「劍南春」，《新唐書．地理志》說是「生春」，《唐國史補》又說是「燒春」，什麼情況？

其實，都是「劍南春」，只不過是「劍南春」在不同生產階段的稱呼而已。

生春，是按照正常釀酒程式發酵成熟的酒。但是，這樣釀成的酒，由於含糖量較高，仍然能在微生物的作用下，繼續發酵，從而出現發酵過度的情況，導致酒味變酸。所以，生春酒要在發酵得剛剛好的時候，趕快喝掉。否則保存時間一長，就不好喝了。或者說，就變成醋了。

燒春，則是唐朝釀酒匠們，所想出的解決上述問題的辦法。這個辦法是，把生春酒用微火慢燃的方式加熱，當加熱到一定溫度時，就能殺滅酒中的微生物，從而實現防止酒液繼續發酵的目的。

不得不佩服唐朝酒鬼們的智慧。直到一八六〇年代，法國科學家巴斯德才在該國的啤酒釀造技術中，發明並引入這一「低溫滅菌法」，也叫「巴斯德消毒法」，以解決啤酒的繼續發酵問題。

唐朝第三名酒：新豐酒。產地：西安臨潼。

新豐，在今天的西安臨潼。「新豐」這一名字，指的是新的豐里，是由漢高祖劉邦命名的。《三輔舊事》載：「太上皇不樂關中，思慕鄉里。高祖徙豐沛屠兒，酤酒煮餅商人，立爲新豐。」也就是說，劉邦當年建都長安，也把父親接到長安尊爲太上皇。但是劉老爹爹思念故鄉，乖兒子劉邦就想辦法，命令能工巧匠，在長安臨潼把自己的故鄉豐里複製了一遍，同時，也把家鄉集貿市場上那些賣菜的、殺豬的、釀酒的也都一起遷來了。從此，新豐酒就享譽京城了。

新豐地處長安、洛陽之間的交通要道上，唐朝官員、文人墨客路過此地，品嘗美酒，多有吟詠。因爲這個原因，新豐酒似乎是唐朝民間的第一美酒。

儲光羲喝過新豐酒，而且留下詩句，證明這酒是像竹葉一樣的綠色：「滿酌香含北徹花，楹樽色泛南軒竹。」王維喝過新豐酒，留下名篇〈少年行〉：「新豐美酒鬥十千，咸陽遊俠多少年。」李商隱也喝過新豐酒：「心斷新豐酒，銷愁鬥幾千。」但是，只有李白，最愛新豐酒。證據，還是在他的詩裡。據不完全統計，李白至少有六首詩提到了新豐酒，「南國新豐酒，東山小妓歌」；「君歌楊叛兒，妾勸新豐酒」；「多酤新豐醁，滿載剡溪船」；「托交從劇孟，買醉入新豐」；「情人道來竟不來，何人共醉新豐酒」；「清歌弦古曲，美酒沽新豐」。

唐朝第四名酒：九醞酒。產地：湖北宜城。

宜城自古就產名酒。《周禮．天官塚宰》云：「滓泛然，如今宜城醪矣。」《釋名．

釋飲食》說：「猶酒言宜城醪。」宜城酒名「九醞酒」，是因爲在釀造過程中採用了多次投料的工藝。這在當時，已經是比較先進的釀酒技術了。

唐朝的詩人們，也很喜歡宜城九醞酒。比如，王維，「一罷宜城酌，還歸洛陽社」（〈過李揖宅〉）；孟浩然，「宜城多美酒，歸與葛強遊」（〈九日懷襄陽〉）。

唐朝第五名酒：若下酒。產地：浙江湖州。

《通雅》第三十九卷：「秦時有程林、烏金二家，善釀。南岸曰上若，北岸曰下若，均名若下酒。」《西吳里語》第一卷：「秦有烏氏、程氏，各善造酒，合其姓爲烏程縣。」烏程縣是古縣名，今天其地已屬浙江湖州。上述史料說明，若下酒在秦朝時就已出名。

到了唐朝，若下酒被記錄在《元和郡縣誌》之中：「若溪水，釀酒甚濃，俗稱若下酒。」可見，若下酒在唐朝仍然是名酒之一，在《唐國史補》中的排名，是第二。

唐朝第六名酒：土窟春。產地：河南滎陽。

土窟春在唐朝的史料，如今已付諸闕如。但成書於宋仁宗天聖二年（一〇二四）的《酒譜》，曾提及「滎陽土窟春」，說明這一名酒到了宋朝還在生產，而且長期保持著名酒的榮譽。

唐朝第七名酒：石凍春。產地：陝西富平。

唐詩中，石凍春出現過兩次。一次是鄭谷〈贈富平李宰〉詩，「易得連宵醉，千缸石凍春」，說明了該酒的產量很大；一次是段成式〈怯酒贈周繇〉詩，「太白東西飛正狂，新芻石凍雜梅香」，似乎暗示了該酒是梅花香型的名酒。明朝大名鼎鼎的唐伯虎，也是喝過石凍春的，因爲他寫過「野店三杯石凍春」（〈言懷〉）。

唐朝第八名酒：乾和酒。產地：山西。

乾和酒，又叫「乾釀酒」「乾榨酒」「乾酢酒」。《山西通志》稱：「唐人言酒之美者有河東乾和。」被稱爲宋朝酒類文獻力作的《北山酒經》，簡要記錄了乾和酒的釀造方法：「晉人謂之乾榨酒，大抵用水隨其湯黍之大小，斟酌之。若酘多水寬，亦不妨，要之米力勝於麴，麴力勝於水，即善矣。」

唐朝第九名酒：湓水酒。產地：江西九江。

這是白居易在擔任江州司馬時喝過的名酒。他覺得此酒「甚濃」，「潯陽多美酒，可使杯不燥」（〈首夏〉），「潯陽酒甚濃，相勸時時醉」（〈早秋晚望兼呈韋侍御〉）。該酒是用流經九江的湓水所釀造的，而且由於酒精度比較高，白居易經常喝醉。湓水，又名湓浦，今名龍開河。白居易也是到過湓水的。他在〈琵琶行〉中說自己在江州「送客湓浦口」，指的就是這條河流。

唐朝第十名酒：葡萄酒。產地：山西。

唐朝名酒，怎麼能少了葡萄酒？

前面說的李世民釀造葡萄酒，那是皇帝偶一爲之的事，無法實現量產。人家的主業是當皇帝，不可能天天生產葡萄酒，請你來喝。他要是消極怠工，魏徵還天天盯著呢。

唐朝引入葡萄之後，大規模種植，是在山西，當時叫「河東」，具體一點兒說，就是在河東太原、汾州之間。這裡，從此成爲唐朝重要的葡萄產區，同時也成爲唐朝優質的葡萄酒產區。

白居易〈司徒令公分守東洛移鎭北都〉中有「燕姬酌葡萄」，他自己注釋說「葡萄酒出太原」。宋朝吳坰在《五總志》記載：「葡萄酒自古稱奇，本朝平河東，其釀法始入中都。余昔在太原，常飲此醞。」可見河東葡萄酒到了宋朝，仍有影響。

說完了唐朝十大名酒，最後需要特別指出的是，唐朝人還有飲用節令酒的習俗。除夕要飲柏葉酒，元旦要飲屠蘇酒，端午要飲艾酒、菖蒲酒，重陽要飲茱萸酒、菊花酒，不一而足。這類節令酒，都是以發酵原酒爲基酒，加入動植物的芳香物料、藥材等，採用浸泡、摻兌等方法加工而成的酒。用什麼基酒都有可能，可能會用郢州春作基酒，也可能會用新豐酒作基酒。所以，上述這些節令酒與產地無關，也不能進入本文「唐朝十大名酒」之列。

唐朝人在往基酒中加上述這些東西時，也有膽子特別大的。他們認爲松樹是長壽的象徵，所以就把松樹上的松脂、松節、松花、松葉，統統都投入酒中，這樣釀出來的酒，稱爲「松醪春」「松醪酒」。然後開始大喝特喝，以求長壽。這酒要擱今天，我是打死也不喝的。

其實，比起李世民等多位唐朝皇帝，爲了長壽而把水銀、礦石往肚裡猛吞，最後把自己直接吃死的行爲，其他人喝點兒松醪酒，已經算是小巫見大巫了。

武則天的紅裙子

唐永徽元年（六五〇）五月二十六日，長安城。唐高宗李治來到距離皇宮並不遠的皇家寺院感業寺，爲去世的父親李世民敬香。這一天，是李世民去世一周年的忌日，他必須來。辦完敬香這件正事，他還幹了件私事。去見了一個人，準確地說，是一個女人。這位光頭緇衣的女人一見到他就哭，說了好些「死鬼你怎麼才來啊」之類的怨懟情話之後，還獻上一首詩：

看朱成碧思紛紛，憔悴支離為憶君。
不信比來長下淚，開箱驗取石榴裙。

這首詩叫〈如意娘〉。作者，大家應該也猜到了，寫這首詩時的身分是唐太宗李世民的小老婆，以後是唐高宗李治的大老婆，以前叫「武約」，進宮後叫「武媚」，未來叫

「武曌」，史上叫「武則天」。

為了方便，我們還是叫她最有名的名字武則天算了，雖然她生前並不知道自己還叫這個名字。武則天在《全唐詩》中一共有四十七首詩留存。公認的是，這一首〈如意娘〉，既是她藝術水準最高的一首詩，也是她生命中最為重要的一首詩。

因為，這首詩改變了她的命運。

整整一年前，李世民去世。武則天作為李世民生前的侍妾之一，同時也作為李治的庶母之一，按照唐朝皇室的制度，被迫來到感業寺出家。當上尼姑，無疑是武則天一生最深的低谷。在這一段時期，如果沒有意外，她作為死去皇帝的棄婦，作為皇權時代的一介弱女子，百分之九九的可能性，是像過了季節的花朵一樣，枯萎、凋落，「零落成泥碾作塵」，無聲無息地消失在歷史長河裡。尼姑期間的生活如何？史無明載。可以想像，自然是「油燈共佛經一色，思念與眼淚齊飛」。那是相當的寂寞。寂寞，是因為思念誰。

身處低谷的武尼姑在思念誰？就是她這次獻詩的對象，從輩分上算是庶子的唐高宗李治。

看朱成碧思紛紛：首句是說，這一年來，我由於對你相思過度，以至魂不守舍，在恍惚迷離中竟將紅色看成了綠色。從詩詞看，這裡的「看朱成碧」，似乎是唐宋時人常用的習語。李白曾有詩：「催弦拂柱與君飲，看朱成碧顏始紅。」也可以說「看碧成朱」，如辛棄疾詞：「倚欄看碧成朱，等閒褪了香袍粉。」

憔悴支離為憶君：因爲思念你，我變得瘦弱不支、心力交瘁。還是緊扣相思之苦。

不信比來長下淚：第三句是一個假設，如果你不相信我這一年來一直以淚洗面。

開箱驗取石榴裙：第四句則是出示證據，那就請開箱看看我滴在石榴裙上的斑斑淚痕吧。

詩是好詩，但如果眞要驗取石榴裙，那裙上的淚痕怎麼可能一年也沒有乾？也太誇張了。可見，武則天這最後一句的眞實意圖，是提醒李治憶起她身穿石榴裙的美麗舊時光，頗有勾引之意。

詩意的含蓄的勾引，當然會成功。會寫詩，才能愉快地談戀愛。古今皆然。武則天這句詩相當成功。正是這首詩，再度燃起了李治對武則天的愛戀。有證據表明，兩人此次見面，武則天在獻詩一首之後，還獻了身。兩人小別勝新婚，武則天就在佛門淨地感業寺，獻了身。

也難怪武則天，本就是被迫入的佛門，也難守這些清規戒律。要不然，箱裡還放著石榴裙幹什麼？

那麼，說他們在佛門淨地發生關係要有證據才行，否則豈不是憑空汙人清白？證據其實就在史書裡面。證據就是武則天和李治的長子李弘的出生時間。查一查李弘的出生時間，再對比一下武則天的入宮時間，就足以說明問題了。

首先，我們可以確認，武則天再次返回皇宮的時間，是永徽三年（六五二）五月二十六日之後。她重新入宮後不久，官兒也升了，當上了正二品的昭儀。再看李弘的出生時間，《資治通鑑》第二百卷有記錄，顯慶元年（六五六），「春，正月，辛未……立皇后子代王弘爲皇太子，生四年矣」。《舊唐書・孝敬皇帝傳》記載，上元二年（六七五），太子弘薨，年二十四。綜合起來，可以推出，李弘生於永徽三年冬季。說白一點兒，武則天是大著肚子，再次返回皇宮的。而返回皇宮後不久，就生下了李弘。永徽三年冬季生子，倒推十個月武則天本人可還在感業寺，並未進宮。

所以，龍種是在感業寺種下的。說武則天和李治發生關係，一點兒也沒冤枉她。

這首詩之後，武則天和李治舊情復熾。在後者的幫助下，武則天由感業寺再入皇宮，由昭儀而皇后，由皇后而天后，由天后而大周皇帝，成爲前無古人、後無來者的史上第一個女皇帝。

就是這首詩，抓住了李治的心。當然，還有那條石榴裙。

「裙」，原寫作「帬」。最開始並非女性單獨享用的衣服，而是男女共用的衣服。這是有道理的。蘇格蘭方格裙至今仍有男性在正式場合穿著，可見此言不虛。裙的起源是因爲我們的祖先有了害羞觀念，覺得應該遮蔽身體的隱私部位，就找了一些東西將身體的隱私部位遮蔽起來，於是產生了圍裙。圍裙裙幅不大，面料質地多爲獸皮和樹葉。裙到了先秦時期，被稱爲「衰」，往往穿在腰以下的部位，故也稱「下裳」。

眞正現在意義上的裙裝出現在漢代。女性穿著裙子，上身搭配孺襖等短衣款式，在進入漢代以後逐漸成爲風尚。到了唐朝，裙子成了女性服裝的標配之一。唐朝女裝標配三件寶，裙、孺衫、帔。也就是說，她們下身穿裙子，上身穿孺衫和帔。在史料中，這樣的證據很多。唐朝宰相、「牛李黨爭」的領袖牛僧孺，閒著沒事搞創作，留下來一部傳奇小說集《玄怪錄》。雖然是傳奇小說，但其中記錄的服飾器物，仍然是有史料意義的。

牛僧孺《玄怪錄》曾這樣記錄一位元平民女性的穿著：「小童捧箱，內有故青裙、白衫子、綠帔子。」三件寶出來了：裙、衫、帔。

有錢的女性也這麼穿。唐人小說《許志翁傳》記載，益州士曹柳某的妻子李氏穿著「益都之盛服」——「黃羅銀泥裙、五暈羅銀泥衫子、單絲紅地銀泥帔子」。雖然裝飾更爲豪華，顏色更爲豐富，但仍然是三件寶：裙、衫、帔。雖然是三件寶，這裡只說唐朝女人們的裙子。

唐朝女人們的裙子長。其長度與前代相比，有明顯的增加，裙裾曳地在當時是常見的現象。爲了顯示身材的修長，女人們在穿裙子時，束腰很高，多將裙腰提到腋下，裙子的上限常常到達胸部，裙子的下擺則蓋住腳面，有時在地上還拖曳一截。孟浩然就在《春情》詩中描述過這種長裙子，「坐時衣帶縈纖草，行即裙裾掃落梅」。唐朝的女人們穿這樣的長裙子，上身則往往罩以很薄的紗衣，且領口很低，完全就是現代低胸晚禮服的感覺。電影《滿城盡帶黃金甲》中，鞏俐及婢女們在胸前擠出來的「大饅頭」，頗有寫實之效。所以唐朝詩人們也將此類美景寫入了詩裡。如「慢束羅裙半露胸」「胸前瑞雪燈斜照」「粉胸半掩疑晴雪」等。

唐朝女人們的裙子寬。唐朝女人們的裙子，一般用六匹布帛製成，也有用七匹或八匹做的。按照當時步幅寬度計算的話，相當於三米以上的寬度，這就相當寬了。這樣寬度的裙子，不僅會影響女人們的行動靈敏度，而且會造成布料上的極大浪費。要知道，在唐朝，布匹是非常珍貴的物品，有時甚至可以直接當作貨幣使用。在一條裙子上浪費這麼多布料，實在有點兒不上算。所以，女人們的裙子問題，曾經一度引起了官方干涉，受到了皇帝們的親自關注。唐高宗李治就曾經指出：「其異色綾錦，並花間裙衣等，糜費既廣，俱害女工。」唐文宗李昂直接要求：「裙不過五幅，曳地不超過三寸」。看看，一條裙子，還驚動政府了。

按照李昂的要求，五幅的裙子，周長約合現在的二點六五公尺，好像還是比較浪費布料。而且，上述規定，唐朝的女人們似乎並未認眞執行。也是，誰這麼無聊，看到一個女人穿著裙子，還非要人家脫下來，看看寬度是幾幅，曳地是幾寸？

唐朝女人們的裙子貴。唐朝貴婦的裙子，一般比較貴。因爲，除了大量使用上等布料以外，還在裙子上面做各種裝飾，包括花紋、金銀、珍珠等。比如條紋裙，裙子上就有三五種顏色的豎條紋；比如畫裙，就是在裙子布料上作畫進行裝飾；再比如暈悉裙，其色彩變化更多，布料顏色按照由深至淺、再由淺至深的色階順序排列，猶如濃色向兩邊擴散出暈影，故稱「暈悉」。還有更貴重的裙子，是在裙子上裝飾金銀。在裙子上裝飾金銀，主要有兩種方式：一種是泥金泥銀，即將金粉或銀粉，加入黏合劑製成金泥、銀泥，再塗刷在印花板上，最後拍印到織物上；另一種是蹙金蹙銀，就是將捶打至極薄的金箔、銀箔，切成細縷，再將其纏繞於塗有粘合劑的絲線上，製成撚金錢、撚銀線，用這種金線和銀線在織物上製作花紋，最後用針線進行固定。著名的詩句「苦恨年年壓金線，爲他人作嫁衣裳」，說的就是用金線做這種蹙金裙子。也有在裙上鑲嵌珍珠的，稱爲「眞珠裙」。

唐朝最爲名貴的一條裙子，叫作「百鳥毛裙」，爲唐中宗李顯的女兒安樂公主所有。而且，裙子的創意，也來自於這位驕奢淫逸的安樂公主。傳說她的這條裙子「正看爲一色，旁看爲一色，日中爲一色，影中爲一色，白鳥之狀，並見裙中」。雖然有點兒吹牛，但裙子的色彩變幻莫測，可能是眞的。

以上這些穿金戴銀的裙子，是有錢的女人們穿的。唐朝的農家女以及城市中的平民婦女，是沒有這個經濟實力這樣穿裙子的。她們的穿著相對樸素天然，一般只穿著紵、麻、葛一類質地較粗的布料做成的衫裙，而且往往也沒有什麼印染裝飾。所以她們的裙子，一般都是布料本身的顏色，比如白色裙子，就像劉禹錫在《插田歌》中說的「農婦白紵裙」。當然，也可以用靛藍將裙子染成青色，以至於「青衣」一詞，長期成爲年輕侍婢們的代名詞。

唐朝女人們的裙子花。她們的花裙子，一般有紅色、綠色、黃色、紫色、白色等幾種主要的顏色。通過對吐魯番出土的唐代絲織物做色譜分析，發現唐朝女人們的裙子顏色非常豐富多彩，紅色有銀紅、絳紅、水紅、猩紅、絳紫五色，綠色有碧綠、翠綠、湖綠等二十四色，黃色有鵝黃、金黃、菊黃、杏黃、土黃、茶褐六色。「蔓草見羅裙」「荷葉羅裙一色裁」，這是說綠裙，又叫「翠裙」「翡翠裙」。「血色羅裙翻酒汙」「裙紅妒殺石榴花」「窣破羅裙紅似火」，這是說紅裙，也叫「石榴裙」。武則天的石榴裙，就是這種紅裙子。

紅裙是唐朝女人們的最愛。唐朝女人們偏愛這種鮮豔的帶有強烈視覺刺激的色彩，表明她們不甘於平淡，想引起人的注意，成爲男性目光甚至是社會的焦點，也體現出她們熱情洋溢、積極主動的性格。

根據色彩學原理，紅色在可見光譜中波長最長，是積極的、擴張的、外向的暖調區域的顏色。而紅色對人眼刺激效用最顯著，最容易引人注目，同時也最能夠使人產生情感共嗚。

那麼，唐人為什麼要用「石榴裙」來命名紅裙子？

第一種說法：紅裙子係用石榴花提煉出來的染料染成。石榴花中的確含有紅色素，但從相關典籍的記載來看，以石榴花作爲植物染料的染色技術，顯然在中國古代並未被廣泛運用到實際生產中，這表明此種染料一定存在著某些不足。

既然石榴花染不了紅色，唐朝的工匠們是怎麼整出來的紅色呢？原來，他們是用紅花、茜草等傳統染料染成紅色的，這才是當時染色行業締造紅色的主流手段。因此，唐代風靡一時的石榴裙其實主要是由紅花、茜草等植物染料染成的。

紅花，又名「紅藍」「黃藍」，屬菊科植物，是唐朝主要的紅色染料。事實上，據史料記載，唐朝的關內道、河南道、山南道、劍南道等地均已有紅花種植。

第二種說法：這種紅裙子上裝飾有石榴花的花紋，以示吉祥。石榴和石榴花爲什麼是吉祥的圖案？因爲石榴多子。古代多用裂開的石榴果實圖案，來表示多子多孫的良好祝願。

第三種說法：紅裙子的裙形像石榴或石榴花。

綜合三種說法，雖然唐朝並不是用石榴花將裙子布料染紅的，但紅裙子之所以被稱爲

「石榴裙」，主要是由於其顏色、形制上的相近，再加以多子多孫的吉祥寓意。因此紅裙子被詩人們、女人們賦予了一個浪漫的名字——石榴裙。

很明顯，進取型人格的武則天，在積極主動、熱情洋溢、不拘禮法、崇尚自由、思想開放的性格驅使下，一定覺得紅裙子最合自己的心意，自己也最喜歡石榴裙。可以想像，在武則天的人生步步成功之時，她的衣箱裡，肯定會多出很多條做工精緻的石榴裙。

但是，我一直相信，武則天最愛穿的石榴裙，一定還是當年李治開箱驗取的那一條。

那些年，唐朝人一起吃過的瓜

至德二年（七五七），大唐帝國正處於「安史之亂」的動盪之中。當時的廣平王、天下兵馬元帥，後來的唐代宗李豫，因爲率軍收復了長安、洛陽，派自己的心腹謀士李泌，去靈武行在，向自己的父親唐肅宗李亨報捷。

李泌，可是唐朝數得著的奇人之一。他不僅在少年時，就以神童聞名朝野，而且成年以後淡泊名利、無意仕進，贏得了玄、肅、代、德四代皇帝的尊重。尤其難能可貴的是，他與唐肅宗、唐代宗、唐德宗三代皇帝，多年保持著亦師亦友的特殊關係。

所以，李泌見到唐肅宗李亨，既然是老熟人兒，自然要在正常工作彙報之外，閒聊幾句。這就說到李亨的家務事上來了，說到了李亨在一年前賜死的第三個兒子、史上有「英毅有才略、善騎射」之稱、對唐肅宗平叛大業有定策之功的建寧王李倓。

李亨解釋了賜死親子的原因：「李倓想害他的兄長李豫。我爲了社稷，只好忍痛割愛，將他賜死。」不料，李泌根本不認同這個說法，他直言不諱地指出，李亨是聽了小人讒言，以致害死了一位雄才大略的親兒子──「陛下此言得之讒口耳」。李亨倒也不完全是糊塗人，此時也頗爲後悔，邊哭鼻子邊說：「事已至此，也無可奈何。」

可是，在李泌看來，李亨這事兒幹一次可以，可千萬不能再幹第二次。爲了進一步警告李亨，李泌給他講了一段往事，還念了一首詩。

這段往事是：七十六年前，也就是永隆二年（六八一），武則天正策劃著自己上臺當皇帝，於是毒殺了大兒子李弘，立二兒子李賢爲皇太子。李賢是個聰明人，在與兩個弟弟李顯、李旦一起侍奉父母的時候，就發現了親爹不頂事、親媽有企圖。他知道，自己也必將是李弘的下場，同時又擔憂兩個幼弟的命運，「每日憂惕」，但又無法直說，只好作詩一首──〈黃台瓜辭〉。爲了讓武則天聽到後，能夠有所省悟，他還讓樂工「歌之」：

種瓜黃台下，瓜熟子離離。
一摘使瓜好，再摘使瓜稀。
三摘猶自可，摘絕抱蔓歸。

此處應有樂譜，但是考古沒發現。那就請大家比照貝多芬的第五交響曲《命運》，將就歌一歌，也就罷了。因爲這首詩說的，正是李賢不可避免的悲劇命運。

念完這首詩，李泌告誡李亨，雖然你有十四個兒子，但眞正成才的兒子卻不多。建寧王你殺了就殺了，可別再聽信讒言，再去殺廣平王了（「已一摘矣，愼無再摘」）。

至此，通過李泌的轉述，我們知道，李賢這首在《全唐詩》中也收錄了的詩，表達的意思很明顯。李賢將自己的親媽武則天比作「種瓜人」，把包括自己在內的武則天的兒女們都比作了「瓜」。

種瓜黃台下：武則天在黃台下種瓜。黃台，丘名。《穆天子傳》說：「天子南游黃台之丘，獵於萍澤。」當然，也有可能是，李賢當時所在的長安太極宮群和大明宮群中，本就有一個名叫黃台的地名。

瓜熟子離離：到了成熟的季節，瓜蔓上長滿了成熟的瓜。離離，指瓜的果實繁茂眾多，呈現出下垂的樣子。《詩經·小雅·湛露》：「其桐其椅，其實離離」。毛傳解釋：「離離，垂也。」

一摘使瓜好：在瓜的生長過程中，摘掉一個瓜，能夠使剩下的瓜更好地生長。因爲一根瓜蔓能夠提供的營養有限，所以爲了均衡瓜的數量與品質之間的關係，在種瓜時從瓜蔓上摘掉一個瓜，更符合植物生長的原理。李賢可是唐朝人啊，但他當時就明白這樣的植物優生學道理。

再摘使瓜稀：第二次再摘掉一個瓜，瓜蔓上的瓜就變得稀少了。

三摘猶自可：第三次摘掉瓜，當然也還將就著可以。

摘絕抱蔓歸：把所有的瓜都摘掉了，武則天就只能收穫瓜蔓了。

李賢此詩，不避重複，一連用了「一摘」「再摘」「三摘」「摘絕」，強調的是武則天連續「摘瓜」，殺害親生骨肉的少有親媽行徑。在詩中，「摘」就是「殺」。

〈黃台瓜辭〉在史上，是與曹植〈七步詩〉並列的名篇。相同的是，兩人都面臨親人的迫害；略有不同的是，曹植面對的是親哥，李賢面對的是親媽。

「黃台瓜」是什麼瓜？

雖然李賢在〈黃台瓜辭〉中所說的武則天種瓜這一事實，並不存在。但是，和武則天同時代的唐朝人，肯定是種過瓜的。那麼，唐朝人都能種什麼瓜？

我們知道，時至今日，瓜還一直被分爲蔬瓜和果瓜。黃瓜、冬瓜等，是蔬瓜；西瓜、木瓜等，是果瓜。唐朝已有黃瓜。西漢時期，黃瓜傳入中原地區，初名「胡瓜」，因隋煬帝忌胡人，也忌胡名而改名「黃瓜」。唐朝已有冬瓜，因爲冬瓜在漢魏時期就已遍佈大江南北。唐朝還沒有南瓜，要等到元朝，人們才能吃到南瓜。還要等到宋朝，人們才能吃到絲瓜。也還要等到明朝，人們才能吃到苦瓜。

所以，武則天如果種蔬瓜的話，她可以種黃瓜和冬瓜。可是，武則天貴爲皇后，後來更成爲空前絕後的女皇帝，如果她親自下田耕種或親臨現場指導，種下黃瓜和冬瓜，是不是很不上檔次？以李賢的皇太子身分，恐怕也會缺乏這樣的農夫想像力。所以，我果斷排除所有蔬瓜。

那麼，來看規格稍高一點兒的果瓜。

首先要排除木瓜。唐朝木瓜倒是遍地都是，但是木瓜沒有瓜蔓，不符合詩意。西瓜，則出現在稍晚於唐朝的五代時期，最早也應該是唐朝後期，肯定不在武則天的時代。五代時的胡嶠，曾留下一本《陷虜記》：「遂入平川，多草木，始食西瓜。云契丹破回紇得此種，以牛糞覆棚而種，大如中國冬瓜而味甘。」按照王國維先生所提倡的「二重證據法」，《陷虜記》的記載是「紙上證據」，而在一九九五年內蒙古赤峰市的遼墓壁畫中，我們得到了這一記載的「地下證據」。在這一幅多達四十四人的壁畫中，墓主人旁邊的矮幾上，擺放著三個西瓜！這是迄今爲止中國最早的西瓜圖畫。所以，武則天也種不了西瓜。

那麼，唐朝還有什麼果瓜？

還是先來看看史上有關瓜的眞實記錄。

先把時間從武則天的時代，向後移那麼一點點。《唐語林》記載：武則天的孫子、唐玄宗李隆基曾經問大詩人李白：「朕於天後任人如何？」李白回答：「天後任人如小兒市瓜，不擇香味，惟取肥大。」李白的回答顯示，他在長安城中的東市或西市，見到過賣瓜的攤販，也見過長安的小孩子買瓜時，只選大的、不選對的。這是什麼瓜？能夠在首都市場上大量售賣？

時間再向前移。武則天的第一任老公兼公公唐太宗李世民，也有一則有關「瓜」的史料。在《新唐書》、《舊唐書》的〈杜如晦列傳〉中，都記載了同一件史實：「太宗後因食瓜而美，愴然悼之，遂輟食之半，遣使奠於靈座。」說的是李世民吃瓜，覺得很美味，於是就想起了杜如晦，專門把吃剩下的一半瓜，讓人送到杜如晦的靈前，祭奠這位為自己立下了汗馬功勞的老夥計。那麼問題來了，在這則見諸正史的記錄中，李世民吃的是什麼瓜？

時間再前移到南北朝時期。賈思勰在《齊民要術》中專辟「種瓜」一章，對到他為止的種瓜經驗進行了系統總結。問題在於，賈思勰在書中一直在說瓜，但並未交代清楚到底是什麼瓜？

同時期的《宋書．孝義傳》說，南朝宋大明七年（四六三），以種瓜為業的郭原平，因天旱不能通運瓜之船，只好步行運瓜至錢塘售賣。郭原平種瓜的數量，竟然達到了用船販運的地步，他種的是什麼瓜？

再往前，看秦漢時期。一九七二年，考古人員驚動了在湖南長沙馬王堆一號漢墓中沉睡了千年的辛追夫人。解剖發現，辛追夫人的消化道中，有一百多粒瓜子殘存。看來，這位辛追夫人吃瓜時，很不淑女啊，居然連瓜子也吞了。那麼，辛追夫人吃的是什麼瓜呢？

司馬遷寫的《史記》，也在〈蕭相國世家〉中提到了一位種瓜的人：「召平者，故秦東陵侯。秦破，爲布衣，貧，種瓜於長安城東，瓜美，故世俗謂之『東陵瓜』，從召平以爲名也。」

《史記》，正式向大家隆重推出了名震漢、唐、宋、元、明各朝，直到清朝才消失的中國古代第一名瓜——東陵瓜。這可是在古代堪比今日褚橙的名牌水果。而且，該名牌水果的出品人，也不比現在的褚老爺子簡單。人當年可是封過侯的人物，「召平」，又稱「邵平」。

東陵瓜有多大的名聲，我們來看看歷朝歷代的詩賦。「昔聞東陵瓜，近在青門外」（晉朝阮籍）；「東陵出於秦谷，桂髓起於巫山」（晉朝陸機）；「青門種瓜人，舊日東陵侯」（唐朝李白）；「邵平能就我，開徑剪蓬麻」（唐朝孟浩然）；「路旁時賣故侯瓜，門前學種先生柳」（唐朝王維）；「五色稱珍，東陵詠佳」（唐朝柳宗元）；「此理一杯分付與，我思明哲在東陵」（宋朝黃庭堅）；「山田犖確苦多沙，學種東陵五色瓜」（明朝王寵）；「種出東陵子母瓜，伊州佳種莫相誇」（清朝紀曉嵐）。從晉到清，這些如雷貫耳的名人，都吃過東陵瓜。

這麼有名的東陵瓜，是什麼瓜？

別急，咱接著把時間往前移。在東陵瓜之前，還有文字記錄。中國現存最早的科學文獻之一，也是現存最早的漢族農事曆書《夏小正》記錄說，「五月乃瓜」，說明在商周時期是五月種瓜的。《詩經》也頻頻提及瓜：「七月食瓜」（《豳風·七月》），「中田有廬，疆埸有瓜」（《小雅·信南山》），「麻麥幪幪，瓜瓞唪唪」（《大雅·生民》），「綿綿瓜瓞」（《大雅·綿》）。《詩經》這麼多次地提及瓜，只能說明瓜是當時主要的農產品之一，在人們的生活中占據著十分重要的地位。問題在於，這種早在五千多年前就已被中國人普遍種植的瓜，是什麼瓜？關子也賣得夠多了，來揭曉謎底吧。

以上所有的「瓜」，均指甜瓜。

甜瓜，係葫蘆科黃瓜屬一年生蔓性草本植物。果皮與果肉有綠、黃、白之分。中國是甜瓜的原產地之一。甜瓜又有薄皮和厚皮之分，厚皮甜瓜的典型是哈密瓜。但是，因爲受到種植技術限制，直到清朝，哈密瓜還在作爲貢品，由新疆千里迢迢進貢北京。可見，內地一直未能普遍種植哈密瓜。

結論一：中國古籍中，出現的「瓜」字，多指甜瓜，而且，一般指薄皮甜瓜。結論二：李賢詩中所說的「瓜」，指的是甜瓜。

「摘瓜人」武曌

在〈黃台瓜辭〉中，李賢說到了「一摘」「再摘」「三摘」「摘絕」。那麼，對李賢本人，是第幾摘？或者換句話說，他是武則天摘掉的第幾個瓜？

有人把李治和武則天的全部子女加在一起計算，共有八子四女。也有人把李治和武則天的親生子女加在一起計算，共有四子二女。親生四子：李弘、李賢、李顯、李旦。庶出四子：李忠、李孝、李上金、李素節。親生二女：安定公主、太平公主。庶出二女：義陽公主、宣城公主。

截至李賢寫下〈黃台瓜辭〉時，武則天親生的安定公主、庶出的前太子李忠、親生的前太子李弘都非正常死亡，最大的嫌疑人就是武則天。這樣一來，李賢就變成了第四個瓜，也就是「摘絕」的瓜。

但是，這兩種演算法均有問題。因爲，以上兩種演算法中，安定公主均排在第一位，都算「一摘」。安定公主，就是那個傳說中武則天爲了當上皇后而親手掐死的小公主。問題是，李賢作爲後出生的兒子、安定公主的弟弟，絕對不可能掌握安定公主被武則天掐死的直接證據。實際上，安定公主的死，官方認定的兇手一直是王皇后。所以，在李賢的觀念中，肯定只會認爲是王皇后殺了安定公主，而不會認爲是親媽武則天殺死了親姐。

另外，就算李賢天才地意識到安定公主爲武則天所殺，也不會冷漠地在詩中說「一摘使瓜好」吧？畢竟，安定公主是他一母同胞的親姐姐。

還有第三種演算法，只算武則天親生的四個兒子。那麼，當時武則天有下手嫌疑的死去的子女中，只有親生的前太子李弘一個人，李賢可以算作「再摘」的瓜。

但這仍然無法解釋李賢在詩中「一摘使瓜好」的冷漠。要知道，李弘與李賢兄弟倆年齡只相差三歲，兩人在宮中一起長大，肯定是有親兄弟感情的。說李賢對於親哥李弘的死，到了叫好的地步，實在讓人難以置信。

所以，正確的演算法應該是以皇太子之位元爲計算單位：「一摘」指的是武則天廢掉庶出兒子李忠的皇太子之位，並賜死；「再摘」指的是武則天毒死親生兒子、皇太子李弘。李賢，就是「三摘猶自可」的第三個瓜。

李忠與李賢，並非一母所生，而且年齡差距有十二歲之多，彼此自然沒有什麼感情。所以，李忠的皇太子之位被廢，使得皇太子之位落入武則天親生兒子一系。對此結果，李賢自然是樂見其成的，叫好也在情理之中。

封建王朝的皇太子，必須是現任皇后的親兒子，這是公認的潛規則。只有從這個角度出發，才能夠理解李賢對於李忠被廢皇太子之位的態度。他從潛規則出發，認爲理所當然，所以他才寫下「一摘使瓜好」。

「再摘使瓜稀」，是告訴親媽武則天，你再次摘瓜，毒殺親兒子李弘，你就只剩下三個親兒子了。「三摘猶自可」表明，李賢本人已經知道，自己必然不能倖免，所以已將生死置之度外。這是在向親媽表態，把我殺了也可以。「摘絕抱蔓歸」是警告。李賢在警告親媽武則天，殺了李弘和自己以後，可不能再殺三弟李顯和四弟李旦了。否則，就沒有兒子給你養老送終了。

寫完這首詩之後，李賢於調露二年（六八〇），因謀逆罪被廢爲庶人，流放巴州。四年之後的文明元年（六八四），李賢被武則天派來的酷吏丘神勣逼令自盡，終年二十九歲。

武則天成功地把第三個瓜摘了。

沒有史料表明，武則天曾經知悉〈黃台瓜辭〉的詩句，我們更不可能知道她對於這首詩的反應。但是，從李賢之後，武則天的確停止了殘殺親生子女的步伐。她的三兒子李顯和四兒子李旦，雖然也曾經一度危如累卵，但最終有驚無險，保住了性命，還先後登上皇位，成了唐中宗和唐睿宗。當然，李顯和李旦能夠有此幸運，主要原因還在於武則天當時已經大權在握，這兩個兒子已不再是其奪權路上的障礙。他們，才保住了性命。當然，我們也不能完全排除李賢〈黃台瓜辭〉的功勞。

記一場馬球對抗賽：唐朝人民體育運動側影

唐景龍四年（七一〇）正月初七，長安太極宮梨園球場。一場馬球比賽正在激烈進行，由大唐禁軍代表隊出戰吐蕃使臣代表隊。

這場比賽在史上，真實存在。據唐人封演撰寫的《封氏聞見記》載，這是一場應當時出使大唐的吐蕃使臣贊咄「臣部曲有善球者，請與漢敵」的要求，而舉辦的友誼賽。

雖然是友誼賽，但是一來大唐皇帝唐中宗李顯及文武百官、吐蕃使團，均親臨梨園球場觀球亭現場觀看；二來畢竟牽涉大唐顏面，代表大唐禁軍出戰的十名隊員都憋著勁兒呢，怎麼著也得給皇帝掙個臉。

然而，夢想很美好，但現實很殘酷，吐蕃隊果然厲害，「決數都，吐蕃皆勝」。這下，李顯的臉上有點兒掛不住了，你們哪怕給朕贏一都（局）也好啊。他決定放大招，禁軍代表隊下，皇家代表隊上。李顯讓皇家代表隊盡遣主力，由當時的臨淄王、後來的唐玄宗李隆基，嗣虢王李邕，駙馬楊慎交、武延秀四人上場。呃，難道要四打十？對，就是要四打十，少打多，還要打贏，要贏回這個臉面！

皇家代表隊還眞不含糊。比賽重新開始後，李隆基在三個隊友的配合下，大顯身手，成了全場比賽的明星，成功上演「帽子戲法」，「東西驅突，風回電激，所向無前」。「吐蕃功不獲施」，認栽了。終於找回了場子的李顯，「甚悅，賜強明絹斷百段。學士沈佺期、武平一等皆獻詩」。

沈佺期作爲觀眾之一，親眼看見了這場激烈的唐蕃馬球對抗賽。他獻上的詩叫〈幸梨園亭觀打球應制〉：

今春芳苑游，接武上瓊樓。
宛轉縈香騎，飄颻拂畫球。
俯身迎未落，回轡逐傍流。
只為看花鳥，時時誤失籌。

沈佺期，唐朝著名的才子詩人，與宋之問齊名，史稱「屬對精密」，「學者宗之，號爲沈宋」。

詩題中的「梨園」，在長安城光化門之北、太極宮西的禁苑之內，眞的栽有大量梨樹，所以名叫「梨園」。此時舉行馬球對抗賽的梨園，還只僅僅是娛樂性質的場所，園內有梨園亭、球場等娛樂設施，以供皇家享用。至於梨園後來發展成爲訓練樂工、進行音樂藝術表演的專業機構，甚至成爲戲曲行業的別稱，但這還要等到唐玄宗李隆基上臺後的開元二年（七一四）。此時，他還只是個臨淄王呢。詩題中的「應制」，就是指按照皇帝的詔命作詩作文。廖道南的《殿閣詞林記》說：「凡被命有所述作則謂之應制。」詩題中最值得關注的兩個字，是「打球」。這裡的打球，指的是打馬球。沈佺期的這首〈幸梨園亭觀打球應制〉，描述的正是打馬球的激烈場面：

今春芳苑游，接武上瓊樓：今年春天我在梨園，和大家一起，相繼上梨園亭看球。前兩句詩是交代時間、地點，其中的「接武」是足跡前後相接、相繼而行的意思。

宛轉縈香騎，飄飖拂畫球：場上馬匹來回奔跑，球員們把彩色的馬球打得四處紛飛。

俯身迎未落，回轡逐傍流：球員們跟隨著馬球的動向，時刻調整轡繩指揮馬匹追逐馬球，其中一個球員正在俯身迎擊還沒有落地的馬球。

只為看花鳥，時時誤失籌：馬球像花鳥一樣靈活，上下翻飛，害得球員們一次一次地喪失射門得分的機會。

如果說，在唐朝有一種球類運動，能像今天的足球一樣讓大家熱血沸騰、引得萬人空巷，那一定就是馬球。

馬球，是大唐帝國當之無愧的國球。

唐朝風靡全國的「馬球熱」

在唐朝，人們不僅僅打馬球，而且形成了「馬球熱」。上自皇帝貴族，中到官僚文人，下到諸軍將士、普通百姓，都癡迷馬球。不僅在長安寬闊的街道上可以見到有人練習馬球，而且馬球場遍佈宮城禁苑、官僚宅第、諸道郡邑和軍隊駐地。

「百馬攢蹄近相映」，「歡聲四合壯士呼」，這是韓愈在〈汴泗交流贈張僕射〉一詩中記錄他看到的馬球比賽盛況；「動地三軍唱好聲」是楊巨源在〈觀打球有作〉一詩中關於軍隊馬球比賽的記錄；而「數千人因之大呼笑，久而方止」，則是《唐摭言》關於單場馬球比賽觀眾人數的記錄；敦煌文書〈丈夫百歲篇〉中的「平民趁伴爭球子，直到黃昏不憶家」，則體現了當時人們對於馬球的癡迷。

馬球是唐朝皇帝們的眞愛。唐朝二十二個皇帝，有十八個癡迷馬球。爲了小小的馬球，有的皇帝甚至到了玩物喪志，視軍國大事如打馬球的兒戲地步。

唐太宗李世民，是唐朝提倡馬球運動的第一人。

唐人封演在他撰寫的《封氏聞見記》中記載：「太宗常御安福門，謂侍臣曰：『聞西蕃人好爲打球，比令亦習，曾一度觀之。』」史書未記載李世民個人的馬球技術如何，但以他能夠在戰場上率領騎兵衝鋒陷陣的馬上技術，想來也不會差。

唐中宗李顯，是唐朝馬球運動的鐵杆粉絲。

《資治通鑑》明確指出，「上好擊球，由是風俗相尚」，可見李顯引領了唐朝馬球運動的時尚。在唐蕃馬球對抗賽中，他還扮演了教練員的角色。但李顯之於馬球，似乎只是愛看、愛指導，並沒有留下親自下場一顯身手的記錄。

唐玄宗李隆基，是唐朝馬球運動的「腦殘粉」。

作爲唐蕃馬球對抗賽的大明星，李隆基其實從小就喜歡馬球。他少年時就有民謠，說：「三郎少時衣不整，迷戀馬球忘回宮。」這裡的「三郎」，就是指李隆基。到了天寶六年（七四七）十月，已六十二歲高齡的李隆基，還跟御林軍的小夥子們，打了一場馬球賽。在賽場上，李隆基率領近臣們，同心協力，「忽擲月杖爭擊」，「並球分鑣，交臂疊跡……如電如雷，更生奇絕」，表現出了不凡的球技。都六十二的人了，怎麼還這麼不服老？因爲此時此刻，場邊有一雙妙目，正注視和鼓勵著場上的李隆基。他這才不顧高齡，忘我表現，搏命演出的。誰的妙目？這雙妙目的主人，剛剛在天寶四年被冊立爲貴妃。

唐朝中後期的皇帝們，包括唐憲宗、唐穆宗、唐敬宗、唐宣宗、唐僖宗、唐昭宗，都是唐朝馬球運動的狂熱粉絲。

唐憲宗李純一直關心馬球運動。據《唐會要》記載，元和十五年（八二〇），李純生前最後一次到神策軍駐地，就是去打球，「幸右軍擊球」。有一次，在召見大臣趙宗孺時，他還特地問道：「朕聽說你在荊州時，馬球場地上都長草了，什麼情況啊？」這句話把趙宗孺嚇了一跳，他趕緊滿頭大汗地回答說：「確有此事，但並沒有妨礙打馬球。」李純一聽沒有影響馬球訓練，這才罷了，沒有再追究。

唐穆宗李恒，不僅荒於政務，而且對馬球酷愛到了發狂的程度，幾乎到了身心不離球場的地步。然而，長慶二年（八二二）十一月，李恒在與宦官打馬球時出了意外。打球過程中，一位宦官突然墜馬，這個意外嚇壞了李恒。他下馬之後，突然一陣頭暈目眩，雙足不能履地，中風了。從此臥病在床，離開了他心愛的馬球球場。

唐敬宗李湛嗜球成癖。在他的人生字典中，只有擊球、宴樂等少數幾個詞。李湛在剛剛當上皇帝的第一年，就馬不停蹄地開始了一系列馬球運動，「丁未，擊鞠於中和殿」，「戊申，擊鞠於飛龍院」，「己酉，擊鞠」，「四月丙申，擊鞠於清思殿」。即使是蘇玄明、張韶攻入宮中發動叛亂時[1]，他也正在清思殿忙著打馬球。即位三年後，被宦官劉克明等殺害，被害的地點，也是在馬球場上。說李湛把自己短短的一生，都獻給了他熱愛的馬球運動，恰如其分。

---

1 蘇玄明、張韶糾集宮中染工突起暴動攻入宮廷的事件，迅速被平定。

唐宣宗李忱，應該是唐朝皇帝中技術僅次於唐玄宗李隆基的又一個馬球高手。爲了保持自己的技戰術水準，李忱每月都要約上皇室成員，打幾次馬球，「以娛聖心」。

唐僖宗李儇在廣明元年（八八〇）三月，更是搞出了一件「擊球賭三川」的著名荒唐事。當時，黃巢的農民起義軍逼近長安，專權的宦官田令孜暗中進行著皇帝入蜀避難的準備。爲此，他要先派自己放心的人去三川當節度使。田令孜向李儇提出，讓左金吾大將軍、自己的哥哥陳敬瑄，和另外三個自己的心腹楊師立、牛勗、羅元杲去鎮守三川。三川，即劍南西道、劍南東道和山南西道，其中劍南西道又稱「西川」，駐所在成都，位置最爲重要。結果，在由誰出任西川節度使的問題上，兩人犯了難，感到難以抉擇。最後，還是唐僖宗李儇聰明，竟然「令四人擊球賭三川」。比賽中陳敬瑄打進了第一個球，「得第一籌，即以爲西川節度使」。

唐朝倒數第二個皇帝唐昭宗李曄，在其被朱溫趕出長安時，還念念不忘，要帶上「打球供奉」。

馬球，也得到了唐朝大臣們乃至老百姓的喜愛。

唐蕃馬球對抗賽的四大明星之三，嗣虢王李邕，駙馬楊愼交、武延秀，都是馬球場上的高手。唐中期名將、徐泗濠節度使張建封，也愛馬球，留下了〈酬韓校書愈打球歌〉的名篇。

周寶，「官不進，自請以球見，武宗稱其能，擢金吾將軍。以球喪一目。進檢校工部尚書、涇原節度使」。他打球打瞎了一隻眼睛，但也先後換來了金吾將軍、涇原節度使這樣的高官，划算。

著名奸相李林甫，也愛馬球，準確地說，他愛的是把馬換成驢的驢球。「唐右丞相李公林甫。年二十尚未讀書，在東都，好遊獵打球，馳逐鷹狗。每於城下槐壇騎驢擊鞠，略無休日。」

曾任黔南觀察使的崔承寵也愛馬球：「崔承寵少從軍，善驢鞠，逗脫杖捷如膠焉。」不僅節度使這樣的高官愛馬球，低級官吏也愛馬球。裴光遠，「唐龍紀己酉歲，調授滑州衛南縣尉……尤好擊鞠」；李生，「家河朔間……後至深州錄事參軍……至於擊鞠飲酒，皆號爲能」；王鍔，「爲辛杲下偏裨……一旦擊球，馳騁既酣」。就連反覆老百姓，也愛馬球。比如杜牧〈唐故范陽盧秀才墓誌〉中的盧秀才：「生年二十，未知古有人曰周公、孔夫子者，擊球飲酒，馬射走兔，語言習尚，無非攻守戰鬥之事。」又如馮燕，「少以意氣任俠，專爲擊球鬥雞戲。」

論打好馬球要有好裝備的必要性

據說在美國，一直流傳著這樣一句話：「如果你年薪兩萬，可以玩高爾夫；如果你年薪兩千萬，那就去玩馬球。」的確，馬球運動配套裝備貴，運動技巧難，受傷風險大。無論在唐朝還是在今天，都是名副其實的「王者運動」。

現代人打個網球、羽毛球，都要去買價格不菲的好球拍；跑個馬拉松，就要去買好球鞋，速乾衣褲、運動手錶也一個不能少。可是，上述這些裝備雖然也貴，但相對於馬球的配套裝備而言，都不算什麼。

馬球第一裝備：馬球馬。馬球馬，指的是適應馬球比賽要求的專用馬匹。

打馬球時，騎手要專注於持杖擊球，因此要盡可能地做到人馬合一。起碼的要求是「馬不鞭，蹄自急」，不要讓騎手做多餘的動作；更高的要求則是「珠球到處玉蹄知」，即馬球一到馬身邊，馬就知道應該怎麼動了。這哪是人在打球，簡直是馬在打球。

需要指出的是，馬球馬並不是指千里馬，甚至可以說，馬球馬比千里馬的要求還要高。據《松窗雜錄》記載，「德宗以望騅打球，此馬雖神駿非常，但卻不適用於球獵——打馬球之佳者，不視其高大而視其靈活與否」。元稹在〈進馬狀〉中也強調：「同州防禦使供進烏馬一匹，八歲，堪打球及獵……解擊球者，每嘉其環回鬥轉，動可愜心。」總的說來，就是馬球馬一定要靈活，要善於「環回鬥轉」。馬球馬在比賽時，還要剪短鬃毛，束起馬尾，以防止在賽場拚搶過程中互相纏繞，發生意外。

馬球第二裝備：馬球。馬球的比賽用球，「狀小如拳」，用品質輕而有韌性的木料製成，中間挖空，外塗紅色或彩繪花紋。

韓愈在〈寒食直歸遇雨〉中有「不見紅球上，那論彩索飛」一句，句中的「紅球」就是外塗紅色的紅漆馬球；沈佺期在〈幸梨園亭觀打球應制〉記錄的唐蕃馬球對抗賽中的比賽用球，就是上有彩繪花紋的馬球，詩人稱之爲「畫球」。馬球塗以鮮豔顏色或繪以彩色花紋，一是爲了使馬球漂亮美觀，增加比賽的觀賞性；二是爲了使馬球在比賽中顯得更加醒目，方便球員們第一時間搶搶，增強比賽的對抗性。

馬球第三裝備：馬球杖。馬球杖，又稱爲「月杖」「鞠杖」。球杖由握柄、杖杆、杖頭三部分組成，杖頭處自然彎曲成月牙形狀，有點兒類似於今天曲棍球運動的球杖。所以《金史》裡說，「已而擊毬，各乘所常習馬，持鞠杖。杖長數尺，其端如偃月」。

考慮到馬球運動的激烈對抗性，馬球杖應該不單單是由木、竹、藤等材料製成，很可能是以木、竹、藤等材料爲芯，外包牛皮等動物皮，以增強韌性。最後再在表面塗漆，或者雕刻花紋，以求美觀。唐朝已經出現了專門負責制作馬球杖的工匠。唐人杜光庭的《錄異記》中就有一位：「蘇校書者，好酒，唱〈望江南〉，善製球杖。每有所闕，即以球杖干於人，得所酬之金以易酒。」一個馬球杖就能換頓酒喝，可見價格不便宜。

馬球第四裝備：馬球衣。據《舊唐書》中的「長慶四年西川節度使杜元穎進罨畫打球衣五百」顯示，唐人打馬球穿的是專用的馬球衣。敦煌文書中有一首〈杖前飛・馬球〉

詩，多處提及馬球衣。打馬球之前要換上球衣，「脫緋紫，著錦衣」。這種球衣又分爲青、紅兩種顏色，「青一隊，紅一隊」；而且由於運動強度大，馬球衣很容易汗濕，「人衣濕，馬汗流」。球衣汗濕了怎麼辦？可以換。李廓在〈長安少年行〉中說，「數換打球衣」。〈杖前飛·馬球〉詩中所說的「錦衣」，就是馬球衣。具體來講，就是圓領錦袍，窄袖寬身，兩側開衩，袍長及小腿。這種錦袍與球員頭上戴的襆頭、腰間圍的腰帶、腳下穿的六合靴，搭配成一套完整的馬球比賽服裝。

馬球第五裝備：馬球場。一九五六年，在唐朝大明宮考古中出土了刻有「含光殿及球場等大唐大和辛亥歲乙未月建」字樣的石碑，清楚地表明當年在修建含光殿的同時，也修建了一個馬球場。據史籍記載，長安皇宮中還有中和殿、飛龍院、保寧殿、清思殿等多處建有馬球場。還有土豪級別的官員，甚至在家中自建馬球場。唐蕃馬球對抗賽四大明星之一的楊慎交，在靖恭坊的家中，唐德宗時的司徒兼中書令李晟在永崇坊的家中，唐文宗時的翰林承旨學士王源中在太平坊的家中，都自建了馬球場。我只能說，他們家真大。

馬球場的大小和形制，韓愈在〈汴泗交流贈張僕射〉中有三句比較關鍵的詩，分別是「築場千步平如削」「短垣三面繚逶迤」「擊鼓騰騰樹赤旗」。「築場千步」，有人說是周長一千步，有人說是單邊長一千步。我更傾向於後者。因爲正常人一步長約七十公分，周長都只有七百公尺的球場，恐怕很難同時容納二十匹馬在場上奔馳；只有單邊長達七百公尺的球場，方能容納馬匹的縱橫馳奔。

「短垣三面繚逶迤」，是指馬球場的三面，用短牆環繞，以防備馬球在拚搶中飛出球場之外。還有一面，據我估計也有短牆，但可能是上面建有亭臺樓閣的短牆，以備觀眾看球，也就是沈佺期〈幸梨園亭觀打球應制〉中所說的「瓊樓」。同時，可能在這一面的短牆上留有可供開閉的門，以供球員和馬匹進出。

「擊鼓騰騰樹赤旗」：馬球場四周插滿紅旗，在馬球比賽時要擂鼓助威。重大比賽，還備有樂隊奏樂助興。

至於馬球場的地面，由於當時沒有水泥，要建造平整的馬球場，做到「築場千步平如削」「親掃球場平如砥」，只能用土夯築。爲了防止土質球場在比賽時塵土飛揚影響比賽，唐人想出了在泥土中加入油脂的辦法，「崇訓與駙馬都尉楊慎交注膏築場，以利其澤」。更叫人驚奇的是，當時還出現了「燈光球場」。《資治通鑑》說，楊渥「燃十圍之燭以擊球，一燭費錢數萬」。眞是有錢任性。

我們可以在史籍中發現，馬球場不僅在長安城有，洛陽城有，而且遍佈了大唐帝國的大小城市。在關內道邠州，河南道滑州、泗州、宋州、鄆州、汴州，河東道潞州，河北道常山郡、深州、魏州、幽州，淮南道，江南道長沙、宣州，山南道荊州，劍南道成都，隴右道沙州，嶺南道桂州，我們都可以從史書中找到建有馬球場的記錄，可以想見當時馬球在大唐帝國的普及程度。

馬球第六裝備：馬球門。馬球門，一般是在一個木板牆的下部，開一個一尺大小的小洞，洞後結有網囊，以備射門。大概也就是我們現代足球球門的縮微版。

張建封〈酬韓校書愈打球歌〉中「齊觀百步透短門，誰羨養由遙破的」，此處的「短門」就是指馬球門；〈杖前飛．馬球〉中「球似星，杖如月，驟馬隨風直衝穴」，此處的「穴」也是指馬球門；徐夤〈尙書打球小驄步驟最奇因有所贈〉中「逐將白日馳青漢，銜得流星入畫門」，此處的「畫門」也是指馬球門。所不同的是，「畫門」指的是塗有色彩或雕刻有花紋的馬球門。

馬球比賽規則：得籌多者勝。唐朝馬球比賽，球員分兩隊上場，青色球衣隊十一人，紅色球衣隊十一人，每隊派出一人負責在球門前守門。同時，場上還有一個騎馬人，穿著與眾不同的淡綠色袍，不持球杖，作爲裁判。球員每攻入一球，唐朝稱之爲「得一籌」，以馬球攻入對方球門的多寡決定勝負。基本上，和今天足球運動的勝負規則一樣。値得指出的是，唐朝馬球比賽的出場隊員人數，是允許不對等的。比如在這場唐蕃馬球對抗賽中，就是李隆基等四人對陣吐蕃十人。

唐朝的馬球明星

唐朝的馬球運動興盛達三百年之久，其中湧現了不少馬球明星。那些年，唐朝人一起追過的馬球明星，都在「大唐馬球明星排行榜」之中。

「大唐馬球明星榜」第一名：進士劉覃。

乾符四年（八七七），新科進士在月燈閣舉行打球會。當時，有神策軍打球軍將（馬球職業運動員）臨時提出，想和他們比賽馬球。正在束手無策之際，進士劉覃挺身而出，對同年們說：「僕能爲群公小挫彼驕，必令解去，如何？」「狀元已下應聲請之。覃因跨馬執杖，躍而揖之曰：『新進士劉覃擬陪奉，可乎？』諸輩皆喜。」比賽開始後，劉覃「馳驟擊拂，風驅雷逝，彼皆愕視。俄策得球子，向空磔之，莫知所在」。比賽的最後，神策軍「數輩慚沮，僶俛而去」。「時閣下數千人因之大呼笑，久而方止」。劉覃一介儒生，完勝多名馬球職業運動員，簡直是馬球高手中的高手。這是有據可查的，也是實實在在的戰績。所以劉覃當之無愧，名列「大唐馬球明星排行榜」第一名。

「大唐馬球明星榜」第二名：唐玄宗李隆基、嗣虢王李邕、駙馬楊慎交、武延秀。

將這四人並列爲第二名，當然是由於他們在唐蕃馬球對抗賽中的出色戰績。但是四打十畢竟不如劉覃的一打多，所以屈居第二名。

「大唐馬球明星榜」第三名：唐宣宗李忱。

《唐語林》載：「宣宗弧矢擊鞠，皆盡其妙。所御馬，銜勒之外，不加雕飾，而馬尤矯捷；每持鞠杖，乘勢奔躍，運鞠於空中，連擊至數百，而馬馳不止，迅若流電。二軍老手，咸服其能。」從以上文字來看，李忱的馬球技術的確高超。但只有技術描述，並無戰績記錄，所以只好讓他屈居第三名。

「大唐馬球明星榜」第四名：夏將軍。

《酉陽雜俎》載，「建中初，有河北將軍姓夏，彎弓數百斤。常於球場中，累錢十餘，走馬，以擊鞠杖擊之。一擊一錢飛起，高六七丈，其妙如此。」「狀小如拳」的馬球，怎麼也有拳頭大小，銅錢的厚度，則不到一釐米。夏將軍能夠用馬球杖將如此之薄的銅錢一枚一枚地擊起，這手上的準頭，實在是精準得狠了。但夏將軍的問題仍然是只有技術描述，並無戰績記錄，只好屈居第四名了。

「大唐馬球明星榜」第五名：唐僖宗李儇。

那位搞出了「擊球賭三川」荒唐事的唐僖宗李儇，「尤善擊球」。他對於自己的馬球技術，自視極高，曾對身邊的優人石野豬說：「朕若應擊球進士舉，須爲狀元。」不料石野豬毫不迎合，居然說：「如果遇上堯、舜作禮部侍郎當考官，恐怕陛下就要名落孫山了。」

怎樣才能把荔枝快遞給楊貴妃？

在自己生命中的最後一年，時任中書舍人的杜牧，經過了長安城郊外的華清宮。這一年是唐宣宗大中六年（八五二），杜牧正好年滿五十歲。杜牧是土生土長的長安人，此地他以前也來過，但這次來卻感慨更多。因爲，他已到了「知天命」的年齡，還因爲他已預感到，自己來日無多。作爲唐德宗朝宰相杜佑的孫子，也作爲一個久歷宦海的朝中官員，杜牧深知大唐國勢日頹，已經不可收拾了。此時此際，他有太多的理由爲大唐擔心和扼腕了。大唐本來是形勢一片大好的啊，爲什麼會落到今日這步田地？因爲「安史之亂」啊。又是誰誘發了「安史之亂」，一手葬送了安定團結、繁榮發展的大好局面？經常在華清宮鬼混的唐玄宗李隆基啊。於是，杜牧揮毫寫下了〈華清宮三十韻〉、〈過華清宮絕句三首〉等與華清宮有關的名篇。其中的字字句句，都是在指責唐玄宗李隆基，同時，也指責了楊貴妃楊玉環。

比如〈過華清宮絕句三首〉中的第一首：

長安回望繡成堆，山頂千門次第開。
一騎紅塵妃子笑，無人知是荔枝來。

長安回望繡成堆：從長安回頭，遠望驪山，東繡嶺和西繡嶺兩個山峰，綠樹蔥蘢，鬱鬱蒼蒼。

山頂千門次第開：突然，西繡嶺上華清宮的重重宮門，依次打開。

一騎紅塵妃子笑：望著塵煙中飛馳而來跑進宮門的一騎人馬，妃子笑了。這個笑了的妃子，指的就是大名鼎鼎的楊貴妃楊玉環。她爲什麼笑了？答案在下一句。

無人知是荔枝來：除了楊貴妃，沒有人知道，那馳進宮門的一騎人馬，送來的是遠方的荔枝。

現在我們知道了楊貴妃笑的原因，原來，是她的快遞到了，她最愛的美食荔枝到了。所以，她滿足地笑了。其實，古今中外的美女們，收到快遞時的滿足感，和由滿足感而流露到臉上的笑容，都是一樣的。無論她當時收到的是荔枝，還是LV。

達文西筆下《蒙娜麗莎的微笑》，讓無數人傾倒，而蒙娜麗莎微笑的原因，也成了千古之謎。有人說她是懷孕了所以微笑，有人說她是看到了情人達文西所以微笑，總之說法很多。在我看來，蒙娜麗莎之所以會微笑，原因其實非常簡單，她的快遞到了。

楊貴妃吃的是哪裡的荔枝？

楊貴妃愛吃荔枝，青史留名。

荔枝是中國的原產水果。關於荔枝的最早記載，見於西漢司馬相如的〈上林賦〉。這位娶了美女卓文君的大才子寫道：「於是乎盧橘夏熟，黃甘橙楱；枇杷橪柿，楟奈厚朴；梬棗楊梅，櫻桃蒲陶；隱夫薁棣，荅遝離支；羅乎後宮，列乎北園。」司馬相如在這裡列舉了長安城上林苑的各種水果，其中「櫻桃蒲陶」我們最熟悉。不熟悉的水果中，就有「離支」。

「離支」，就是荔枝。《扶南記》解釋說，「此木結實時，枝弱而蒂牢，不可摘取，必以刀斧取其枝，故以爲名」，所以叫「離支」。

聰明如你，通過上面的文字，一定發現了：上林苑？那地處長安城啊。原來在漢朝長安城的上林苑，司馬相如就已經見到荔枝了。那唐朝的楊貴妃想吃荔枝，還算什麼難事？叫高力士帶著人去種，種好了，再去摘不就可以了？

問題是，長安種荔枝，種不活，在漢朝就種不活。爲這事，不懂科學的漢武帝，可沒少殺人。

漢朝記載長安城建設的書《三輔黃圖》說：「元鼎六年破南越，起扶荔宮，植所得奇草異木。荔枝自交趾移植百株，無一生者。連年猶移植不息，偶一株茂，終無華實，帝亦珍惜之。一旦萎死，守吏坐誅者十人，遂不復蒔矣，其實則歲貢焉。郵傳者疲斃於道，極爲生民之患。」

漢武帝原來和楊貴妃一樣，也是荔枝的鐵杆粉絲。爲了表達對荔枝的喜愛，宮殿都命名「扶荔宮」；因爲荔枝樹在長安上林苑的枯萎死亡，他可以殺人；爲了每年吃上一顆荔枝，他也可以不顧「郵傳者疲斃於道」。

漢武帝在長安種荔枝，並爲此而殺人，那是因爲他不懂科學。查一查竺可楨先生的〈中國近五千年來氣候變遷的初步研究〉可知：即便是在漢唐時期，平均溫度高於今天、整體氣候比今天相對溫暖的條件下，荔枝生長的北限，在中國東海沿岸是福州，在中國西部內陸則是成都。在過了這兩個北限的長安，荔枝當然就種不活了。可見，即使貴爲皇帝，有些事，也是強求不來的。

於是，到了唐玄宗時，長安還是種不活荔枝。那就只有依靠種得活荔枝的地方進貢了。到哪裡去找來新鮮荔枝，哄楊貴妃開心呢？李隆基很是煩惱。還好，他管的地方大。《新唐書．地理志》等史料表明，楊貴妃至少吃過四川、廣東、廣西、福建四個省的荔枝。當然，這四個省是我們今天熟悉的行政區劃。如果按照唐朝的行政區劃，大致是劍南道、嶺南道、山南道、江南道等地的諸州。

圍繞楊貴妃到底吃過哪些地方的荔枝，自唐以來，就一直有爭論。而且，在這些爭論中，還出現了一些非常有趣的現象。

有趣現象之一：認爲楊貴妃吃過四川荔枝的，都是宋朝人。

在唐朝，四川不僅出產荔枝，而且產量很大。據《元和郡縣圖志》第三十一卷載，當時戎州、忠州、涪州都出產荔枝，其中「戎州僰道縣出荔枝，一樹可收一百五十斗」。可見四川荔枝產量之高。

在這樣的背景下，大鬍子蘇軾認爲：「天寶歲貢取之涪。」他還特別注釋說：「唐天寶中，蓋取涪州荔支，自子午谷路進入。」范成大在《吳船錄》云：「自眉嘉至此，皆產荔支。唐以涪州任貢，楊太眞所嗜，去州數里，有妃子園，然品實不高。」成書於南宋、由王象之編纂的《輿地紀勝》，在第一百七十四卷〈涪州〉中記錄：「妃子園在州之西，去城十五里，荔枝百餘株，顆肥肉肥，唐楊妃所喜。」南宋詩人謝枋得所著《注解二泉選唐詩》中說：「明皇天寶間，涪州貢荔枝到長安，色香不變，貴妃乃喜，州縣以郵傳疾走稱上意，人馬僵斃，相望於道。」宋朝人吳曾所著《能改齋漫錄》中說：「近見涪州圖經，及詢土人，云，涪州有妃子園荔枝，蓋妃嗜生荔枝，以驛騎傳遞，自涪至長安有便路，不七日到。」再晚一點兒的明朝人王士性，在所著《廣志繹》中說：「唐詩『一騎紅塵妃子笑』，乃涪州荔園所貢也，故飛騎由子午谷七日而達長安，荔子尚鮮。」

以上所說的涪州，指的是涪陵。我們今天知道這個地方，是因爲榨菜。嘉州指樂山，眉州指眉山，都在四川。

宋朝大才子宋祁在其《益部方物略記》中認爲：「荔枝出嘉、戎等州，此去長安差近，疑即妃所取。」宋人羅大經在《鶴林玉露》中說：「又如荔枝，明皇時所謂『一騎紅塵妃子笑』者，謂瀘戎產也，故杜子美有『憶過瀘戎摘荔枝』之句。」

瀘州就是今日酒徒們都知道的「瀘州老窖」產地，戎州是宜賓，還是四川。

另有宋朝人張君房，他細讀白居易任忠州刺史所作的〈荔枝圖序〉，認爲楊貴妃吃的是忠州的荔枝。這個忠州，現在是四川的忠縣。

說楊貴妃吃過四川的荔枝，比較符合邏輯。因爲楊貴妃可以算是四川人，而且幼年時期在四川生活過。她在當年就吃過四川的荔枝，長大富貴後還想著幼年的那一口兒，太正常了。

有趣現象之二：認爲楊貴妃吃過廣東、廣西荔枝的，幾乎都是唐朝人。

和楊貴妃同一時代的大詩人杜甫，寫下〈病橘〉詩說：「憶昔南海使，奔騰獻荔支。」又寫〈解悶〉詩說：「炎方每續朱櫻獻，玉座應悲白露團。」杜甫這裡的「南海」、「炎方」，我們都可以當作廣東和廣西來理解。

唐朝天寶末年的鮑防在〈雜感詩〉中說：「五月荔枝初破顏，朝離象郡夕函關。雁飛不到桂陽嶺，馬走先過林邑山。」「象郡」、「林邑」，我們可以理解爲廣西。生卒年不詳，但唐憲宗元和年間還在世的李肇，在其《唐國史補》中寫道：「楊貴妃生於蜀，好食荔枝。南海所生，尤勝蜀者，故每歲飛馳以進。」唐朝人袁郊所撰《甘澤謠》中載：「天寶十四載六月一日，貴妃誕辰，駕幸驪山，命小部音聲，奏樂長生殿。進新曲，未有名。會南海獻荔枝，因名〈荔枝香〉。」

司馬光算是宋朝人持此觀點的另類了。他在《資治通鑑》第二百一十五卷中說：「妃欲得生荔支，歲命嶺南馳驛致之。比至長安，色味不變。」宋朝大型類書《太平御覽》也持此觀點：「妃子生於蜀，好荔枝，南海生勝蜀，每歲飛馳以進，則涪不進久矣。」捎帶手的，還否定了一下涪州荔枝。

其實，說楊貴妃吃過廣東、廣西的荔枝，也比較符合邏輯。因爲在唐玄宗和楊貴妃的身邊，就有兩個廣東人，頗受他們夫妻倆的信任。一個貼心宦官高力士，是潘州即廣東茂名人，一個當朝宰相張九齡，是韶州即廣東韶關人。這二位廣東人，看到楊貴妃好這一口兒，就隆重推薦自己家鄉所產，也在情理之中。

清朝歷任漕運總督、湖廣總督、兩廣總督、雲貴總督等職，人稱「三朝閣老、九省疆臣、一代文宗」的阮元，就有過類似的推測：「新歌初譜荔枝香，豈獨楊妃帶笑嘗。應是殿前高力士，最將風味念家鄉。」

高力士家鄉的荔枝，還是無核荔枝。據段公路《北戶錄》第三卷《無核荔枝》記載，潘州荔枝，「雞卵大者，其肪瑩白，不減水精，性熱液甘，乃奇實也」。這樣的好東西，高力士豈能不向楊貴妃推薦？

《新唐書．後妃傳》中更留有張九齡向楊貴妃推薦家鄉特產的證據：「楊貴妃嗜鮮荔枝，嶺南節度使張九章乃置騎傳送，奔走數千里至京師。」這個張九章，就是張九齡的親弟弟。爲此，張九章還得了個大彩頭——「於是嶺南節度使張九章、廣陵長史王翼以所獻最，進九章銀青階，擢翼戶部侍郎，天下風靡」。

有趣現象之三：幾乎沒有人認爲，楊貴妃吃過福建的荔枝。

據一個不大正宗的史料《影燈記》記載，楊貴妃那個土豪級別的皇帝老公李隆基曾經「於長春殿漫撒閩中紅綿荔枝，令宮人爭拾之」。正由於史料不大正宗，於是就有人說，沒有證據表明，楊貴妃吃過福建的荔枝。

福建的荔枝，其實品質最好。宋朝的蔡襄，曾撰《荔枝譜》說，福建荔枝「數福州最多，而興化郡最爲奇特，泉、漳時亦知名」。這樣好的東西，不進貢給楊貴妃嘗嘗，你讓江南道的大小官員們情何以堪？

事實上，楊貴妃得寵之時，全國各地官員爭先恐後地進貢，那是史實。《新唐書．後妃傳》說：「四方爭爲怪珍入貢，動駭耳目。」《舊唐書．後妃傳》說：「揚、益、嶺表刺史，必求良工造作奇器異服，以奉貴妃獻賀，因致擢居顯位。」看看，一是四方進貢，到了「動駭耳目」的地步；二是引領風潮，揚、益等地刺史因進貢而升官。

雖然沒有明文記載，唐時隸屬於江南道的福建地區曾向楊貴妃進貢荔枝，但在中國史上的歷朝歷代，我都請各位不要低估了各地官員向中央進貢表忠心的積極性與創造性。他們，一定會排除萬難，以「有條件要進貢，沒有條件創造條件也要進貢」的精神，給楊貴妃送去福建荔枝的。

據此，我認爲，楊貴妃可能也是吃過福建荔枝的。

綜上所述，四川、廣東、廣西、福建的荔枝，楊貴妃一律通吃。

荔枝快遞走哪條路？

荔枝的快遞，是由楊貴妃的老公李隆基，動用官方驛站系統完成的。

在古代，通過官方系統傳遞文書或物品，用車叫傳，用馬叫驛，步行叫郵，統稱爲置。唐朝高度重視驛站建設，在天下的交通要道，「凡三十里一驛」，共設有「凡一千六百三十九所」驛站。其中水驛二百六十個，陸驛一千兩百九十七個，水陸兼驛八百六十個。

至於當時驛站傳遞檔或物品的速度，唐朝法律規定：「乘傳者日四驛，乘驛日六驛。」也就是說，乘車每天一百二十里，乘馬每天一百八十里。

當然也有加速的情況。舉個例子：

天寶十四年（七五五）十一月九日，安祿山在范陽起兵造反，當時唐玄宗李隆基和楊貴妃兩個人，正膩在華清宮。范陽和華清宮，兩地相隔三千里。六天之後，李隆基就知道了這一消息。可見快遞緊急軍情，最高速度達到了每天五百里。

荔枝既是皇帝女人的愛物，又需要保鮮，而且達到了杜甫描述的「百馬死山谷，到今耆舊悲」的地步，其快遞的速度肯定是當時所能達到的最高速度了。而據著名歷史學家嚴耕望先生在《唐代交通圖考》一書中推測，快遞荔枝的速度，還要高於安祿山造反的軍情傳遞速度，「驛送荔枝更加速至日行六百里以上至七百里也」。

快遞四川荔枝，走的是專修的「荔枝道」。為了不冤枉唐玄宗李隆基，還是說清楚比較好。「荔枝道」分為南北兩段。「荔枝道」南段是專修的荔枝快遞專用道，從今天重慶市涪陵區北上，經達州市、萬源縣、鎮巴縣、石泉縣、寧陝縣，就進入了「荔枝道」北段。北段是舊有道路，就是開闢於西漢平帝時期的子午道，由此穿越秦嶺著名的子午谷，到達長安。據藍勇先生在《四川古代交通路線史》中考證，這條「荔枝道」在漢中到關中的道路之間取直而行，路程因此大大縮短，僅一千公里左右，成為一條捷徑。四川荔枝經過這條「荔枝道」，僅需三天，即可抵達長安，成爲吃貨楊貴妃口中的美食。所以，南宋《方輿勝覽》第六十八卷引《洋川志》說：「楊妃嗜生荔支，詔驛自涪陵由達州取西鄉入子午谷，至長安才三日，香色俱未變。」

然而，《涪州志》的記錄，則顯示荔枝經此道，需行七日。目前看，這個記錄失實。嚴耕望先生就分析說，涪州至長安，陸路不過兩千里，唐代急驛日行五百里，爲楊貴妃特嗜，可能更增加速度，「飛騎日行近七百里」，所以「人馬斃於路者甚眾，百姓苦之」。若需要七日，則一日只行三百里，何致人馬倒斃耶？當然，這條路要穿越秦嶺，行路之難是可想而知的。

要說明的是，在陳倉道、褒斜道、儻駱道、義谷道、米倉道、金牛道等眾多蜀道中，「荔枝道」是唯一一條用水果名稱命名的蜀道。可見，楊貴妃的魅力之大。

今天，這條「荔枝道」大致就是中國包茂高速公路的路徑，地圖顯示約九百一十六公里，以本人資深司機的速度，自駕需要十一小時。古今分際，僅此而已。

至於廣東、廣西的荔枝，根據唐憲宗年間成書的《元和郡縣圖志》，從廣東到長安的路有兩條：「西北至上都郴州路四千二百一十里，取虔州大庾嶺路五千二百一十里。」即使按照每天七百里的極限速度計算，這兩條路也分別需要六到八天。福建荔枝，更是需要十天半月，才能送到楊貴妃眼前。

荔枝在快遞過程中如何保鮮？

四川的荔枝，走「荔枝道」只需要三天，使楊貴妃有了吃上鮮荔枝的可能；那廣東、廣西、福建的荔枝，動輒就需要十天半月才能送到，怎麼保鮮呢？

唐朝的白居易老先生，就曾經關注到了荔枝的保鮮問題。他在〈荔枝圖序〉中曾詳細描述了荔枝的保存時限：「若離本枝，一日而色變，二日而香變，三日而味變，四五日外，色香味盡去矣。」看看，過了三天就不行了。

有人說，楊貴妃吃的是荔枝乾，但楊貴妃肯定不同意。《新唐書》上說：「妃嗜荔支，必欲生致之，乃置騎傳送，走數千里，味未變已至京師。」《資治通鑑》上說：「天寶五載七月，妃欲得生荔枝，歲命嶺南馳驛致之。」什麼叫「生荔枝」、「生致之」、「味未變」？那就是說，楊貴妃只吃新鮮荔枝，荔枝乾、荔枝煎都不吃，雖然當時也有進貢。

那麼，唐朝人是如何在荔枝的長時間動態快遞中進行保鮮的呢？由史書記載推測，可能有以下幾種辦法。

一是蠟藏法。《隋書．五行志》載：「隋文帝嗜柑，蜀中摘黃柑，皆以蠟封蒂獻，日久尤鮮。」這也是至今還在用的水果保鮮辦法。水果塗上蠟後，表面上形成蠟質薄膜，隔絕了水果與空氣的接觸，減少了水果水分蒸發，降低了水果的呼吸作用，從而達到保鮮的目的。這個辦法說的是隋人對黃柑的保鮮，但之所以有可能被唐朝人用於荔枝保鮮，一是因爲隋唐相隔時間不遠，隋朝的一些先進技術被唐朝直接繼承的可能性很大；二是因爲黃柑和荔枝一樣，都是由四川送往長安。

二是包裹法。即用茅草、紙甚至細布，對水果表面加以包裹，以減少其在運輸中碰撞擠壓所受到的損害。《全唐文》第四百二十五卷說：「中使某乙至，奉宣進止：賜臣前件柑子。伏以江潭所出，見重於南州；包茅入貢，遠歸於北闕。」「包茅」就是用的茅草；劉肅在《大唐新語》中有「益州每歲進柑子，皆以紙裹之。他時長吏嫌紙不敬，代以細布」的記錄。這就是用紙或者細布包裹。

三是竹筒法。新砍下來的大根新鮮楠竹竹筒，在一端竹節處鑿孔，把荔枝投入，原樣合攏，密封，外裹以濕泥。這是利用竹子的天然生理活動，來達到保濕保鮮的目的。中唐時期的仲子陵曾寫有〈洞庭獻新桔賦〉：「已去霜蒂，初辭綠莖，然後盛以瀟湘之竹，束以江淮之箐……足以附荔枝於末葉，遺檳榔於後塵。」他在洞庭湖拍皇帝馬屁，用竹筒法長途快遞橘子，但又提及了「荔枝」，可見此法也曾用於荔枝的保鮮。宋朝文學家文同，在四川邛崍擔任知州時，曾收到至少五百里之外的瀘州友人用「筠奩包荔子，四角具封印」帶來的荔枝，保鮮效果相當好，「顆顆紅且潤」。以當時四川的交通條件，這樣的行程當不在五天之下。而文同詩中的「筠奩」，就是指竹製的筒匣，可知這一次帶來的荔枝是用竹筒法保鮮的。

清朝譚瑩所著〈嶺南荔枝詞〉，「藏得鮮紅數月遲，棕包竹裹亦何癡」一句中的「棕包竹裹」，自己注釋說「閩藏荔法也」。說明清朝的福建，還在用竹筒法保鮮荔枝。

最後是鹽漬法。鹽分可以防止水果與空氣過多接觸導致的變質腐敗。宋朝人錢易，寫了一本《南部新書》，其內容都是唐朝、五代的事。該書記載：「舊制，東川每歲進浸荔枝，以銀瓶貯之，蓋以鹽漬其新者，今吳越謂之『鄞荔枝』是也。」這便是唐朝五代時期用鹽漬法進行荔枝保鮮的實證。

其實，對於三天的短途快遞而言，上述的荔枝保鮮辦法可能還管點兒用。但若是十天半月的長途快遞，這些辦法都不管用了。

眞正的大招，是這個辦法——挖出整棵荔枝樹，裝入木桶，再長途快遞！

實踐證明，這個辦法的效果最好。但唯一的難處在於，挖樹的時間要根據進貢路程進行把握。挖晚了，荔枝在快遞途中成熟，沿途脫落，既不好運，運到了楊貴妃的口感也不好；挖早了，到了長安荔枝也沒成熟，楊貴妃看在眼裡吃不上嘴，發起脾氣來也未可知。所以要根據多年的進貢經驗，才能掌握最佳挖樹時間，實現送到長安時荔枝品質最佳、口感最好的效果。

關於這種進貢荔枝的辦法，清朝有一個「哈密瓜貢」可以參照：「起貢時，瓜只熟至六分，途間封閉包束，瓜氣互相鬱蒸，至京可熟至八分。如以熟八九分者貯運，則蒸而霉爛矣。」

但是，這種竭澤而漁的進貢法，其實並不受民間歡迎。因爲今年把樹挖了，明年怎麼辦？要知道，古代荔枝樹要經過至少十二年才能成熟掛果。所以，到了荔枝進貢時節，某樹一旦選爲貢品，官府即派小吏日夜坐守。若碰上貪吏強攤賤價，那些唐朝時名叫「荔枝戶」的果農們，就更加苦不堪言。正所謂「一顆荔枝供宮闕，十家五家民力竭」。但是，荔枝樹仍然被整棵挖出來進貢。這一任官員只管自己任內有荔枝進貢，討得皇帝和貴妃歡心，好升遷調任，誰還管下一任官員有沒有荔枝進貢和老百姓的死活？

唐朝的荔枝如此進貢，所以到了宋朝，詩人宋翰寫的〈涪州〉詩，就有了「荔枝妃子國，不復囊時輸」的感慨；陸游途經涪州時，也發出了「不見荔枝空遠遊」的感嘆。荔枝樹都被挖沒了，當然就不見荔枝了。於是《涪州志》說：「涪人懲荔枝之害，芟薙不遺中。」涪陵人寧願自己不再吃荔枝，也不願意再種荔枝樹。在蒼梧，也有「荔枝奴」的說法，意思是說栽種荔枝，就是永遠做了貢奴。可見荔枝進貢的勞役之苦，影響深遠。

宋朝也用過這個大招進貢荔枝。南宋《三山志》第三十九卷小注云：「宣和間，以小株結實者置瓦器中，航海至闕下，移植宣和殿……」清朝宮中檔案《哈密瓜蜜荔枝底簿》

也記錄了這個大招：「乾隆二十五年六月十八日福建巡撫吳士功進鮮荔枝樹五十八桶，共結荔枝二百二十個，本日交吊下荔枝三十六個之內，拿十個進宮供佛，其餘隨晚膳後呈進。旨明日早膳送，欽此。於六月十九日御茶房將荔枝三十六個，新交荔枝四個，共四十個，早膳畢，呈上覽過。奉旨恭進皇太后鮮荔枝二個。差御茶房首領蕭雲鵬進訖，溫惠皇貴太妃、裕貴妃每位鮮荔枝一個。賜皇后、令貴妃、舒妃、愉妃、慶妃、穎妃、婉嬪、忻嬪、豫嬪、林貴人、蘭貴人、郭貴人、伊貴人、和貴人、瑞貴人，每位鮮荔枝一個。」

這一資料的珍貴之處在於：一是說明直到清朝，新鮮荔枝仍是宮中珍品，貴為皇太后、皇后，都只能分得一兩個；二是從「鮮荔枝樹五十八桶」中可以看出，清朝時荔枝從福建進貢到北京，還是用整棵荔枝樹裝桶快遞的老辦法。這個辦法，在乾隆的〈荔枝〉詩中也有記錄：「分根植桶土栽培，度嶺便船載以來。」

所以，只有挖出整棵荔枝樹，裝入木桶，再長途快遞這樣的大招，才能讓楊貴妃吃上新鮮荔枝。話說這些進貢的官員，也是蠻拚的。

愛吃荔枝的楊貴妃其實並非「禍水紅顏」

楊貴妃愛吃荔枝不假，而因為她好這一口兒，她的老公李隆基動用國家力量為她運送荔枝也不假。但是，包括杜牧在內的一大票人，恨不得將「安史之亂」、唐朝滅亡，都歸咎於楊貴妃，歸咎於楊貴妃愛吃荔枝。這就不大厚道了。因爲，楊貴妃眞的比竇娥還冤。

首先，荔枝進貢並非因她而始。荔枝進貢的最早記錄，在西漢。西漢劉歆在《西京雜記》記載：「南越王佗獻高帝鮫魚、荔枝。帝報以葡萄錦四匹。」這個「帝」，指的是劉邦。

從漢朝文獻可知，漢朝進貢鮮荔枝成年度慣例，是從西漢武帝劉徹開始，直到東漢和帝下令罷貢才結束的，前後跨越了兩漢十二代皇帝，時間長達二百三十年。如果上溯到漢高祖劉邦，則長達三百年之久。而且，漢朝的荔枝進貢，照樣是「十里一置，五里一候，奔騰阻險，死者繼路」。進貢路上的慘烈狀況，是由當時的道路交通條件所致，並非由於楊貴妃特別喜歡吃新鮮荔枝。

其實在唐朝初年，荔枝就已正常入貢長安；只是楊貴妃好這一口兒鬧得天下皆知，地方官員又進貢心切，造成了不必要的人馬傷亡，加之杜牧等人詩歌宣傳，這才有了楊貴妃的不好名聲。

其次，荔枝進貢並未因她而止。杜甫就指出：「先帝貴妃今寂寞，荔枝還復入長安。」也就是說，楊貴妃在「安史之亂」中死去以後，荔枝仍然入貢長安。這難道還是因爲楊貴妃愛吃荔枝而進貢的？

同樣是據唐朝的《杜陽雜編》記載，唐敬宗寶曆二年（八二六）時，浙東國進獻舞女二人，名曰「飛鸞」和「輕鳳」。唐敬宗特別喜歡這兩個舞女，因此她們吃的食物「多荔枝榧實，金屑龍腦之類」。顯然，兩個舞女在長安吃的荔枝，亦由進貢而來。怎麼未見詩人們指責這兩個舞女貪吃亡國？

事實上，荔枝貢從漢朝一直延續到清朝，中間只有少數時段因皇帝的親民作秀而短暫中斷。所以，僅僅指責楊貴妃愛吃荔枝而導致國家滅亡，並不公平。

需要指出的是，作爲皇帝李隆基寵愛的女人，李隆基爲她不理政事，甚至動用國家力量運送新鮮荔枝討她歡心，那是事實；但楊貴妃本人，在史上幾乎沒有舞弊干政的事例，說她貪吃荔枝導致亡國，說她是「紅顏禍水」，她眞比竇娥還冤。特別是在動用驛馬快遞荔枝這個問題上，可以套用一句詩作爲楊貴妃的心曲：「君在外頭動驛馬，妾在深宮哪得知？」

另外，杜牧此詩，在荔枝快遞到達長安的時間上，也有些冤枉楊貴妃。據唐朝史書記錄，不僅李隆基、楊貴妃，唐朝的歷代皇帝，基本都是在每年的秋冬季節駐蹕華清宮，泡泡溫泉，祛寒防病。

而到了荔枝成熟的入夏時節，李楊二人應該早已回到了長安。也就是說，楊貴妃不大可能在華清宮裡，看著宮門次第打開，迎接荔枝的到來。她更應該是在長安城的大明宮裡，笑容滿臉地打開她的快遞，開吃新鮮荔枝。

楊貴妃的霓裳羽衣

天寶年間的一天，楊貴妃的貼身宮女張雲容，陪同唐玄宗、楊貴妃，沿著西起長安、東至洛陽的崤函古道，來到了位於陝州硤石縣（今河南澠池）的繡嶺宮。宮中歡宴之餘，張雲容獻上一曲「霓裳羽衣舞」。她果然不愧爲楊貴妃的親傳弟子，一曲舞下來，綽約多姿，傳神逼眞，一招一式直追楊貴妃。師父楊貴妃很高興，作詩〈贈張雲容舞〉：

羅袖動香香不已，
紅蕖嫋嫋秋煙裡。
輕雲嶺上乍搖風，
嫩柳池邊初拂水。

羅袖動香香不已：張雲容輕抖羅袖，翩翩起舞，所過之處，芳香四溢。唐朝的美女們，在宴飲、起居、出遊、勞作等場合，多穿小袖的窄衣；只有在需要盛裝出席的重大禮儀場合或者表演舞蹈的樂舞場合，才穿大袖寬衣。所以，張雲容在獻舞時，抖起來的是「羅袖」。

紅蕖嫋嫋秋煙裡：那一雙穿著紅色宮鞋的雙腳，在煙霧之中若隱若現，朦朧綽約。此句中的「紅蕖」，本義是指紅色荷花，也可喻指女子的紅鞋。目前所看到的所有關於此詩的解讀，均認為從此句起，作者就使用「紅蕖」的第一層意思，開始了對舞者的比喻。此句是比喻舞者像紅色荷花一樣。

在我看來，此處作者用的是「紅蕖」的第二層意思。因為詩的第一句和第二句是對仗關係。第一句說的是舞者的「羅袖」，正好對仗第二句舞者腳上的「紅鞋」。上對下，手對腳，沒毛病。

輕雲嶺上乍搖風：張雲容的舞姿，正如嶺上的白雲，乍遇微風，輕柔舒緩。

嫩柳池邊初拂水：又如池邊的嫩柳，輕拂水面，婀娜多姿。

詩中的張雲容，不僅是楊貴妃的貼身宮女，而且還是「寵幸愈於群輩」的貼身宮女。張雲容由於身分低微，史籍未見正式傳記。但在《太平廣記》第六十九卷中，還可以看到她的一些記錄：「長曰雲容，張氏……容曰：『某乃開元中楊貴妃之侍兒也。妃甚愛惜，常令獨舞〈霓裳〉於繡嶺宮。妃贈我詩曰：「羅袖動香香不已……」詩成，明皇吟詠久之，亦有繼和，但不記耳。遂贈雙金扼臂，因此寵幸愈於群輩。』」原來，當時楊貴妃寫出〈贈張雲容舞〉之後，唐玄宗也寫了和詩。可惜張雲容記性太差，沒有記住。

儘管張雲容只記住了一首詩，但她能得到楊貴妃如此稱讚，相當不易。作爲盛唐時期舞蹈家級別的人物，作爲教授張雲容這個舞蹈的師父，作爲在史上只留下了這一首詩的「四大美女」之一，楊貴妃居然能夠爲她寫首詩，張雲容應該感到相當榮幸了。

當然，就詩而言，〈贈張雲容舞〉並非佳作。但考慮到史上的楊貴妃，是以色聞名而非以詩聞名，有此顏値居然還能寫詩，已經很牛了。用我們今天跨界的眼光來看，楊貴妃不一定是美女裡面最會寫詩的，但她一定是詩人裡面最美的。

曲舞情深

張雲容的「霓裳羽衣舞」，是在大唐第一名曲「霓裳羽衣曲」的伴奏之下，進行表演的。

所謂「霓裳」，以霓爲裳；「羽衣」，以羽爲衣。「霓」，《爾雅》說：「雄曰虹，雌曰霓……青白色謂之霓。」「羽」，《說文》說：「鳥長羽毛也。」至於「衣」「裳」，《說文》說：「上曰衣，下曰裳。」

所以，表演「霓裳羽衣舞」的張雲容，一定是穿著羽毛裝飾的上衣，下身穿著青白色的舞裙，極盡美輪美奐之能事。這種搭配的演出服裝，我們也可以從「霓作舞衣裳」、「新換霓裳月色裙」、「人惜曲終更羽衣」、「春風蕩漾霓裳翻」等詩句中得到驗證。

無論是「霓裳羽衣曲」還是「霓裳羽衣舞」，都與張雲容此時的兩個觀眾——唐玄宗和楊貴妃相關。

唐玄宗李隆基，即使不是「霓裳羽衣曲」的原創者，也是這一史上名曲的改良者和定型者。

「霓裳羽衣曲」的來源很神奇，傳說是李隆基夢遊的產物。「開元六年，上皇與申天師中秋夜間同遊月中，見一大宮府，匾曰『廣寒清虛之府』，兵衛守門不得入……素娥十餘人，舞笑於廣庭大樹下，樂音嘈雜清麗。上皇歸，編律成音，制『霓裳羽衣曲』。」

也就是說，李隆基偶然在申天師的陪同下，夢遊了一次月宮，聽到了「只應天上有」的此曲，記了下來，「編律成音」，將它變成了「人間能得幾回聞」的曲子。

類似的說法，大詩人劉禹錫也是相信的。他在〈三鄉驛樓伏睹玄宗望女幾山詩，小臣斐然有感〉中寫道：「開元天子萬事足，唯惜當年光景促。三鄉陌上望仙山，歸作霓裳羽衣曲。」

今天看來，比較靠譜的說法是，此曲並非由一人創作於一時一地，而是在河西節度使楊敬述進獻的印度神曲〈婆羅門〉的基礎上，經過李隆基之手進行了潤色和改良，實現了「蕃漢合奏」，才得以最終定型的。時間大約在開元二十九年（七四一）前後。

「霓裳羽衣曲」，可由磬、簫、箏、笛、箜篌、笙、琵琶、琴等多種樂器合奏而出，也可由笛、琴這樣的單一樂器獨奏。

作爲唐朝的名曲，它從誕生的那天起，就成了宮中歡宴的必奏曲目。而在它還未失傳的數百年間，能否演奏此曲，是衡量樂工水準高低的一把重要尺子。

在歷史上，是先有的「霓裳羽衣曲」，後有的「霓裳羽衣舞」。而「霓裳羽衣舞」能夠出現，楊貴妃功不可沒。

楊貴妃，是「霓裳羽衣舞」的編舞者和首演者。

楊貴妃對於「霓裳羽衣曲」，並不陌生。在她被冊封爲貴妃的那一天，宮中演奏的就是「霓裳羽衣曲」。《楊太眞外傳》載：「天寶四載七月，冊左衛中郎將韋昭訓女配壽邸。是月，於鳳凰園冊太眞宮女道士楊氏爲貴妃，半後服用。進見之日，奏〈霓裳羽衣曲〉。」

在如此重要的人生時刻，耳中傳來的是「霓裳羽衣曲」，怎能不讓楊貴妃對此曲印象深刻、情有獨鍾呢？也許，她要爲此曲編舞的想法，就萌發於這個時刻。

「上又宴諸王於木蘭殿，時木蘭花發，皇情不悅。妃醉中舞〈霓裳羽衣〉一曲，天顏大悅，方知回雪流風，可以回天轉地。」這是《楊太眞外傳》關於史上「霓裳羽衣舞」第一次演出的記載，時間是天寶十年（七五一）的上元節。「霓裳羽衣舞」，就在楊貴妃的微醺之中，一氣呵成。

楊貴妃的首演和張雲容在繡嶺宮的表演，都是獨舞。而按照楊貴妃的編舞，「霓裳羽衣舞」可以是獨舞，也可以是群舞。唐宣宗時期的詩人鄭嵎，應該是見過「霓裳羽衣舞」的群舞。他在〈津陽門詩並序〉中回憶道：「上始以誕聖日爲千秋節，每大酺會，必於勤政樓下使華夷縱觀……又令宮妓梳九綺仙髻，衣孔雀翠衣，佩七寶瓔珞，爲〈霓裳羽衣〉之類。曲終，珠翠可掃。」看來，宮女們的表演非常賣力，以至於大部分人的首飾都掉在了地上，到了「珠翠可掃」的地步。《唐語林》則記錄了一次群舞的人數，可以達到數百人之多，「至日，出數百人，衣以珠翠緹繡，分行列隊，連袂而歌」。

就是因爲「霓裳羽衣曲」和「霓裳羽衣舞」，我才一直認爲，李隆基和楊玉環兩個人之間，是有過愛情的。這是他們二人共同愛好的結晶。多麼高雅的共同愛好，多麼美好的愛情結晶。普通夫妻，只能你耕田呀我織布；李隆基和楊玉環，可是你作曲呀我編舞。

李隆基本就具有極高的音樂藝術才能。史稱他「性英斷多藝，尤知音律」。樂器方面，「自執絲竹」，尤愛羯鼓，認爲「羯鼓，八音之領袖，諸樂不可方也」。李隆基還被稱爲「梨園祖師爺」，因爲他「於聽政之暇，教太常樂工子弟三百人爲絲竹之戲，音響齊發，有一聲誤，玄宗必覺而正之。號爲皇帝弟子，又云梨園弟子，以置院近於禁苑之梨園」。李隆基一生，除「霓裳羽衣曲」之外，還「制新曲四十餘，又新制樂譜」，著名的曲子有「紫雲回」、「龍池樂」、「凌波仙」、「得寶子」等。

比之李隆基的音樂才能，楊玉環也堪稱「音樂小才女」。正史說她「姿質豐豔，善歌舞，通音律」，「善歌舞，邃曉音律」，「多曲藝，最善擊磬。拊搏之音，玲玲然多新聲，雖太常梨園之能人，莫能加也」。《太平廣記》還記錄說：「楊妃每抱是琵琶，奏於梨園，音韻淒清，飄如雲外。而諸王貴主，洎[1]虢國以下，號爲貴妃琵琶弟子。」所以，人家不僅僅是楊貴妃，還是楊老師。

夫妻倆都通音律，一個善擊鼓，一個善擊磬，一個作曲，一個編舞，這才有了「霓裳羽衣曲」和「霓裳羽衣舞」的完美搭配，這才有了醉心於共同愛好、逐步滋生愛情的天作之合。此時，對於他們兩個人來說，都是一生中最難得的幸福時刻。

楊貴妃最愛的黃裙子

其實，我一直懷疑，史上的楊貴妃是否曾經眞的穿著羽毛裝飾的上衣和青白色的舞

1 到、及。

裙，表演過「霓裳羽衣舞」。因爲，說到裙子，楊貴妃最愛的，還是黃裙子。

楊貴妃喜歡黃裙子，那可是見諸正史的。《新唐書·五行志》說：「楊貴妃常以假鬢爲首飾，而好服黃裙。近服妖也。時人爲之語曰：『義髻拋河裡，黃裙逐水流。』」這條記錄，說了楊貴妃的兩個私家愛好，一是戴假髮，二是穿黃裙子。

先說假髮。不看到這樣的史書記錄，我還眞想不到她會喜歡假髮這個東西。莫非這位名列「四大美女」之一的楊貴妃，自己的頭髮長得不好？

在楊貴妃之前，早在春秋時期，中國就已有使用假髮的記錄了。《詩經·鄘風·君子偕老》中有一句「鬒髮如雲，不屑髢也」。這裡的「鬒」，指黑而稠密的眞頭髮；「髢」，則是指假髮。這一句的意思是，擁有一頭濃密亮澤的眞頭髮，根本不屑於佩戴假髮。可見，早在春秋時期，就已經有人因爲頭髮不好而戴假髮了。

那麼問題來了，楊貴妃所戴的假髮，從哪裡來？據學者考證，居然是來自朝鮮半島的新羅王國。

現存歷史最早的有關新羅、高句麗、百濟的歷史著作——《三國史記》記載，新羅曾分別在唐玄宗開元十一年（七二三）、開元十八年、開元二十二年，三次向唐帝國進貢頭髮。

開元十一年，「夏四月，遣使入唐，獻果下馬一匹，牛黃、人參、美髢」；開元十八年，「春二月，遣王族志滿朝唐，獻小馬五匹，狗一頭，金二千兩，頭髮八十兩」；開元二十二年，「夏四月，遣大臣金端竭丹入唐賀正……獻小馬兩匹、狗三頭……頭髮一百兩」。

這些由新羅在開元年間進貢而來的假髮，戴到天寶年間楊貴妃的頭上，可能性相當之大。

再說楊貴妃喜歡的黃裙子。

首先要指出，黃裙子並不是唐朝美女裙子顏色的主流，而是另類。唐朝美女們，穿「石榴裙」這樣的紅裙子居多，綠裙子也不少，這是主流；黃裙子、紫裙子、藍裙子、藕色裙子、月白色裙子，則不多，算是當年的奇裝異服，所以才會被人認為是「近服妖也」。

「黃」字，早在甲骨文中就已出現。古人認為，黃是土地的顏色。《說文解字．黃部》說「黃，地之色也」，《論衡》說「黃為土色，位在中央」。

唐朝皇帝們自認土德，顏色尚黃。所以赭黃色一貫為皇室專用，皇室成員之外的唐朝男人們，最好不要穿黃色衣服，否則就是僭越。對於美女們的黃裙子，一開始倒也不是那麼嚴格，所以楊貴妃才有了穿奇裝異服的機會。

但到了大和六年（八三二），唐文宗以朝廷詔書的形式，很嚴肅地對美女們的裙子顏色，進行了規定。這個詔書記載在《唐會要》第三十一卷之中：「其女人不得服黃紫為裙，及銀泥罨畫錦繡等。餘請依令式。」但唐文宗晚於唐玄宗、楊貴妃一百多年，是他們的曾孫。所以楊貴妃祖奶奶要是任性，非要穿個黃裙子，我估計唐文宗這曾孫子，也不敢管。

事實上，即使是在自己的管轄範圍內，唐文宗到底還是沒管住美女們的裙子顏色。黃裙子在唐人的著作中，照樣大量存在：

戴孚《廣異記》中曲沃縣尉孫頊之母「曾著黃裙白裶襦」；高彥休《唐闕史·韋進士見亡妓》中的亡妓穿著黃裙；杜光庭《仙傳拾遺》中的益州士曹之妻「著黃羅銀泥裙」。

就連唐朝的妖精，也穿黃裙子。《廣異記》中就有一個穿黃裙子的狐狸精「有黃裙婦人自稱阿胡」。

到了唐朝詩人那裡，黃裙子也被叫作「鬱金裙」。杜牧有詩「看舞鬱金裙」，李商隱也有詩「招腰爭舞鬱金裙」，說的都是黃裙子。

唐朝以後，詩人們甚至直接以「楊妃裙」指代秋天的黃色菊花。《百菊集譜》第三卷載：「有〈菊〉詩云：楊妃只有黃裙在，且問風霜留得無？所謂楊妃裙，蓋菊名也。」

在考古發現中，黃裙子亦時有發現。在唐永泰公主墓壁畫、唐章懷太子墓壁畫中，均可看到穿著黃色襦裙裝的人物。

唐朝美女們的黃裙子，多用梔子、槐花、薑黃、黃芩、黃檗、黃櫨、藎草、鬱金等植物性染料，染色而來。

這其中特別值得一提的是鬱金。《本草衍義》載：「鬱金不香，今人將染婦人衣最鮮明，然不耐日炙。染成衣，則微有鬱金之氣。」然而，這是指薑黃屬的鬱金。楊貴妃時期，還有另一種番紅花屬的鬱金香，可供使用。也就是通過絲綢之路，從今天的印度、越南、伊朗等地而來的名貴香料鬱金香。

唐朝詩人許渾〈十二月拜起居表回〉中有一句：「周人誰識鬱金袍？」既然周人不識，顯然詩中這個皇帝所穿的「鬱金袍」，不是用大唐所產的薑黃屬鬱金所染，而是用從名貴香料鬱金香中所提取的黃色染料所染。

由於鬱金香是昂貴的外來香料，普通的唐人未必有實力用其來染衣，但皇帝和楊貴妃，其衣服用帶有濃郁香味的鬱金香來染色，還是沒有問題的。

鬱金香還有另外一種普通用途，就是薰衣。沈佺期〈李員外秦授宅觀妓〉中的「羅袖鬱金香」，其道理就與楊貴妃〈贈張雲容舞〉中的「羅袖動香香不已」一樣。雖然我們不能肯定張雲容的羅袖，也是用名貴的鬱金香所薰，但能夠「香不已」，肯定是用香料薰過的。

探究起來，楊貴妃之所以喜歡穿黃裙子，恐怕至少有兩個原因。第一個原因當然是標新立異。在唐朝，宮廷貴族女性群體，是引領時尚潮流的風向標。一個不到三十歲的美女，被皇帝看中而名滿天下，她不搞搞新意思，不穿穿奇裝異服，不是白活了嗎？第二個原因則是道教信仰。楊貴妃曾經從開元二十九年（七四一）正月初二到天寶四年（七四五）八月，假模假樣地當了四、五年的宮中女道士。在當時道教的法服之中，有「絳裙」、「青裙」、「黃裙」等不同顏色的法服，不同顏色也代表著不同等級。在剛開始當女道士的時候，也許楊貴妃就選擇了相對比較喜歡的黃裙子，並且一穿就是四、五年。結果，臨時性選擇變成了習慣性喜好，對黃裙子喜歡了一輩子。

除了黃裙子之外，楊貴妃和唐朝其他美女們一樣，也會在上衣之外披上帔帛，作爲美美的裝飾。

楊貴妃肩上的帔帛，不僅有著保暖、美觀的作用，還另有娛樂用途。《開元天寶遺事》載：「明皇與貴妃，每至酒酣，使妃子統宮妓百餘人，帝統小中貴百餘人，排兩陣於掖庭中，目爲『風流陣』。以霞帔錦被張之爲旗幟，攻擊相鬥，敗者罰之巨觥，以戲笑。」

所謂「霞帔」，就是指有霞紋的帔帛。此時看著霞帔飄揚，並且在「風流陣」中玩得開心的楊貴妃，絕對不會想到，在自己生命的最後時刻，勒住她的脖子讓她窒息而死的，正是這樣一條她平時披在肩上的帔帛。

楊玉環之死

眾所周知，楊貴妃死在「馬嵬之變」中。

說起來，在「四大美女」中，楊貴妃是嫁得最好的一個，因爲她老公先是皇子，後是皇帝；但她也是史書明文記載中下場最慘的一個，是唯一死於非命的一個。作爲一代美女，她的生命終結於三十八歲，活生生地被「縊死於佛室」。

「馬嵬之變」是唐史上的著名事變之一。不僅直接導致了楊貴妃的死亡，而且直接導致了皇權的更替。其全部過程，《資治通鑑》記錄甚詳。

「安史之亂」爆發後，李隆基和楊玉環決定西逃蜀地。天寶十五年（七五六）六月十三日，他倆只帶著太子、親王，還有宰相楊國忠、韋見素，高力士、陳玄禮及侍從禁軍，離開了長安。六月十四日中午，他們到達了馬嵬驛。就在這裡，據說是因爲「將士饑疲，皆憤怒」，禁軍突然發生了兵變。兵變士兵首先殺死了宰相楊國忠，「國忠走至西門內，軍士追殺之，屠割支體，以槍揭其首於驛門外」，再殺死了御史大夫魏方進，並打傷了宰相韋見素。然後，殺紅了眼的士兵們圍住了李隆基和楊玉環在驛站的住地，場面緊張萬分，到了一觸即發的地步。天知道這些情緒激動的士兵們，還會想殺誰？

李隆基親自出門，撫慰將士，要求收隊，結果他們不動。李隆基讓高力士去問他們不肯收隊的原因，掌管禁軍的將領陳玄禮代表大家回答：「國忠謀反，貴妃不宜供奉，願陛下割恩正法。」

李隆基頓覺五雷轟頂，意識到寵妃的死期到了。他辯解道：「貴妃常居深宮，安知國忠反謀！」高力士勸他：「貴妃誠無罪，然將士已殺國忠，而貴妃在陛下左右，豈敢自安！願陛下審思之，將士安，則陛下安矣。」高力士這句話，實際上是告訴李隆基，如果不丟掉楊貴妃這個車，他李隆基這個帥也可能保不住了。

到底還是自己的命重要一些。李隆基權衡再三，只好縊殺了楊貴妃，並「輿屍置驛庭，召玄禮等入視之」。至此，一場兵變平息了，「玄禮等乃免冑釋甲，頓首請罪，上慰勞之，令曉諭軍士。玄禮等呼萬歲，再拜而出，於是始整部伍為行計」。

那麼，在以上的「馬嵬之變」中，到底是誰手這麼黑，整死了最後一個「四大美女」？

從表面看，是禁軍將領時任龍武將軍的陳玄禮。因為在事變中，是他不能約束手下的士兵而導致兵變，而且是他第一個提出要殺死楊貴妃的。

然而眞凶並不是他。關於陳玄禮在「馬嵬之變」中的作用，在唐朝就已公認的是，他允許手下士兵殺死楊國忠，是正義的行動，也是有利於唐王朝大局的行動。兵變之後，當時的人包括李隆基本人在內，從未懷疑過陳玄禮對唐玄宗的忠誠度，所以此事之後李隆基仍然允許陳玄禮掌管禁軍，扈從自己幸蜀，後來還護送自己回到長安。陳玄禮個人沒有野心，其目的只是殺掉禍國殃民的宰相楊國忠。他的背後，還有人。關鍵是找出陳玄禮背後的這個人來。

這個背後指使陳玄禮的人，是誰呢？著名唐史大家黃永年先生說是高力士。但這種可能性實在不大。和陳玄禮一樣，兵變之後的高力士，仍然深得李隆基的信任，隨他入蜀，後又隨他回到長安。在長安，高力士還因爲對李隆基的忠誠，遭到了唐肅宗的猜忌，被流放巫州。後來在遇赦回京的途中，高力士聽說李隆基逝世，「北望號慟，嘔血而卒」。這樣一個至死都對李隆基很忠誠的人，你說他主謀發動兵變，殺死李隆基的寵妃，還可能會殺死李隆基本人，我不知道大家信不信，反正我是不信的。

從兵變的最大受益者來看，陳玄禮背後的人，只能是當時的東宮太子、兵變二十八天後即自封皇帝的李亨。

史書顯示，李亨本人，包括他發動兵變的主要助手宦官李輔國，兩個兒子廣平王李豫、建寧王李倓，在兵變前後都活躍異常。《資治通鑑》第二百一十八卷：「陳玄禮以禍由楊國忠，欲誅之，因東宮宦者李輔國以告太子，太子未決。」其實太子不是「未決」，而是迅速做出了兵變的決定。史書這樣寫，是因爲原始記錄被他修改過，沒有揭他的老底而已。《舊唐書》多處記錄李亨參與了誅殺楊國忠、發動兵變的密謀，「龍武將軍陳玄禮懼其亂，乃與飛龍馬家李護國謀於皇太子，請誅國忠，以慰士心」，「禁軍大將軍陳玄禮密啓太子，誅國忠父子」。

李亨當時也有發動兵變的力量。不僅掌管全部禁軍的陳玄禮願意與其合作，他自己也直接掌握著一部分禁軍力量。《舊唐書》記錄「玄宗幸蜀」時，李亨的兩個兒子——廣平王李豫、建寧王李倓，「典親兵扈從」。

李亨爲什麼要殺楊國忠？因爲舊恨新仇。

舊恨，由來已久。作爲宰相的楊國忠，想擁立的太子是楊玉環的前任老公、壽王李瑁，而不是李亨。即使在李亨當上皇太子之後，楊國忠仍不死心，夥同李林甫一起數興大獄，「上幾危者數四」；楊國忠還「依倚妃家，恣爲褻穢，懼上英武，潛謀不利，爲患久之」。兩人之間的梁子，一直就在。

新仇，則剛剛發生。「安史之亂」爆發之後，楊國忠、楊貴妃，還有楊氏家族在內，都直接參與了阻止李亨接替皇位的行動。「及祿山叛，露檄數國忠之罪。河北盜起，玄宗以皇太子爲天下兵馬元帥，兼撫軍國事。國忠大懼，諸楊聚哭，貴妃銜土陳請，帝遂不行內禪。」

舊恨加上新仇，可以想見李亨對楊國忠的仇恨程度。但在唐玄宗李隆基大權在握的長安城，李亨只能隱忍不發。直到「安史之亂」爆發，李隆基、楊國忠離開長安，身邊僅有少量禁軍扈從時，他才看到了機會。

雖然離開了長安，但李亨卻不想去蜀地。原因之一，是楊國忠在蜀地勢力強大，「自祿山兵起，國忠以身領劍南節制，乃佈置心腹於梁、益間，以圖自全之計」。在雙方仇恨如此之深的情況下，李亨深入楊國忠勢力更強的蜀地，無異於自尋死路。原因之二，李亨到這一年，已是四十六歲的老太子了，他等不起了。如果李亨跟隨父親到達蜀地，繼續在父親的卵翼之下再活個五到十年，即使還能夠成功繼位，他這一生也基本算是廢了。

因此，當陳玄禮在馬嵬驛找上門來時，李亨馬上就做出了決定，發動兵變，殺掉楊國忠，然後脫離父親，北上靈武，登上皇位，領導平叛。所以在「馬嵬之變」中，李亨要殺的主要目標，是楊國忠。至於楊貴妃，只是他要殺的次要目標而已。

可惜，在這樣你死我活的政治鬥爭中，無論是主要目標還是次要目標，都是要付出生命的代價的。更何況，楊貴妃曾經「銜土陳請」，深深陷入楊氏家族阻止李隆基禪位李亨的行動之中。

這，還真就怪不得李亨手黑了。

一顆櫻桃的命運：「安史之亂」的另一面

唐肅宗上元元年（七六〇）四月，東都洛陽的櫻桃熟了。吃著新鮮的櫻桃，洛陽的新主人想起了此時遠在相州（今河南安陽）的大兒子。這位父親決定，讓手下人快馬加鞭六百里，給他送一籃子櫻桃去，讓他也嘗嘗鮮。同時，愛子殷殷的父親還附上便條，上寫〈櫻桃子詩〉一首：

櫻桃一籃子，半赤半已黃。
一半與懷王，一半與周至。

這一籃子盛的哪是櫻桃，簡直就是滿滿的父愛啊。這充滿著父子親情的一首詩，雖然接近大白話，但我們還是來看看詩的意思：

櫻桃一籃子，半赤半已黃：櫻桃，一半是紅色，一半是黃色，紅黃相間，很是好看。

還有黃色的櫻桃？有的，一直就有。

櫻桃，又名朱櫻、鶯桃、含桃、朱茱、麥英、楔荊桃，大而甘者謂之崖蜜。因果實顏色不同，在唐朝有幾種叫法：果實深紅色者謂之朱櫻，紫色皮裹有細黃點味甘美者謂之紫櫻，黃色透明者謂之蠟櫻，小而紅者謂之櫻珠。看來，這位父親給兒子送去的，是蠟櫻。

一半與懷王，一半與周至：父親在便條中要求，這一籃子蠟櫻，一半給兒子懷王吃，一半給兒子的得力助手周至吃。可見，父親愛屋及烏，連兒子的助手都考慮到了，眞是一位爲兒子營造良好工作環境的好父親。

這位父親之所以給兒子和臣下送去櫻桃，在當時，那可是大有講究的。因爲，櫻桃是唐朝排名第一的「政治水果」。排名第一？政治？爲什麼？

櫻桃在唐朝受歡迎的程度，完全超出我們現代人的想像。就這麼一顆小小的櫻桃，上至皇帝，下至百姓，人人珍而重之，喜而愛之，樂而癲之。皇帝用櫻桃來祭祀祖先，用櫻桃來賞賜大臣；人們用櫻桃來互相饋贈，甚至爲之舉辦「櫻桃宴」。到了櫻桃接近成熟的季節，大家賞櫻花，享受櫻桃鮮果，飲酒作樂，吟詩作賦。據不完全統計，《全唐詩》中涉有櫻桃的詩篇，就有幾百首。杜甫、白居易、王維等詩人，都留有櫻桃名篇。

小小一顆櫻桃，爲什麼讓唐朝上下如此追捧？有人說是那時的人比較慘，沒有什麼水果吃。

在都城長安，附近的終南山下就有萬株果樹，水果品種良多。當時以北方爲主產區的水果，有桃、李、梨、柰[1]、杏、胡桃、櫻桃、葡萄、林檎[2]、木瓜、石榴等。以南方爲主產區的水果，則有柑、橘、柚、橙、批把、橄欖、荔枝、龍眼，還有熱帶水果甘蕉、芒果、椰子、益智子[3]、檳榔等。新栽培或新引進的果樹主要有芒果、扁桃、無花果、木菠蘿、油橄欖、獼猴桃、波斯棗等。看看，是不是不少？

所以，櫻桃能有第一政治水果的地位，另有原因。原因其實也特別簡單，它成熟早。所謂「春歸櫻桃第一枝」。那成熟早，有什麼好處？

新年伊春，櫻桃在百果之先成熟，古人都不敢自己先享用，而是要薦新。所謂「薦新」，就是向祖宗推薦新果，要將櫻桃供奉於宗廟社稷之前，以祭祀祖先亡靈。《呂氏春秋．仲夏紀》：「是月也，天子以雛嘗黍，羞以含桃，先薦寢廟。」這裡的「含桃」，就是櫻桃。可見秦漢以降，在每年櫻桃成熟時向宗廟薦新，是朝廷常禮。請祖宗吃了之後，就可以自己吃了，這叫「嘗新」。嘗新時，皇帝不僅自己吃，還叫上文武百官一起吃，吃

---

1 柰：一種中國本土的蘋果，果實近於圓形，黃色或紅色。

2 林檎：又名花紅、沙果。果實卵形或近球形，黃綠色帶微紅。

3 益智子是植物益智的乾燥成熟果實。夏，秋間果實由綠變紅時採收，然後再曬乾或者低溫乾燥。

完還讓帶回家。

有兩段記錄非常有意思：

《舊唐書．中宗紀》：「夏四月丁亥，上游櫻桃園，引中書門下五品以上諸司長官學士等入芳林園嘗櫻桃，便令馬上口摘，置酒爲樂。」

《唐語林》：「明皇紫宸殿櫻桃熟，命百官口摘之。」

兩段記錄中都有引人注意的「口摘」。意思是，直接用嘴在枝頭上將櫻桃摘下來，吃掉。

多位唐朝詩人，作爲大臣，都有過被賜櫻桃的榮幸，也留下過詩篇。

每年初夏，有了櫻桃之後，再加上另一時新之物竹筍，朝廷百官的日常工作午餐，就以這兩樣東西爲主料，而且還有一個專有名稱，叫「櫻筍廚」。其中宰相們吃的工作午餐，由「政事堂廚」供給，類似於小灶食堂，供饌尤豐。「政事堂廚」不僅結合時鮮供給日常工作午餐，遇上節日還另發過節物資，比如寒食節發麥粥，正月七日、三月三日發煎餅，正月十五日、晦日發膏糜[4]，五月五日發粽子，七月七日發斫餅，九月九日發麻葛

4 亦稱「膏粥」，上浮油脂的白粥。

糕[5]，十月一日發黍臛[6]。福利很好。

而每年櫻桃成熟時，正是新進士們放榜的時節。歡天喜地的新進士們豈能放過這個絕佳的題目？於是就有了「櫻桃宴」。唐朝新進士們在金榜題名之後，按照歷年慣例，一共有「大相識宴」、「次相識宴」、「小相識宴」、「聞喜宴」、「櫻桃宴」、「月燈宴」、「打球宴」、「牡丹宴」、「看佛牙宴」九場宴會。「櫻桃宴」排在第五場，宴會地點在長安崇德坊崇聖寺佛牙閣。史稱「新進士尤重櫻桃宴」。白居易在中舉做官多年以後，還寫詩「相思莫忘櫻桃會，一放狂歌一破顏」，可見對此歡宴一直留有美好的記憶。

唐朝人吃櫻桃，可不僅限於「口摘」那種不講衛生的方式，還發明了多種吃法。

櫻桃初熟，口感不大好時，用糖、乳酪拌著吃。

櫻桃性溫熱、吃多了容易上火的特點，唐朝人也發現了。唐朝人又管不住嘴，又怕上火，那怎麼辦呀？唐朝人有唐朝人的辦法，大詩人王維用詩句記錄下來了，「飽食不須愁內熱，大官還有蔗漿寒」。也就是說，吃完櫻桃，再喝下冷甘蔗汁，以防止上火。

唐朝最著名的櫻桃食品，叫「櫻桃饆饠」。「饆饠」何意，現在有爭議，有說「手抓

---

5 糕名。古代重陽節應時食品。

6 一種雜以黍米的肉羹。

飯」的，也有說「披薩餅」的。考慮到段成式《酉陽雜俎》中記載，「櫻桃」成品的主要特點是櫻桃的色澤不變，再結合我個人作爲一個資深廚師的實際經驗，我更傾向於唐朝的「櫻桃饆饠」，就是點綴有櫻桃、乳酪的披薩餅。唐朝人有口福啊。

好，說完櫻桃，回到開頭這首詩。這一首〈櫻桃子詩〉念下來，總感覺不大對。哪兒不對呢？不大押韻。

如果將第三句和第四句對調，這樣第四句末字「王」就與第二句末字「黃」押韻了。唐朝懂詩的人多啊。當時就有一位名叫龍潭的小吏向這位愛子心切的父親指出了這一點：「請改爲『一半與周至，一半與懷王』，則聲韻相協。」不料這更激起了這位父親對兒子的憐愛，他怒吼道：「韻是何物？豈可以我兒在周至之下？」也就是說，這位父親的邏輯是，押韻事小，排序事大。他的兒子是懷王，豈能排到大臣之後？多麼溫馨的父子深情啊。不過，此時深情款款、父愛氾濫的這位父親並沒有想到，明年的櫻桃，他是沒有命吃了。因爲，在明年櫻桃成熟前，他此刻還在掛念著的大兒子，會用一根繩子結果他的性命。

是的，這位父親姓史，史思明。而此時史思明送櫻桃的大兒子懷王，就是史朝義。

唐肅宗上元二年（七六一）三月的某天，在洛陽的櫻桃再一次成熟之前，就在距離洛陽不遠的陝州（今河南三門峽），兒子史朝義縊殺了老爹史思明。

這父子倆是怎麼了？怎麼就從溫情脈脈走向了刀兵相見？

史思明（七〇三－七六一），本姓阿史那，名窣幹。營州柳城（今遼寧朝陽）人，懂六番語。很明顯，這和今天一樣，史思明是外語專業的小語種人才。

史思明和安祿山同年出生，史思明只大安祿山一天，兩人又是老鄉，都是「營州柳城雜種胡人」。

「雜種胡人」，在今天來理解，就是「雜種」的意思。這樣理解，肯定沒有問題。但問題是，我們既然是說歷史，還是專業一點，解釋一下。

到了唐朝所在的中古時代，在唐朝西部和北部邊疆，各種族通婚頻繁。相互通婚的中亞民族中，可能包括昭武九姓粟特人、于闐人、波斯人、塞人等伊朗系白種人，也包括突厥人、奚人、契丹人等阿勒泰系人種。在中亞一帶，他們更接近於胡族；在突厥、鐵勒、奚契丹等蕃部中，他們則已融入蕃族。在體貌特徵上，像史思明一樣「姿臒露，鳶肩傴背，嵌目側鼻，寡鬚髮」，就長得不像中原地區的漢人了。於是中原地區的人對於這類異族人士，一律以「雜種胡」稱之。

安祿山和史思明從小就是好朋友。兩個人可能是同時於開元五年（七一七），從中亞地區來到營州討生活的。因爲這一年，營州都督宋慶禮開始召集胡商，以繁榮邊疆經濟。安史二人就夾雜在新一批應召而來的昭武九姓人當中，開始了他們鬧騰的人生。兩個十幾歲的異族少年，跑到人生地不熟的營州，能幹點什麼呢？兩個人雖然受教育程度不高，但他們的成長環境，賦予了他們兩個特長：一是語言能力強，「通六蕃語」。二是動手能力強，騎射功夫自小練就，會打鬥。因爲這兩人長期在遊牧民族中生活，那本來就是一種崇尚武功、推崇騎射的生長環境。稀缺的小語種語言能力，很快爲他們找到了工作，安史二人一起做上了「互市牙郎」，也就是經過唐朝官府認定的經紀人兼翻譯。

所謂「互市」，就是唐朝在西北、正北、東北三處國境沿線地點上，所開設的絹馬互市。唐朝用茶葉、鐵器、布帛和酒食與遊牧民族交換馬匹、毛皮和乳製品。唐朝對於互市的需求主要是馬匹，而遊牧民族不會織布，不會冶煉，不會耕地，所以主要需求在於生活用品。

然而，這樣的互市牙郎生涯，並沒有持續多久。因爲互市不久就因爲邊境關係緊張，經常打仗而停止了。安史二人失業了。好在他們還有會打架的特長，因此，很快就找到了新工作。他們同時投奔到當時幽州節度使張守珪手下，當上了「捉生將」。

「捉生將」，大致類似於現在的偵察兵角色，專門負責在戰鬥中抓活的。這樣的人，肯定武藝高強，所以也戰功頻頻，得到了張守珪的器重。

到了天寶初年，史思明已經是高級將領了，官拜將軍、知平盧軍事。髮小安祿山則更上檔次，已經是平盧節度使這樣的封疆大吏了，也是他的頂頭上司。

天寶二年（七四三），史思明到長安奏事，第一次見到了唐玄宗李隆基。李隆基和他一番交談之下，「甚奇之」，問他多大年齡了，史思明說自己四十了。李隆基安慰他道：「卿貴在後，勉之。」大概是覺得他當時的名字「窣幹」太土，於是李隆基以皇帝之尊賜名「思明」，同時升了他的官，大將軍、北平太守，後又兼平盧節度都知兵馬使。

大將軍，這是軍事上的級別，正三品。北平太守，就是北平刺史，這是行政職務，正四品下。因爲北平只是下轄三個縣的下州，所以行政一把手只能是這個級別。上州的刺史、太守，可以達到從三品的級別。平盧節度都知兵馬使，是平盧節度使安祿山之下職權最大的軍官。所謂都知兵馬使，又稱「都頭」「都將」，是唐代方鎮使府位尊權重的武職。都知兵馬使是行軍作戰的實際指揮官，擁有軍隊的實際指揮權。後來，這一職務更是演變爲藩鎮的儲帥，可以直接接任節度使的位置。

我們知道，到安祿山發動叛亂時，他一共兼了三個節度使，即平盧節度使、范陽節度使、河東節度使。史思明任平盧節度都知兵馬使，表明他是安祿山在平盧節度使任上的主要軍事助手。

直到，安祿山以自己控制的全國五分之一的領土和三分之一的兵力，發動了那場「安史之亂」。

其實，「安史之亂」，那是後來史家的說法。因爲這場長達八年的叛亂，前期基本上是安祿山和安慶緒父子倆在鬧騰，後期基本上是史思明和史朝義父子倆在鬧騰。但你要拿這個「安史之亂」去跟安祿山說，他肯定不同意，一開始起兵就是我安祿山一個人的事，關他姓史的什麼事？憑什麼他還得掛個名？

安祿山說的是眞事。一開始，這場大叛亂，還眞沒他史思明什麼事。因爲，安祿山在一開始，對史思明是比較猜忌和防範的。安祿山爲什麼要猜忌和防範史思明？很簡單，一是因爲史思明的資歷幾乎與他相當，特別是，兩個人都受到過唐玄宗李隆基的親自接見；二是因爲安祿山知道，史思明打仗很有本事。

叛亂一開始，安祿山就率大軍直撲洛陽、長安。但這樣重大的軍事行動，史思明卻並沒有參與。《資治通鑑》說，「祿山初以卒三千授思明，使定河北，至是，河北皆下之」。安祿山只給了史思明三千兵馬。作戰區域呢，河北道。唐朝的這個河北道可不是今天的河北省，大約相當於今天的河北省大部，河南省、山西省、北京市、天津市的一部分。

安祿山起兵叛亂，重要的戰場只有兩個地方，一個是洛陽、長安前線，一個是范陽（今北京）老巢。可見，安祿山派給史思明的作戰區域，並不是重要區域，讓他敲敲邊鼓，不添亂就行了。

但是，人算不如天算。沒戲不要緊，人家會搶戲。

安祿山的後勤補給，都是從平盧、范陽，經過河北道運來。但安祿山一開始並沒有認識到河東地區（今山西省）的重要性，也低估了郭子儀、李光弼所率領的西北邊防軍的戰鬥力，從而導致自己的補給線右翼，不斷受到唐軍的攻擊。

在郭子儀、李光弼從山西東進的攻擊下，在大書法家平原（今山東德州）太守顏眞卿、常山（今河北正定）太守顏杲卿兄弟的就地反抗下，安祿山前線與老巢之間的交通線，一度斷絕，叛軍往來都只能是輕騎偷過，多有被擒者。

事實上，整個「安史之亂」期間，叛軍後方平盧、范陽到前線洛陽之間的交通補給線，一直就是一個被動挨打的一字長蛇陣。這條長蛇，曾經多次被斬斷，也曾幾乎導致了前線的全面潰敗。

還好，安祿山有史思明。

史思明確實能打，他憑著手下少量的兵力，在安祿山叛亂的前期，保持了范陽至洛陽交通補給線的聯通。在這個過程中，史思明也艱難地發展了自己的勢力，爲自己掙到了由安祿山加封的范陽節度使的位置。

然後，安祿山的叛軍就開始內亂。至德二年（七五七）正月初一，安祿山被自己的兒子安慶緒殺了。再然後，史思明殺掉了安慶緒，當上了大燕皇帝。

所以，寫〈櫻桃子詩〉的時候，史思明是以大燕皇帝的身分，向自己的兒子懷王和大臣周至顯示父愛殷殷和皇恩浩蕩的。送完櫻桃之後，史思明繼續向西攻擊長安。唐肅宗上元二年（七六一）二月，史思明開始攻擊陝州。

陝州，就是今天河南省三門峽市的陝州區。此地西接潼關、秦川，扼東西交通之要道，是古來兵家的戰略要地，更是史思明西進攻占長安的必經之地。

然而，應召而來擔任先鋒的兒子史朝義，不爭氣，居然攻擊陝州失敗了。史思明很生氣，後果很嚴重。他將史朝義和駱悅、蔡文景、許季常等人綁了起來，準備殺了算了。後來想想，只罵了一通，就將他們放了。這件事，把史朝義嚇了個半死，那心尖兒，一顫一顫的。

史思明放了史朝義之後，在這年三月的某一天，又給他派了個活兒，讓他率兵築一座三角城，以儲藏軍糧。結果等到史思明來檢查工程進度的時候，發現城牆倒是築好了，但還沒有抹泥加固。當史思明怒氣衝衝地質問史朝義時，史朝義回答說：「士兵們累了，歇一會兒再幹。」史思明更怒了：「你爲了愛惜士兵的體力，卻違反我的軍令？」立馬要求史朝義率兵再幹，並看著他們幹完了活兒才走，走前還對史朝義丟下一句：「我早上打下陝州，晚上就宰了你！」

正是這句話，徹底激化了父子之間的矛盾。

既然你會在打下陝州後殺了我，那還不如我先動手，今晚就殺了你！

史朝義在手下人的慫恿下，很快就決定動手了。他們買通了負責史思明宿衛安全的曹將軍，開始了刺殺行動。刺殺行動由駱悅具體負責。史思明當晚的睡眠，也不好。在駱悅的刺殺開始前，他突然醒了，然後去廁所。駱悅進來之後，看床上沒有人，就問史思明身邊的人，有人指廁所。史思明也很厲害，這時還能感覺情形不對，立刻翻牆而出，準備騎馬逃命。駱悅手下人周子俊一箭射出，正中史思明手臂，他疼得掉下馬來。史思明落馬之後，被綁了起來。他問駱悅等人發生了什麼，駱悅等人說：「懷王派我們來的。」史思明馬上明白了，說：「我今天白天說了過激的話，該有此難。但你們殺我太早了。你們應該等我進了長安再動手，如今這樣一搞，我們的大事沒戲了！」然後，史思明又大呼三聲史朝義的名字，說：「把我囚禁起來算了，不要背上殺父的惡名！」

史朝義一開始倒也眞沒有下得去手，只是把史思明囚禁了起來。然而，駱悅等人不幹了，到了柳泉驛，到底還是不放心，在史朝義的默許下，用一根繩子把史思明「縊殺之」。史思明在〈櫻桃子詩〉中提到的周至，因爲顯示出了對史思明的忠心，也被殺了。

史思明被殺的柳泉驛，就是今天的河南省宜陽縣柳泉鎮，距離洛陽不過百把里地。由柳泉驛出發，經甘棠館、壽安山館、三泉驛、甘水驛、臨都驛五個驛站，就可以到達東都洛陽。

史思明被殺的時間是三月。此時，洛陽城的櫻桃，也快成熟了。一年前，父子倆在愉快地分享櫻桃；一年後，兒子在櫻桃成熟前，殺掉了父親。

原因，還不僅僅在於史思明的「朝下陝，夕斬是賊」那句話。那句話，只是導火索。真正的原因在於，史思明當上大燕皇帝後，兒子史朝義只是加封爲懷王，皇太子卻是最小的兒子史朝清，此時正在幽州舒舒服服地留守。

也難怪史朝義上火。同樣是兒子，我在前線累死累活，時刻不是擔心被敵人殺死就是擔心被老爹殺死，還只封個懷王；你在幽州舒舒服服，每天吃香的喝辣的，卻輕輕鬆鬆地當上了皇太子。同樣是兒子，怎麼就區別這麼大呢？

大師陳寅恪先生分析，安祿山和史思明之所以都被較爲年長的兒子殺掉，直接原因是他們寵愛幼子，而深層次的原因是他們深受「幼子守產」這種遊牧民族習俗的影響。大師就是大師，這是有道理的。因爲《新唐書》有明文記載：「思明諸子無嫡庶分，以少者爲尊。」

遊牧民族「幼子守產」，是與中原王朝「立嫡以長」截然不同的傳承制度。所謂「立嫡以長」，就是說嫡長子優先繼承父母的多數遺產；「幼子守產」，是說年長諸子成人後離家自立門戶，同時可帶走家中部分財產，但最小的兒子則不離開父母，並繼承其大部分遺產。

比如，史上並不存在的郭靖郭大俠，他所結拜的兄弟拖雷，就是成吉思汗鐵木眞的幼子。拖雷雖然未能繼承汗位，但他卻獲得了鐵木眞直接統領的蒙古諸部和絕大多數的軍隊。此舉爲蒙古大汗之位在忽必烈時落入拖雷手中，打下了強大的實力基礎。

其實，這在漢族也時有體現。「爹娘疼滿崽，爺奶愛長孫」，就是這個道理。

史思明正是因爲這種「幼子守產」的搞法，把自己送上了不歸路。

史朝義殺了老爹之後，又派人去幽州，殺了老爹疼愛的幼子史朝清，然後開始自己當老大。但是，他很快發現，自己這個老大，沒有幾個人認同，他根本指揮不動老爹的軍隊。從此，叛軍也完全失去了攻入長安的可能性。

寶應元年（七六二）十月，唐朝軍隊借回紇兵之力開始反攻，攻破史朝義的首都洛陽。他北逃莫州（今河北任丘），然後遭遇眾叛親離，尤其是主要將領田承嗣、李懷仙等相繼背叛，使得他最後勢單力孤，自縊而死。

以史朝義的死爲標誌，禍害唐朝天下達八年之久的「安史之亂」，結束了。

據《新唐書》記載，史朝義在兵敗後四處奔逃之際，還在百忙之中路過了良鄉（今北京房山），去拜祭了父親史思明的墓。不知他站在墓前的那一刻，可曾想起父親派人快馬加鞭送來的那一籃盛滿父愛的櫻桃？

國家圖書館出版品預行編目資料

唐詩現場／章雪峰著 . -- 初版 . -- 臺中市：好讀，
2018.09　面；　公分 . -- (經典智慧 ; 61)

ISBN 978-986-178-468-7(平裝)

1. 唐詩 2. 歷史

820.91　　107071505

好讀出版

經典智慧 61

唐詩現場

作　　者／章雪峰
總 編 輯／鄧茵茵
文字編輯／莊銘桓
行銷企劃／劉恩綺
發 行 所／好讀出版有限公司
台中市 407 西屯區工業 30 路 1 號
台中市 407 西屯區大有街 13 號（編輯部）
TEL:04-23157795 FAX:04-23144188　　http://howdo.morningstar.com.tw
（如對本書編輯或內容有意見，請來電或上網告訴我們）
法律顧問 陳思成律師

總經銷／知己圖書股份有限公司
106 台北市大安區辛亥路一段 30 號 9 樓
TEL：02-23672044　23672047 FAX：02-23635741
407 台中市西屯區工業 30 路 1 號 1 樓
TEL：04-23595819 FAX：04-23595493
E-mail：service@morningstar.com.tw
網路書店 http://www.morningstar.com.tw
讀者專線：04-23595819 # 230
郵政劃撥：15060393（知己圖書股份有限公司）
印刷／上好印刷股份有限公司

線上讀者回函：
請掃描QRCODE

初版／西元 2018 年 9 月 1 日
定價：330 元
如有破損或裝訂錯誤，請寄回知己圖書更換

Published by How-Do Publishing Co., Ltd.
2018 Printed in Taiwan

ISBN 978-986-178-468-7